나의 산티아고 39페이지

나의 산티아고 39페이지

홍숙희 소설집

도서출판 북인

책을 펴내며

새롭고 아름다운 여행 이야기 13편

산이 좋아 산에 간다는 어느 등산가의 말처럼, 내게는 아직도 시작의 단계지만 글이 좋아서 글을 쓰고 있습니다. "맹인이 물동이를 이고 등불을 들고서 걷고 있을 때 맞은편서 오던 사람이 물으니 나는 못 보지만 댁이 나에게 부딪히지 않기 위해서요. 이 등불은 내가 아닌 댁을 위한 것입니다"라는 배려심이 가득한 말이 있습니다.

그렇습니다.

세상에 수많은 작품들이 이런 마음으로 쓴 고뇌의 시간 속 산물일 겁니다. 글(소설)이란 남의 삶이나 주위의 환경 등을 통해 소재를 잡든지, 아니면 작가의 크고 작은 경험과 생각들이 글감이 되어 한 권의 책으로 세상에 보일 때는 오직 독자들을 마음에 두고서 단 한 문구라도 무언가 주려는 생각이 담길 것입니다.

그래서 미국의 소설가인 수 그래프턴Sue Grafton은 "글쓰기는 목적지에 대한 것이 아니라, 영혼을 바꾸고 다른 모든 것에 의미를 부여하는 여행이다"라고 했답니다.

소설집 『나의 산티아고 39페이지』는 나만이 전할 수 있는 13편의 이야기로 엮었습니다. 혹여 나만의 꿈을 갖지 않고 있다가 다른 사람이 그들의 꿈을 이루기 위해 나를 고용하지 못하도록, 용기를 내어 꿈을 갖고 쓴 글이라 말하고 싶습니다. 그 대신 아직 남아 있는 내 삶의 아름다운 것에 대해서만 생각하면서 어딘가에는 나를 기다리는 보물이 있다고 믿으며 말입니다.

"글을 쓸 때 중요한 것은 나 자신을 믿으라, 그리고 무언가 이루어질 거라며 자기 최면을 거는 것"이라는 미국 저술가 앤 라모트의 말을 마음에 두었습니다. 한 편, 한 편마다 한 폭의 그림을 연상하듯 사실 그대로 아니면, 느낀 대로 현실 세계를 적나라하게 도출시켜도 보았습니다. 특히 어느 특정 지역(강원도)을 배경으로 할 때는 숨은 명소와 사연, 그리고 이 고장에 품은 아름다운 이야기를 가감 없이 드러내어 소설로 승화시켰습니다. 소설가이면서 문학평론가인 김나정의 해설에는 '강원도 토박이 냄새가 그득한 순례길'이라 하였고, 작가의 작은 삶에서 소재를 잡아 이야기의 실마리를 정해 새로움을 모색하여서인지 삶의 해법을 찾는 작품이라 평을 받기도 하였습니다.

저마다 주어진 글을 쓰는 사고력에는 작가만의 색깔이 있어야겠지요.

모래밭에서 사금砂金을 캐는 심정으로 높은 산에서는 인생의 고비를 넘어가는 해법을, 바다에서는 앞이 탁 트인 넉넉함 속에 거친 세상을, 주변의 공간에서는 사람을 찾아 인간을 읽어내기도 했습니다.

또한 틈을 내어 떠난 국내외 여행길에서 만나는 예술가들의 크고 작게 얻은 이야기가 소재가 되어 예술적 가치를 부여하는 등 사실 왜곡 없이 하나의 작품으로 남겨보려 하였습니다. 그런가 하면 역사적 사실이나 생애의 시련으로 나타난 괴로움 등을 마치 기사를 읽는 듯한 느낌을 갖도록 작품에 녹여보기도 했습니다.

제가 살고 있는 특정 지역(강릉 등) 환경 이야기도 담아 새로운 모습의 생태계로 정보 곡간으로도 휴식 공간이 되어 뭇사람들의 몸과 마음이 정화되는 아름다운 모습을 드러내어도 보았습니다. 가족 관계에서 미묘하게 이어지는 이야기인 「딸! 딸! 딸!」은 독자들에게 공감으로 다가가고 서로의 인생 상황을 리얼Real하게도 작품화하기도 했습니다.

그리하여 세상을 보는 시야를 고통 속에서도 긍정의 힘을, 삶 속의 난해성 속에서도 해법의 암시를 제시해보았습니다. 하지만 미흡함이 많아 지나친 욕심인 것 같기도 합니다.

이제 글을 마무리하면서 2022년도 '강릉문화재단의 지원금'이 제 글의 부족한 부분에 힘과 용기를 주었기 세상에 내놓게 되었습니다. 더없는 영광으로 삼으며 미흡한 점 은혜로움으로 채워가겠습니다. 더하여 천혜의 자연이 선물한 바다, 그리고 이런 풍광을 배경으로 꾸며진 안목, 송정, 사천 등의 카페는 작품을 구상하고 가다듬는 최상의 장소였습니다.

앞으로도 중단 없는 진행형으로 좋은 글로서 보답 드리겠습니다.

2022년 성탄절을 앞두고

홍숙희

Contents

나의 산티아고 39페이지

나의 산티아고 39페이지

오랜 소망처럼, 소나무 숲으로 이루어진 해파랑길 39구간이 책처럼 펼쳐진 사각 액자로 눈앞에 놓여 있다. 지난 낡은 것들을 싼 투명한 사각 보자기는 간결하면서도 매우 섬세했다.

바다가 보이는 창 쪽에다 서재를 배치하고, 거실과 부엌으로 통하는 넓은 공간에는 이젤과 긴 소파만을 두었다. 이젤 위에는 남편이 그린 산티아고 순례길에서 만난 유화 작품 두 점이 놓여 있다. 이 그림은 팔라스 데 레이Palas de Rei 길에서 만났던 하얀 들꽃과 안개 속에 나타난 오래된 성당을 그려넣었다. 다른 화폭에는 초록이 물든 마을 입구에서 만난 노란 화살표와 조가비 껍질 장식까지도 표현했다.

침실에는 따끈따끈한 전기 돌침대를 마련했다. 오랫동안 길들여 왔던 다른 장식장으로부터는 안녕을 고했다. 자식을 먼 곳으로 출가시켰다. 더 이상 복잡한 도시 한쪽 틈바구니에서 살아갈 이유가 없어 보였다. 강릉으로 이사를 왔다. 그동안 이리 쪼개고 저리 재다보니 금전적으로도 무척 힘이 들었다. 다만 가슴 속 낡은 것들의 아픔만은 어쩌지 못한 채로 강릉 바다로 데리고 왔다.

바다가 날 이해하고 내 남편을 용서하고 받아주었으면 좋겠다.

광활한 바다가 있는 이 서재에서 많은 시간을 보냈다. 지난 날을 추억했다. 나다운 것이 무엇일까를 골똘히 생각할 즈음에 도시 큰 병원에 두고 온 친구의 부고 소식을 접했다. 그녀가 유방암으로 항암치료를 받으면서도 그녀의 가족들은 희망의 불씨를 놓치지 않았다. 그녀의 남편은 아직 그녀와 할 일이 남았다고….

그러나 다시 암이 재발하는 우여곡절을 겪으면서 마지막에는 아내가 고통에서 풀려나기를 간절히 기도했다. 육체의 고통을 지켜보는 자와 당하는 자는 결국 한 경계선에서 서로 마주 보며 말했다. 사랑했노라고, 행복했었노라고. 다만 그들 사이에 놓인 하늘 사다리를 함께 걸을 수 없음을 안타까워했다.

여의사 친구가 에둘러 말했다.

세상은 마음대로 되는 게 아니야. 우리 나이에는 모든 것을 믿음으로, 때가 왔음을 겸허하게 받아들이는 게 중요해. 바다는 사철 변하지 않는 속성으로 흰 바닷새와 파도 소리가 사람의 감정을 쉽게 무너뜨리고 저하시킬 수 있으니. 암튼 건강 조심해라.

바다가 뭐라고, 확 깨는 말을 주고받았다.

그래서일까?

서재는 갖가지 책들로 차곡차곡 쌓이는 방으로의 역할을 했다. 지금은 쓸데없는 짐들까지 날이면 날마다 쌓여가고 있다. 그러다보니 예전의 참신한 모습의 서재가 아니다. 다만 밤 늦은 시각에 이 방으로 들어간다. 밤색 가죽으로 만든 주머니 속 향나무 연필을 끄집어내어 연필심을 깎거나 빈 노트를 긁적거리다가는 지우기를 반복한다.

아직도 내 남자에게 써야 할 글들이 있는가 싶다.

소나무 숲과 바다가 보이는 전망 좋은 방을 외면하면서부터, 서재는 낡은 사진첩처럼 낯설어지고 있었다. 그동안 나의 경제를 책임진 전공서적이 낡아가고 있다. 젊은 시절 첫 봉급으로 어렵사리 구입한 세계 명작 전집들의 책장이 누렇게 변색되어 먼지를 먹고 있다.

애지중지하던 것들이 아무렇게나 낡고 있는 것이다.

낡은 것들을, 죽은 자의 유품을 정리하는 직업이 생겼다고 한다. 고인이 이사 갈 곳은 하늘나라다. 그런데 미처 치우지 못하고 간 고인의 흔적을 지우고, 유품을 정리하는 직업이다. 고인의 유품을 치우다보면 고인이 깊게 간직하고 싶었던 추억들을 만나게 된다고 한다.

어디 그뿐이겠는가.

큰 바다에 폭풍우가 몰아치면 바다로 통하는 공기가 바뀐다는 사실을 의사 친구는 알까. 낡은 것들을 쳐부수고 묵은 것들은 가라앉히고 다시 일어서는 바다의 속성을….

누구든 고인들이 두고간 전투 현장을 보지 않고서는 말할 수가 없는 것이다.

바다에서 오래 산 사람이 있을 뿐이다.

최근에는 해파랑길 39페이지에 즐비한 커피점들이 바다에 옷을 입히고 있다. 젊은 시절에 무지개 빛깔의 내 청춘과도 닮았다. 그 길에는 나를 유혹하던 손길도 있었다. 한편 앞날이 보장된 남자라고 했다. 그는 빨간 마후라가 휘날리는 하늘의 무사라고 자신을 소개했다. 비포장도로가 아닌 고속도로가 깔려 있다고도…. 내 엄마는 그런 남자를 내게 소개해주었다.

여자 팔자 뒤웅박이라면서 편안한 결혼생활을 준비해주고 싶어 안달했다.

그 집 앞 제18 대전투비행단 공군부대를 지나며 제트기를 본다.

굉음 소리와 함께 구름층 대기를 흰 분필 자국으로 굵게 긋고 지나갔다. 빠른 속도의 남과 북, 둘로 나뉜 나라를 수호하는 제트기다. 소리가 나는 쪽으로 귀를 막고 하늘을 본다. 저 멀리 산 너머 대관령이 보인다. 21만 명의 소도시에 그와 함께 하늘과 땅에 살고 있다.

그래서일까. 우린 단 한번도 거리에서 마주친 적이 없다.

그러나 추억은 새록새록 나를 흔들어 깨운다. 같이 걸었던 길을 잃어버리지 말자며 다독여준다. 지난 날 그의 휴가를 아용해서 여행을 떠났다. 우리는 생의 지표가 될 만한 곳을 둘러보기로 했다. 산티아고 순례길을 택했다. 아직은 젊다는 것이 그 당시로는 축복이었다. 천천히 여유를 가지고 여행을 준비했었다.

배낭과 담요
생수와 커피
스틱과 스포츠화

황량한 평원과 높은 산언덕의 십자가를 마주 보기 위해 걸었다.

걸을 때마다 흙먼지가 날렸다. 순례길은 성당을 만나는 과정이다. 순례자들의 쉼터이자 신앙심을 표현하는 장소로 잘 알려진 유적이나 노란 길 표시, 성당과 농촌 풍경 등 볼거리가 풍성했다. 우리의 인생길처럼 내리막과 평지 그리고 오르막길로 연결되어 있었다. 순례길 시작은 유럽 기독교인들이 성 야보고의 정신을 기리며 스페인 북쪽을 가로질러 산티아고까지 걸어다니던 길이라고 한다.

'순례길은 거창한 것이 아니다. 자기 자신을 돌아보는 여행이라고….'

작가 파울로 코엘로는 이렇게 적고 있다.

순례 셋째 날, 우리는 어두컴컴한 새벽에 출발했다. 출발부터 도착까지 판초 우의를 벗지 못할 정도로 비가 많이 내렸다. 내리막 구간으로 무릎보호대와 테이핑은 필수였다. 발가락에 물집이 터져 진물이 난무했으나 바셀린이 효과가 있었다. 우린 걸으면서 저 너머에는 무엇이 있는지 궁금했다. 날이 밝아지자 마을의 예쁜 모습들이 보이기 시작했다. 식사는 커피와 간단한 메뉴 하나 정도로 배를 채웠다. 잠시 쉴 때는 과일이나 과자, 초콜릿 등으로 달랬다.

매일 걷고 먹고 피곤해서 쓰러져 잠들었다. 원초적인 소탈한 일상을 살아내는 게 행복이라는… 자아 성찰로도 다가왔다. 성 베네딕도회 순례자의 집에서 이틀을 머물었다. 쉼과 기도에도 힘썼다. 그렇게 기운을 되찾아가면서 다시 걸었다. 마지막 날 산티아고 콤포스텔라 성당에 도착했다. 직접 미사에 참례했을 때의 두근거림은 잊을 수가 없다.

그래서일까?

해파랑길은 나에게 산티아고 순례길로 보인다.

우리나라 부산 오륙도 해맞이공원에서 강원 고성 통일전망대에 이르는 동해안의 해변길, 숲길, 마을길 등을 잇는 750㎞ 장거리 여행

길이다. 내가 사는 송정 해파랑길은 39구간에 해당된다. 그리고 동부전선 최전방이다. 이곳에서는 과거 무장간첩을 태운 잠수함을 구경할 수 있다. 북한의 대남침투사건이 있었던 현장이기도 하기에 가능한 일이다. 밤과 낮을 가리지 않고 국방의 의무에 충실한 군인들의 순찰이 이어졌다. 그렇게 70년 세월을 이겨온 동해 최전선 철조망이 2018 평창 겨울올림픽을 앞두고 없어졌다. 철조망이 해파랑길 39페이지에서 사라졌다는 사실은 엄청난 역사적 충격이다. 또한 끝없이 열린 바닷길이 새롭게 부상하고 있다는 이야기가 된다. 대신 해변을 끝없이 걷는 사람들이 생겨났다.

하지만 내 남편을 향한 그리움은 어쩌지 못하고 낡아지고 있다.

이제 나의 산티아고 39페이지에서는 하얀 조가비를 배낭에 걸고 순례자임을 확인해줄 필요가 없어졌다. 대신에 간이 접의자를 갖다 놓고 바닷가 햇볕을 쬐는 사람들이 늘어나고 있다. 오랫동안 염원하던 삭막함이 소리도 없이 어디론가 가버렸다. 노년에 둘이서 바닷가 낭만을 즐기는 짝들이 늘어나고 있다. 다만 나의 옆자리만 빈자리일 뿐이다.

생각하면, 인간 관계에서 사람들은 다 고만고만하고 다 이기적이라 한다. 이기적인 사람이 나쁜 게 아니라, 인간은 본래 이기적이다. 내 짝은 나를 두고 내 곁을 떠났다. 그 사람 역시 이기적인 사람이었다.

국군병원 영안실에서 나는 그가 남긴 군화 한 짝을 붙잡고 울부짖었다. 공군 측과의 실랑이가 좀 있었다. 비행사고가 아닌 교통사고를 두고 업무사고냐, 외출 중 사고냐를, 산 자의 연금과도 깊은 관련이 있다고 따져볼 일이라고 했다. 죽음을 두고 죽은 자는 말이 없고 산 자들이 죽은 자를 두고 떠들었다.

그는 지금 이대로 괜찮다고, 애쓰지 말고 가볍게 새롭게 시작하라는 말로 대신하고 싶은 걸까. 그 사람에 대한 나의 약점이 교묘하게도 상처 깊은 곳에 자리하고 말았다. 정의에 대한 바람이 있었으나, 책을 읽으며 가슴 절절이 감동받았던 것들은 몇 가지 이야기에 대한 검증일 뿐이었다.

남편과 사별하고, 여자 혼자 사는 내 편을 들어달라는 게 아니었다. 오로지 올바름에 대한 분별이 그곳에 있는지 궁금했을 뿐이었다. 그 분별이 비록 다수의 침묵 속에 감춰져 있다 해도 그것이 알고 싶어졌다. 그에 대한 도리의 이중성을, 새로운 사랑이 찾아들면서 더없이 분명하게 통감했음은 좋을 뻔했다.

그러나 내 생에 두 번째 사랑은 깃들지 않았다.

'잘 싸여 있다'라는 의미가 이럴 때 가능해 보인다. 내 남편은 꽃을 감쌀 때 주로 쓰는 좀처럼 향이 사라지지 않는 유칼립투스였다. 그의 향기는 알 수 없는 비밀로 싸여 있어 좀처럼 그 모습을 보이지 않는다. 유칼립투스의 향을 맡아보지 않은 사람은 모른다. 몇 번이고 가슴을 쓰다듬고 또 쓰다듬을 때 우연을 가장하고 찾아온다는 것을, 그즈음에 알았다.

"괜찮아, 괜찮아."

조건 없는 무조건적인 위로가 필요한 날들이 있었다. 매일을 버리고 비우고 탈출을 모색함으로써, 급기야는 숨이 막혀 강릉바다로 뛰쳐나갔다. 그러면서 한 차례 전쟁을 치르고 나서야 날 구할 수 있었다. 낡은 것들을 싼 투명한 사각 보자기는 그의 죽음처럼 간결하면서도 섬세했다.

빨간 마후라가 그러하다.

사각 액자로 놓여 있는 나의 산티아고 39페이지의 책장을 넘긴다. 싱그러운 솔숲이 자리하고 있다. 동해안 최전선 철조망이 사라지면서 과즙이 터지는 달콤한 바다를 맛볼 수 있게 되었다.

통쾌해야 할 일이다.

애초에 나의 산티아고 39페이지는 미완성인 것을….

범고래

범고래

캘리포니아 샌디에이고 국제공항 입국심사대로 이어지는 저녁 늦은 공항의 통로에서였다. 통유리 너머로 어두운 활주로가 보였다. 창문마다 희미한 불빛이 아른거렸다. 어디선가 물보라를 일으키고 있었다. 그런가 하면 파도치는 저편에서 초음파가 웅웅거렸다. 어떤 생명체가 수백 번씩 딸각거리는 음파를 내보내고 있다는 느낌을 받았다.

대체 뭘까?

궁금해지기 시작했다.

그때 기억의 저편에서 소용돌이치는 게 있었다. 최첨단 음파탐지기보다 뛰어난 성능을 가진 생물체일 거라는 확신이 자꾸만 마음속에서 커져갔다. 직감이라도 하듯 어느새 머릿속에서는 수많은 호기심 안테나가 파노라마처럼 돌아가기 시작했다. 마치 탐정가나 된 듯 구석구석 기억의 필름을 샅샅이 뒤지고 있었다.

묵은 빛과 먼지의 조각들이 아버지의 서재에서 환하게 부서지면서 한 소년이 비췄다. 새하얀 단복 위에 검은 타이를 길게 늘어뜨리고 있었다. 뭔가 빠진 것은 없는지 점검하느라 안절부절못하고 있었다. 새 옷은 겉돌고 있었다. 어색한 표정을 감추지 못한 채 한참을 서재에서 서성거렸다.

"용식아! 선서식에 늦겠어. 빨리 나오렴."

아버지께서 마당에 서서 안을 보고 소리쳤다. 단복의 어깨 견장과 가슴에 태극 마크까지를 거울 속에서 확인하고 나서야 밖으로 나왔다.

"울 아들, 그렇게 입으니 유난히 빛나보이는데. 아주 멋져!"

엄지를 척 올리며 아버지께서 곁에 와서 옷매무새를 점검해주셨다. 어머니께서는 대문밖에 나와 계셨다.

"부자간 옷차림이 너무 잘 어울려요."

흐뭇한 미소를 머금고는 손까지 흔들면서 배웅해주셨다. 아버지께서는 해군 장교복 차림이셨다. 나란히 길을 나섰다. 두 사람의 흰 옷이 햇빛을 받으면서 눈부시게 반짝반짝 빛나는 것 같았다. 아버지의 옆모습을 훔쳐보면서 자랑스러워했었다. 길거리에서 마주치는 사람들이 그들을 힐끗 쳐다보면서 웃고들 지나갔다.

"붕어빵이잖아."

"해군 옷을 입은 저 꼬마아이는 진짜 귀엽게 생겼는걸."

얼굴이 붉게 물들었다. 아버지의 보폭에 맞춰 걸음을 빠르게 옮겼다. 선서식장에 도착해서도 몸이 오그라드는 것 같았다. 친구들의 옷차림은 어색하지 않았다. 유독 나만이 어색해서 절절매고 있는 듯했다. 학부형 쪽 의자에 앉아계신 흰 제복을 입은 아버지가 계속 신경이 쓰였다. 사회자의 진행에 따라 선서식이 거행되었다.

나는 슬기로 바다를 배우고 용기로 바다를 개척하며 충성으로 조국을 지키겠습니다.

다 같이 선서를 제창하고 마지막 순서를 기다리고 있었다. 아버지께서 나에게로 오셨다. 배지를 달아주고는 악수를 해주셨다. 그리고 다같이 단가 제창으로 모든 행사가 끝이 났다. 여운은 오래 갔다. 그날 아버지와 함께 찍은 단체사진에는 날짜까지 선명하게 찍혀 있었다.

그렇게 처음으로 바다를 사랑하는 한국해양소년단으로 신고식을 거쳤다. 중학교 2학년 때, 독도 해양생태계 조사탐사를 다녀왔었다. 그래서인지 독도는 늘 가슴이 벅차올랐다. 바다에서 꿈과 용기를 갖게 되었다. 미래의 삶을 열어주던 지난, 삼척 코리아나호 주위를 수십 마리의 돌고래가 한가롭게 유영하고 있는 모습을 처음으로 보았다. 독도 가까이 갔을 때는 그리 멀지 않은 곳에서 돌고래가 떼지어 파도를 가르며 북상하고 있었다. 순간 우리 해양소년단원들은 하나같이 태극기를 크게 흔들어주었다. 독도는 우리 땅 노래를 우렁차게 부르며 환호했다. 선장은 우리의 환호에 힘입어 고래를 따라 배를 돌렸다. 고래도 범선을 느끼고는 주변에 맴돌았다. 단 몇 분 간이나마 탐사대원들을 즐겁게 해주었다.

그리고 시간이 흘러 어느 날 출타 중인 아버지 서재에서 인디언 고래잡이라는 해양잡지를 발견했다. 흑백사진의 책장을 넘기자 죽은 커다란 고래 주변으로 인디언들이 모여 있었다. 모두들 신기해하는 표정들이 다소 우스꽝스러웠다. 독수리 깃털로 머리를 장식한 인디언 추장이 눈에 띄었다. 곧이어 축제 분위기로 이어졌다. 인디언 원주민들이 북을 두드리며 고래 춤을 추고 있었다. 단순한 고래사냥이 아니라 신성한 의식이라는 느낌마저 들었다. 아름다웠다.

그러다가 신기한 고래 영상을 또한 발견했다.

"외신 작가의 카메라에 잡힌 것이야!"

아버지께서 전해주신 비디오테이프를 열자 처음에는 지지배배 잡음이 잡혔다. 그러다가 검푸른 바다가 출렁거리면서 수중을 오고갔다. 하얀 물체를 자신의 코 위에 올려놓고 다니는 고래의 모습이 담겨 있었다. 출산 후 바로 죽은 새끼를, 이제 막 태어난 새끼를 떠나보내지 못하는 어미 고래의 아름답고도 슬픈 애도의 여행길이었다. 나는 말을 잇지 못했다. 짐승이나 사람이나 모성애는 감동의 원천이 아닐까 싶기도 했다.

뿐만 아니라 동료 고래들은 어미 고래가 새끼 사체를 들어올리는 행동으로 슬픔에 젖어 있을 때, 무리를 이탈하지 않도록 주변에서 함께 헤엄치며 애도에 동참했다. 고래 무리들은 길게는 2주일까지도 애도의 행동을 보였다. 고래가 우리네 장례의식과도 같은 고별제의 형식이라는 생각이 들자, 연민의 정을 오래도록 느꼈다.

매년 12월에서 4월 사이 하와이 마우이섬 앞바다에는 약 1만 마리의 혹등고래가 몰려든다고 한다. 이 기간 어미 고래는 따뜻한 바다를 헤엄치며 새끼에게 물 위로 솟구치는 법과 노래하는 법 등을 가르쳤다. 새끼 고래는 이런 어미를 따르며 젖을 먹었고, 새끼 고래에게 젖을 먹여 키우는 6개월 동안 어미 고래는 아무것도 먹지 못했다. 수영에 서툰 새끼가 행여 잘못될까봐 한시도 떨어질 수 없기 때문이었다. 특히 수유 중에는 정지 상태로 있거나 몸을 세워 새끼가 젖을 빨기 좋도록 자세를 유지했다. 그러면 새끼들은 지느러미 아래쪽 어미의 젖꼭지에 입을 대고 비스듬하게 몸을 돌려 모유를 먹고 있었다.

말 못하는 짐승에게도 자식에 대한 모성애의 본능은 깊고도 컸다. 측은지심으로 바라보다가 어느 날 충격적인 사건을 목격하고 말았다. 아버지의 서재에서 영화의 한 장면처럼 신비로운 흰 고래가 의식의 수면 위로 떠올랐다. 등에 무수한 작살이 꽂힌 채였다. 애처로움으로 마음이 몹시도 아팠다. 태평양 한가운데서 포경선이 커다란 향유고래에 받혀 침몰한 사건이 발생했다.

"내 다리를 앗아간 놈!"

광기에 걸린 고래잡이 선원들이 공포에 질려 소리치고 있었다. 선원들은 망망대해를 헤매다가 침몰한 배에서 겨우 살아났다. 그러나 자신의 신체 일부가 고래에 의해 잘려나간 것에 저주를 퍼붓고 있었다.

"지옥의 한복판에서 너를 찍어 죽이겠다."

그들은 다른 포경선으로 옮겨 타면서까지 복수를 위해 사흘 낮밤 동안 바다를 헤맸다. 향유고래 사냥은 악마의 탈을 쓴 사악함으로 변해갔다. 이미 지옥행을 향하고 있음을 그들은 눈치채지 못한 채 흰 고래가 시퍼런 바닷물을 차고 올라올 때를 기다렸다. 때마침 흰 고래가 구름과 바람을 자신의 지느러미 밑에 깔고 하늘로 높이 뛰어올라 순간 하늘을 다 가렸다. 그러나 선원들은 흰 고래의 엄청난 잠재력과 용기에 감복하기는커녕 이놈을 잡기 위해 더욱 치열하고도 야만적인 사투를 계속 이어나갔다.

결국 고래는 선원들이 던지는 수십 대의 작살을 온몸에 박히는 수난을 감수하면서까지 치열하게 바다에서 살아내야 했다. 이처럼 산

업발달과 함께 향유고래에서 기름을 추출하는 작업은 매우 야만적으로 변해갔다. 고래산업은 19세기 가장 수익성이 높은 대박 비즈니스였다. 바다를 떠다니는 자원의 보고였다. 고래 한 마리를 잡으면 양초를 만드는 기름은 물론 화장품과 의약품, 공업용 세제 등의 원료를 조달할 수 있었기 때문이다. 당시 포경선은 미국이 신흥 산업자본주의 국가로 발돋움하는 중요한 성장동력이 되었다.

다행히 19세기 후반 석유가 대량 생산되면서 고래사냥 규제의 움직임이 본격화되었다. 1946년 12월 미국에서 19개국이 참가한 국제포경규제협약이 서명되었다. 현재는 상업적인 포경은 아예 금지되어 말 그대로 우연히 잡힌 고래만을 식용으로 삼도록 하고 있다.

그러나 이를 속이고 불법 포경의 경우가 있다고 한다.

*

학과 교수님을 따라 캘리포니아 샌디에이고 국제공항 입국심사대로 이어지는 저녁 늦은 시간이었다. 공항의 통로에서 초음파 탐지기를 따라가다가 그만 지난 날의 고래 필름에 갇히고 말았다. 수화물센터에서 가까스로 짐을 찾았다. 정신을 차리고 보니 공항 대형 전광판이 눈에 들어왔다.

그것은 새까맣게 검은 몸에 흰 배와 눈가 주변에 있는 흰 타원의 커다란 범고래였다. 그놈은 푸른 바다를 차고 하늘 높이 뛰어들고 있는 정지된 모습으로 다가왔다. 그 아래 검은 바탕에 흰 줄 무늬의 잠수복을 입은 조련사의 작은 몸짓이 보였다. 얼마나 컸으면 사람과는 비교가 되지 않았다. 눈이 번쩍 뜨였다. 가슴을 천천히 쓸어내렸다.

범고래 쇼가 Sea World 공원에서 진행되고 있음을 알리는 광고였다. 마치 내가 만나야 할 인연인 것 같아 무척이나 반가웠다.

다음날 샌디에이고대학에서 세계해양생물학회 세미나가 있었다. 지도교수님께 승낙을 얻고 나는 학회가 끝나자마자 그곳으로 달려갔다. 어마어마한 크기의 범고래를 눈으로 직접 볼 수 있다고 생각하자 가슴이 크게 고동쳤다.

실제로 눈앞에서 처음 보는 범고래의 크기는 9.8m, 몸무게는 10t이나 나갔다. 상상을 초월했다. 거대한 바다의 포식자 고래가 인간의 욕망과 사투를 벌이던 500년 전 악명 높은 포경선과는 달라 우선 마음이 놓였다.

작살과 화살이 아닌 믿음과 우정을 나누면서 인간과 교감을 나누고 있었다. 조련사의 수신호에 따라 큰 고래가 호흡을 같이하는 장면은 놀람의 연속이었다. 그 웅장한 범고래가 지느러미를 돌려 구르고 다이빙을 하고 도약을 하는 등의 감탄할 만한 행동의 연속에 그만 매혹되고 말았다. 신기함을 넘어 새까맣게 검은 몸집에 흰 배와 눈가 주변에 있는 흰 타원의 외모가 얼마나 인상적이었는지 모르겠다.

한국에 돌아와서도 그 장면 장면을 잊을 수가 없었다. 대학원을 졸업하고 한국해양대학교 연구원으로 근무하다가 다시 캘리포니아로 건너갔다. 그곳 대학에서 해양생태학 박사과정을 밟게 되었다. 그것은 인간이 고래를 대하는 긍정적인 태도와 칭찬의 교감역할에 대하여 박사논문을 쓰고 싶었다. 세계학회지에 논문을 발표하고 싶은 욕구가 있었다. 그런 연유로 범고래 조련사 교육도 틈틈이 받았다.

고래잡이 그물에 걸려 그곳 수족관으로 온 어린 점박이 위키에게 문제가 생겼다. 어린 범고래의 울음소리는 매일 밤마다 계속 되었다. 멈추지 않았다. 멀리 떠나온 가족들을 그리워하며 슬프게 울었다. 나는 그놈을 위로하기 위해 밤이면 수족관으로 찾아갔다. 취미삼아 배웠던 태평소를 불어주면서 그를 달랬다. 나 또한 고국의 고향집이 몹시도 그리웠다. 그렇게 친숙해지면서 몸을 위로 솟구치고는 물기둥을 만드는 것을 어느 날 유연하게 해냈다. 뿐만 아니라 하늘 높이 물을 뿜어올리기와 우회전하면서 빙그르 돌기 등 다양한 움직임을 선보였다. 나를 등에 태우고는 물 위로 달리기도 했다.

심지어는 사람의 소리도 곧잘 흉내를 내곤 했다.

'헬로', '바이', '원, 투, 쓰리' 등 간단한 말들을 흉내낼 수 있는 능력까지 지닐 수 있다는 게 신기했다. 그것은 혀를 입술 사이로 진동시키며 내는 야유 소리 등도 이해하면서, 흉내낼 수 있다는 것을 확인할 수 있었다.

어느 날 사람의 소리도 곧잘 흉내낸다는 소문을 듣고 범고래 연구진들이 프랑스에서 공원으로 모여들었다. 연구사들은 내게 질문을 퍼부었다. 어떻게 범고래를 훈련시키는지를 알고 싶어했다.

"범고래들에게 신호에 맞춰 물 위로 점프하는 것을 가르치기 위해서는 우선 줄 위로 점프하는 것을 먼저 가르칩니다."

그들은 진지하게 스크린에서 돌아가는 화면을 통해서 내 이야기를 자세히 들어주었다.

"새로운 고래를 처음 훈련시킬 때는 범고래가 점프하는 법에 대해서는 전혀 모른다는 사실을 알고 시작해야 합니다. 밧줄을 물속에 집어넣고 다닐 수 있는 공간을 충분히 만들어놓습니다. 범고래가 밧줄 아래쪽으로 헤엄쳐 다닐 때는 아무런 관심을 보이지 않다가, 밧줄 위를 헤엄치게 되면 주의를 기울이면서 먹이를 줍니다."

와우! 환호성과 함께 박수 소리가 실내에 울려 퍼졌다.

"범고래는 매우 영리한 놈이라 얼마의 시간이 지나면 혼자서 이렇게 생각하게 됩니다. 흠, 이 밧줄과 음식 사이에 뭔가 재미있는 연관성이 있는 것 같은데…. 그러면서 밧줄 위를 좀 더 많이 헤엄치게 됩니다."

범고래 연구진은 호기심을 가지고 집중해서 경청했다.

"다음은 밧줄을 점점 더 올리게 되죠. 여기서 중요한 점은, 조련사 스스로가 가르치는 과정 속에서 점점 나아지고 있는 상태를 계속해서 알아차려야 합니다. 인정하고, 보상해야 한다는 것이죠. 학생들의 교육과도 매우 흡사합니다. 잘한 일을 알아채야 합니다. 만일 정확하고 올바르게 처리되지 못한 일이라 하더라도 그 과정을 계속해서 칭찬해야 합니다. 칭찬은 고래도 춤추게 한다. 연구조사와 같이 칭찬에 인색하지 말아야 하는 것입니다."

설명이 끝나자 여기저기서 박수가 쏟아졌다.

연구진들은 떠나가고, 나는 더 나아가 사람처럼 언어를 사용할 수 있다는 데 착안점을 두고 연구에 몰두해 들어갔다. 내가 한국으로 돌아가더라도 한국 동해에서 온 나를 잊지 말게 하자는 의도에서였다. 수족관 건너편에서 둥근 모양의 전등을 이용해서 해 뜨는 장면을 반복 연출해 보여주었다. 그리고 바다에서 직접 해가 뜨는 동영상을 보여주면서 헬로, 오케이를 외쳤다. 점박이 위키도 입술을 굴러가며 곧잘 따라했다. 때론 녹음한 태평소의 아리랑 곡을 들려주었다. 멜로디에 맞춰 태극기를 흔들어 아리랑 춤을 추는 동작도 시범으로 보여주었다. 두뇌가 명석한 놈이라 신통스럽게도 잘 감지하는 것 같았다

내가 처음 점박이 위키를 만났을 때는 네 살 배기였다. 이름은 운 좋은 사람이라는 뜻이다. 박사과정을 마치는데 5년이란 시간이 흘렀다. 그놈도 9세가 되었다. 어떻게 보면 내 자식이나 다름없는 놈이다. 그의 외모는 얼마나 인상적인지 모른다. 90년대 인기 미국 드라마 출동! 에어울프에서 주인공 메카인 슈퍼헬기 에어울프의 도색으로 사용되기도 했었다. 하얀 점이 마치 눈처럼 보이지만 실제로는 그 밑, 앞쪽에 초롱초롱한 눈이 있다. 아주 작은 데다 흰자위도 거의 없어 찾기가 무척 힘들다. 평균 수명은 30년이며 길게 살면 40~50년도 살 수 있다. 귀여운 외모는 많은 사람들로부터 사랑을 받았다. 바다를 지배하고 있는 최고의 포식자로도 알려져 있다. 힘은 물론 지능에 있어서도 따라올 동물이 없을 만큼 협동력 또한 뛰어나다. 대담한 사냥 전략까지도 구사할 줄 안다. 더 흥미로운 것은 범고래가 사람처럼 언어를 사용할 수 있다는 것이다.

나는 그때 박사학위를 받고 또 다른 세상을 꿈꾸고 있었다.

그동안 정이 든 그놈과 이별은 견디기 어려운 과정이었다. 굿바이

인사말을 서로 주고받으며 교감을 나눴다. 마지막에는 그 녀석의 볼에다 입맞춤을 하고는 그곳을 빠져나왔다. 내가 없더라도 해 뜨는 나라 동해에서 온 나를 기억해주기를 간절히 바라는 마음 가득 안고 고국으로 돌아왔다. 그 덕분에 임종하는 아버지의 모습을 지켜볼 수 있게 되었다. 그러나 점박이 위키와는 마지막이 되고 말았다.

요즈음 드라마 이상한 변호사 우영우의 인기를 계기로 고래에 대한 관심이 그 어느 때보다 뜨겁다. 또한 사람들은 해양수족관이 아닌 더 넓은 바다에서 자유롭게 헤엄치고 있는 고래를 보고 싶어한다.

자 떠나자. 동해 바다로 신화처럼 숨을 쉬는 고래 잡으러….

고래잡이 노래가 흥얼거리던 정겨운 그 시절로 돌아가는 기분이다. 부산 자갈치시장 좌판에서 고래고기 살점을 소금에 찍어먹던 추억이 있는 나로서는 반가운 일이다. 그 시대를 살아보지 못한 사람들에게는 이해가 어렵다. 지금의 비엔나커피 맛하고도 비교될 수 있다. 만약에 그 시대로 돌아가서 하얀 생크림이 입술을 적시는 비엔나커피 운운하면 한심해보일 것이 분명하다.

지금 생각하면, 나의 어린 시절은 아버지를 따라 부산, 진해, 포항, 울진 등 항구도시를 중심으로 무수히 돌아다녔다. 그래서 바다와 관련 깊은 해양소년으로 성장할 수 있는 계기가 마련되었다. 전공과목 역시 해양생태학과도 밀접한 관계가 있다. 동시에 범고래와의 텔레파시라든가, 교감이 갖는 미묘한 감정의 바늘로도 학교교육을 설명하고 싶었다. 내 인생에서 간절한 꿈은 이루어졌다. 나의 호기심 안테나는 하나의 기압계로 작용하는 놀라운 사건으로도 발전했었다.

지금은 해양대학교에서 퇴역한 노교수다.

이제는 삶의 꼭대기, 그 어디쯤에 와 있다. 어떠한 규칙적인 삶의 굴레에서도 벗어났다. 낡은 것들을 숭배하던 옛날의 바다 소년으로 다시 돌아왔다. 최근에 느끼는 것이 또 하나 있다면…, 진정한 소통은 사람이나 고래나 타인의 속을 파헤치는 것이 아니라, 함께 볼룸댄스를 추듯 스텝을 맞춰가는 것이라고 생각한다. 아마도 평생을 바다 연구에 고심하면서 살아온 탓일게다. 행복의 근원을 터득했다고 볼 수도 있다.

다만 큰 바다에 수없이 펼쳐지는 파도를 보고 있으면 점박이 위키의 소식도 궁금해진다. 언젠가 미국 방송을 들으니 범고래 세계 환경보호단체에서 범고래 개체 수가 줄어들자, 그들을 좁은 수족관에서 큰 바다로 보내졌다고 한다. 다행한 일이지만 수족관에 갇혀 사육되던 범고래들은 등지느러미가 휘어진 상태로 바다로 나아갔을 것이다. 어렵사리 세계 환경보호단체의 목소리에 힘입어 비로소 자유가 주어진 것이다. 하지만 긴 수족관 생활과 어린 시절의 포획 등으로 나 홀로 야생 적응훈련이 필요한 만큼 걱정도 되었다. 고래는 사육되는 것이 아니기에 더욱 그렇다.

한번은 바다로 보내진 점박이 위키의 짝꿍 범고래가 등에 작살이 꽂힌 채 해변으로 다시 찾아왔다고 했다. 이는 어릴 때부터 사람의 손에서 자란 탓일게다. 귀소본능으로 보아야 한다. 큰 호흡을 뿜으며 등에 꽂힌 작살을 빼버렸다는데, 이때 피와 물이 해변과 육지로 홍수처럼 쏟아졌다고 한다. 범고래의 강인한 힘과 상처회복력을 보여주었다고 방송은 전했다.

나는 언제쯤 그 녀석을 다시 만날 수 있을까를 상상하는 것만으로 즐겁다. 태평소를 불며, 눈 감으면 지난 날 위키의 모습들이 한눈에 들어오기 때문이다. 높은 파도를 타고 큰 몸을 위로 솟구치거나 물기둥을 만들던 녀석이 몹시도 그립다. 나를 등에 태우고 신나게 물 위를 날아가던 아찔한 순간의 스릴까지도 온몸으로 전해져온다.

오늘도 서울역에서 동해열차에 탑승한다. 그 녀석을 그리워하다 보면 어느새 바다에 도착하게 된다. 이는 살아생전에 바다 친구를 찾아가는 최단거리임에는 틀림없다. 결과를 예상할 수 없는 엄청난 일이 일어났을 때의 무시무시한 전율과도 흡사하다.

생각하면 열차의 등장이 인간의 삶과 지각 방식에 초래한 변화는 헤아릴 수 없이 크고 많다. 열차시간표의 통일을 위한 전국 표준시의 제정을 꼽을 수 있다. 역을 중심으로 한 새로운 도시들의 건설 같은 사회시스템의 변화는 차치하고라도, 그것이 초래한 가장 큰 변화는 공간과 시간에 대한 새로운 경험이다. 종래의 운송수단은 어느 것이나 자연을 거스를 수가 없었다.

그러나 철도는 터널을 뚫고 직선거리를 총알같이 튀어나간다. 그것은 매끄럽고 평평하고 단단한 직선의 길, 즉 뉴턴의 제1운동법칙(외부로부터의 충격—마찰이 없으면 물체는 균일한 운동상태를 영원히 유지한다)을 실현시킬 수 있는 완전한 길이 되었다.

요즈음 나에게 열차는 시대를 거슬러 시공간을 초월하는 놀라운 사건임에 틀림없다. 순간이동으로 인해 한때는 동해 플랫폼 한 귀퉁이에서 물고기처럼 홀로 군중 속을 떠다녔다. 착한 아내를 암으로 잃고, 우르르 쏟아져나오는 사람들 틈에 서성이고 있었다. 내 피붙이뿐 아니라, 먼 친척들마저 떠난 동해는 무척 낯설어졌다. 어느덧 광활한 바람이 사람들 숲을 헤치고 막무가내로 나의 옆구리로 휑하니 불어 왔다. 그러다가 한참을 어디로 찾아들지 몰라 역내에서 물고기처럼 숨만 할딱거리고 있을 때가 있었다. 그때는 동해 바다 속, 그 어떤 물살에도 낄 수 없다는 사실이 날 당황케 했다. 모두가 떠난 빈 역사에서 홀로 멍하니 맥을 놓고 있었다. 갑자기 속울음이 울컥울컥 올라올 때였다.

그때 누군가 나를 향해 다가오는 것을 물끄러미 바라보고 있었다. 붉어진 눈시울을 급히 감춰야 했다.

"혹시 통대구 씨가 아니신지요?"

말쑥한 여인이 말을 걸어 왔다.

"그렇소만, 어떻게 제 별명을…."

눈을 크게 뜨고는 그녀를 한참 바라보았다.

"오빠! 저 승호 오빠 동생, 연정이에요."

"네가 연정이야?"

"예."

"세상에도…."

"오빠를 통해 가끔 소식은 들었습니다."

교수 시절, 한동안 서울의 신문사에서 연재되는 해양에 관한 기사를 수년간 쓰고 있었다. 그곳에서 우연히 나를 발견했다고 한다. 기사 내용뿐만 아니라, 주름진 얼굴까지도 점차 익혔다고 한다. 나는 중학생 시절 내내 친구 승호의 동생 연정이를 은근히 좋아했었다. 그녀는 몸이 가냘프면서 지적인 외모를 지니고 있었다. 크리스마스가 다가오면 카드를 만들어 제일 먼저 전해주었다. 그럼 그녀는 볼을 붉히며 부끄러워 달아나곤 했다.

중학교 해양소년시절의 첫사랑이라고 말할 수 있다.

아버지의 임지가 바뀌면서 고향을 떠났다. 부산에서 고등학교를 다니면서 대학은 서울로 갔다. 사람의 인연이란 묘한 것이다. 만나야 할 사람은 언젠가는 꼭 다시 만나게 된다는 사실을 확인시켜주었다.

"여보, 당신이 떠난 빈집에서는 외로움에 쓰러질 것 같더라고…."

나는 가끔 마른하늘을 올려다보며 먼저 간 마누라에게 속삭이곤 한다. 반면 고향에 오면 독신으로 살고 있는 연정이를 만나면서부터는 새 기쁨이 새록새록 가슴속에서 싹을 틔우고 있다. 바닷가 솔향기를 마시면서 솔밭을 걷거나, 방파제를 따라 바다로 나아가기도 한다. 어쩌면 내 인생 100세시대를 맞아 노년을 어떻게 맞이할 것인가와 맞물려 있어 보인다. 요즈음은 삶에 대한 자신감을 나에게 조금씩 불어넣어주고 있다. 젊은 날의 로맨스를 다시 찾은 것이 무엇보다도 중요해 보인다. 로맨스라는 말에 눈살을 찌푸리는 점잖은 이들도 있겠다. 사람과 사람 사이에 정을 나누는 것처럼 중요한 게 또 있을까 싶다. 나이 들수록 대인 관계에서 자신의 존재를 확인하려는 경향이 커지기 때문이다. 노인들에게 생계만큼이나 절박한 것이 외로움이다.

그 당시 안개구름 속에서 길을 잃기도 했었다. 비구름 속에서 흠씬

젖고도 있었다. 가끔은 절망과 체념 사이에 희망이 존재한다면, 담배 연기 빛 푸른 별로 돋을까마는…, 예전에 그렇게 좋아하던 담배도 건강 문제로 끊었다.

연정이는 요즈음 대학에서 운영하는 평생교육원에서 시간을 보내고 있다. 곧 그림 전시회가 있을 예정이라고 좋아한다. 신이 남자와 여자를 만든 이유는 인간이 나머지 반쪽을 찾을 때까지 결핍과 고독, 그리고 목마름을 느끼게 하려는 것이라고 믿고 싶다. 그런 까닭에 자신의 반쪽을 찾는 과정에는 환희와 실망, 기쁨과 고통의 감정이 뒤따르게 마련이다.

오늘도 동해로 가는 열차는 해발 1,500m가 넘는 백두대간 산속 마을까지 구석구석 달린다. 그곳 높은 초록 들판에는 바람을 이기고 선 야생화가 한가득 피어 있다. 고운 빛깔의 꽃들이 옅은 안개 속에서 내게 속살거린다. 아마도 연둣빛 여리디여린 잎사귀들이 날 향해 언제든 찾아오라고 손짓하는 연정이의 소담스러운 모습과도 닮아서일 것이다. 열차는 수도 없이 많은 터널을 지난다. 때로는 산길의 깊은 계곡을 거슬러 오르내리며 우리나라를 하나로 연결해준다. 매력이 넘치는 우리나라 곳곳을 파노라마처럼 보여주고, 드라마틱한 자연 풍광까지도 맛볼 수가 있다.

원반형의 동해역에 도착하면, 소금강 가는 계곡을 지나면서부터 시간이 멈춘 곳 같은 동화 같은 마을이 나온다. 세련되고 정교한 건축물들은 산길을 벗 삼아 오래된 곳이 주는 아늑함과 편안함이 있다. 연정이의 이층집 작은 유리창에는 앙증맞게 뜨개질한 하얀 커튼이

드리워져 있다. 그리고 정갈한 점심식사가 아래층에 준비되어 있다.

어디론가 떠난다는 게 이렇듯 설렘을 안겨주는 것인지 모르겠다. 하지만 그것 말고도 나의 예민하고 미묘한 감정의 바늘이 하나의 기압계로 작용할 때가 있다. 그럴 때면 묘하게도 점박이 위키가 보고 싶어진다. 그럴 때면 동해가 내다보이는 높은 건물의 루프 탑에 올라간다. 준비해간 태평소를 꺼내 힘차게 불면 답답하던 마음이 확 트이는 순간을 맛본다. 태평소는 무인들의 사기를 높이거나 승리를 알리던 악기다. 뚫어진 여덟 개의 지공이 내는 소리는 사람의 마음을 후려잡는 구슬픈 가락이다. 그 소리는 마치 음파탐지기로 하늘과 땅에 맞닿아, 살아 있는 생물들을 깨우는 울림통의 구실을 한다. 바다 깊숙이 물의 파장으로 다가가 그 옛날처럼 물고기들과의 교감을 불러일으켰으면 좋겠다는 희망이 나에게는 언제나 있다.

점박이 위키와의 추억을 뒤로 하고 그녀와 헤어져야 할 시간이면 슬픔을 감추지 못한 채 혼자 속으로 절절맨다. 역 출입구 유리문이 스르르 닫힐 때면 배웅 나온 그녀를 향해 손을 흔든다. 아무런 일 없다는 듯이 무심히 열차에 오른다. 그럴 때면 내가 잠시 몸담고 있던 하나의 세계가 뒤로 물러나면서 철저히 고립을 느끼게 된다. 이는 비밀스럽고 신비로운 비행 물체에 탑승하는 묘한 순간이기도 하다. 문득 나의 영은 동해 바닷가에 두고, 빈껍데기 몸만 열차로 옮겨타는 비현실 속으로 빠져드는 느낌을 받는다. 광활한 바닷가 거친 바람이 사람들 사이를 헤집고 막무가내로 나의 옆구리로 찾아와서는 휘청거리게 만들 때다. 한참을 자리를 찾지 못하고 열차 안에서 숨만 할딱거리게 된다. 그 순간을 여행 내내 물고기처럼 반복해서 느끼곤 한다.

설렘과 아쉬움으로 이 나이에 만남과 헤어짐이 주는 의미는 실로 크다. 그때가 바로 바다 속에서 길을 잃고 갑자기 속울음이 울컥울컥 올라올 때다. 열차 통유리 너머로 어두운 철로와 창문마다 희미한 불빛이 아른거리며 물보라를 일으키고 있었다. 그 언젠가 미국 캘리포니아주, 샌디에이고공항에서처럼…. 초음파가 웅웅거리며 내 귓가에 맴돌기 시작한다. 그러면 자리 등받이에 기대어 눈을 감는다. 그 녀석과의 의사소통법을 익히고 믿음과 우정을 얻게 되던 순간순간들이 또 한 차례 스치고 지나가기 때문이다.

노년에 산다는 것은 무엇일까?

간직하고픈 추억이 있기에 아름다운 게 아닐까.

그 웅장한 범고래가 지느러미를 돌려 구르고, 다이빙을 하고 도약을 하는 등의 감탄할 만한 행동의 연속은 실로 대단했었다. 시간이 지나면서 우리 관계는 상호신뢰와 애정의 유대감으로 서서히 발전해갔었다.

그래서 동해 바닷가에 오면 최대한 높은 곳에서 먼 바다를 가까이에서 바라보고자 애쓴다. 범고래가 큰 파도에 몸을 내맡기고서 노니는 모습을 상상하기가 쉽기 때문이다. 요즈음 심심하면 그 옛날 애지중지하던 태평소를 꺼내어 아리랑을 연주하곤 한다.

아리랑은 기쁨과 슬픔 그리고 그리움이 공존하는 한국인의 노래다.

아리랑, 아리랑 아라리요. 아리랑 고개로 넘어간다.

나를 버리고 가시는 임은 십 리도 못가서 발병난다.

아리랑, 아리랑 아라리요.

점박이 위키와 나 사이에는 태평양을 건너야 하는 머나먼 거리에 있다. 먼 바다에 큰 파도를 넘나들며 힘차게 내 곁으로 쏜살같이 달려오는 모습은, 상상 속에서만 가능할 뿐이다.

그래서일까?

그냥 습관처럼, 텅 빈 공간 넓은 바다를 가만히 보고 있으면 하얀 포말을 일으키며 달려올 것만 같아 그 녀석이 사무치게 그립다. 오랫동안 몸과 마음에 그리움을 간직하고 있으면 병이 된다고 하는데….

점박이 위키가 샌디에이고 좁은 수족관에서 바다로 떠난 후에는 영원히 행방을 알 수 없게 되었다. 그것이 가장 슬픈 진실이 되고 말았다.

사랑은 슬픔이다.

달콤한 와인 맛이 나는 슬픔이다.

슬프지 않은 것은 사랑이 아니다.

보고 싶어도 볼 수 없는 점박이 위키를 홀로 떠나보내는 슬픔이다.

그해 여름, 동해 바닷가로 가는 길은 붉은 배롱나무의 꽃대궐이었다. 가로수가 온통 붉은 빛으로 물들면서 여름 바다축제를 알렸다. 푸른 빛 바다를 닮은 진초록 빛 산 자락이 눈부시게 빛났다. 붉은 꽃등이 환하게 동해 바닷길을 밝히고 있었다.

그날은 해뜨기 전, 동해 정동진에 있는 최고층 호텔 루프 탑에 올라갔다. 먼 바다가 까마득하게 안겨왔다. 해뜨기 전 서막이 열리면서 장엄한 일출 장면이 연출되고 있었다. 이곳은 우리나라 경복궁에서 정동 쪽에 위치하고 있다. 금빛 태평소를 가방에서 꺼내어 부드러운 천으로 반짝반짝 윤을 내고는 은은하게 태평소를 불기 시작했다.

아리랑, 아리랑 아라리요. 아리랑 고개로~.

그때로부터 바닷바람이 갑자기 크게 흔들렸다. 먼 바다가 물보라를 일으키며 달려오고 있었다. 그리움은 눈시울 적시며 멀리 은은하게 큰 파도를 넘나들며 수많은 고개로 물결쳤다. 아리랑고개에 실려오는 바람결 속에서 검은 물체 한 무리가 눈에 들어왔다. 무슨 큰일이라도 난 것 같은 불안감이다.

그러나 놀랍게도 연안에서 더 자주 발견된다는, 그것은 다름 아닌 범고래들의 춤사위였다.

"저. 게, 도. 대. 체?"

심장이 떨려 말을 더듬거렸다.

그 무리는 태평소 아리랑 리듬에 맞춰서 하늘 위로 물기둥을 만들면서 아리랑 춤을 추듯 앞으로 치닫고 있었다. 마치 수평선 위로 넘실넘실 검은 잠수함들이 줄지어 육지로 몰려오는 광경이었다.

태평소로 아리랑 가락을 멈출 수가 없었다.

나를 버리고 가시는 임은 십 리도 못가서 발병난다.

아리랑, 아리랑 아라리요.

동해 연안에 범고래가 나타난 것이다.

범고래는 족히 일곱 마리는 되어 보였다. 연안 가까이로 다가오고 있었다. 숨이 차올랐다. 좀처럼 진정이 되지 않았다. 죽기 전에 또다시 범고래를 만날 수 있다고는 상상을 못했기 때문이다.

당황하여 말을 잊지 못하자….

"저기 큰 고래는?"

연정이가 물었다.

"글쎄요? 범고래로 보여요. 검은 등에 흰 배가…."

"범고래요? 교수님께서 말씀하시던 그 점박이 위키 말인가요?"

나는 정신을 바짝 차리고 다시 그들을 자세히 살폈다. 물살을 거칠 것 없이 헤엄을 치는 품새가 보통이 아니었다.

"저기 제일 큰 놈은 대장 고래일 거예요. 나머지는 할머니, 누나, 사촌들일 것이고…."

범고래 집단은 모계사회다. 엄마 고래는 아들과 딸, 딸이 낳은 자식을 데리고 산다. 보통 5~6마리씩 무리를 지어 4대가 함께 다닌다. 어미들은 번식능력이 사라진 이후로도 자녀들과 계속 지내면서 후손들에게 사냥법을 가르친다.

나의 마음 한구석에서는 호기심 안테나가 작동하기 시작했다. 혹시나 하는 희망이 솟구쳤다. 설레는 마음으로 최고층 호텔의 루프 탑에서 내려왔다. 보고 싶다는 간절함을 어디에다 두어야 할지 몰라 허둥대고 있었다. 그들 범고래가 노는 모습을 눈에서 놓칠 수가 없었다. 부리나케 해변으로 걸어나가면서 먼 바다를 계속 관찰했다. 그들 무리는 바다를 헤엄쳐다니며 높이 솟거나 먹이를 잡아먹었다. 떠나지 않고 종일 주변에서 놀고 있었다.

어느새 해가 지고 있었다. 저녁 바다에는 붉은 노을이 물들었다. 나는 긴 방파제로 걸어나갔다. 빨간 등대 바로 아래에 웅크리고 앉았다. 크게 심호흡을 했다. 조용한 바닷물에다 손을 담그고는 타 닥! 탁! 탁! 수신호를 보냈다.

혹시나 점박이 위키이기를 간절히 바라면서 주변을 살폈다.

그러나 바다는 조용했다.

반복해서 수신호를 타 닥! 탁! 탁! 보내자, 소리가 사방으로 퍼져나가기 시작했다. 진동으로 바닷길을 열면서 앞으로 쑥 나아갔다. 어느새 밤하늘에는 주황빛 달이 요염하게 떠 있었다. 간절함을 실어 다시 한번, 한번 더 시도해보았다. 매번 실망을 안겨주고 말았다.

마음을 비우자고 결심했는데…. 위키가 아닌 게 분명했다. 허탈한 마음이 되었다.

까만 밤하늘을 올려다보았다. 별들은 더 가까이에 내려앉아 있었다. 흑요석의 신비한 밤이었다. 요요하게 검은 바다 위로 영롱한 작은 별들이 한가득 빛나고 있었다. 실망스러움을 감추지 못했다. 온통 정신을 밤하늘에 빼앗겼다. 어처구니없게도 나는 하늘의 별들을 세고 있을 때였다.

물 밑으로 범고래, 한 녀석이 그에게로 다가오고 있었다.

"철썩! 까르르."

물을 잔뜩 입으로 품고는 갑자기 바다 위로 치솟아 물벼락 세례를 퍼부었다.

"이게 뭐야?"

동시에 크게 소리쳤다.

"이녀석!"

나는 물벼락을 잔뜩 맞았다. 의심할 여지없이 검은 머리 꼭대기에 흰 점박이 두 개가 눈에 들어왔다, 분명 점박이 위키였다.

"위키?"

순간 반가움에 떨리는 손을 내밀어 다시 수신호를 보냈다, 그는 물기둥을 세우고 몸을 한번 뒤집고는 다이빙하면서 높이 떴다가는 바다 깊숙이 숨어버리고 말았다. 바다가 크게 몸부림쳤고 천둥소리가 크게 울렸다.

어디로 갔을까?

순간 놀라움을 금치 못했다. 한참을 두리번거리다보니 어느새 한 바퀴 빙그레 돌고 나서 방파제 반대편 위로 올라와서는 내 곁으로 다가왔다. 점박이 위키의 짓궂은 장난은 여전했다. 작디작은 눈으로는 반가움을 담아 나를 빤히 쳐다보고 있었다.

"위키! 많이 컸구나!"

나는 드디어 검고 단단하고 매끈하면서도 찬 그의 이마를 몇 번이고 쓰다듬어주고는 눈을 맞추었다.

"가족과 있는 것을 보았어."

갑자기 눈에서는 눈물이 주르르 볼을 타고 흐르고 있었다.

다음날 점박이 위키 가족들을 보려고 수많은 관광객과 관광선들이 몰려들었다. 미국 캘리포니아에서 우리나라 동해 해상까지 이동한 거리는 9,157㎞이며 걸린 시간은 36주일이다. 실로 9개월 간의 죽음을 불사한 사랑스런 놈, 점박이 위키 가족들이다.

좁은 문 앞에서

좁은 문 앞에서

화창한 봄날, 노란 산수유가 초당성당 마당에 한가득 피어 있었다.

"누구 카타리나 소식들은 사람 있어요?"

소아과 의사인 요한 형제가 궁금해했다.

"그리고 보니 최근에는 캔버스와 유화물감을 구하러 화방에 내려오지도 않은걸요."

시내에서 화방을 운영하는 박마리아를 모두 쳐다보았다.

"어쩐 일이래요?"

"끼니는 제대로 챙기고 있는지? 통 알 수가 없네요."

"찾아가보죠?"

모두들 무거운 발걸음으로 솔바람 다운하우스로 향했다. 다세대 주택이었다.

현관 앞에서 초인종을 조심스럽게 눌렀다.

"띵동! 띵동!"

신호는 갔으나 조용했다. 다시 눌렀다. 아직도.

"죽었으면 어떻게 하지."

요한 형제가 화를 버럭 냈다.

"바보 같은 소리, 그만해요."

그가 현관문을 쾅! 쾅! 크게 두드렸다. 그러나 인기척이 없었다.

문손잡이를 힘껏 돌렸다. 다행히 안으로 잠겨 있지 않았다. 카타리나의 화실은 컴컴했다. 스위치를 찾아 전등을 켰다. 격한 피 냄새가 났다. 바닥에는 유화물감과 팔레트 그리고 많은 작품들이 제멋대로 흩어져 있었다. 안방 문을 열자 피범벅이 되어 침대에 누워 있는 카타리나를 발견했다. 어떨결에 벽 쪽으로 세워놓은 이젤을 누군가 발로 밀쳐버렸다. 그러자 화폭에는 성모와 아기 예수 그림이 그려져 있었다. 모두들 예기치 않은 일이라 뒤로 물러섰다. 바닥에 있는 이젤을 바로 세우고 그림이 정면을 향하도록 돌려놓았다. 아직 유화물감이 마르지 않은 채였다,

"세상에! 이 지경에까지…."

요한 형제가 그녀의 심장에 손을 얹었다.

"아직 심장은 뛰고 있어요. 빨리 119에 신고합시다."

구역장이 떨리는 손으로 다급하게 핸드폰에 번호를 찍는다.

"여보세요. 여기 출혈이 심한 환자가 있으니 급히 와주셔야겠어요?"

"네. 이곳 주소는 초당동…."

전화를 거는 사이 요한 형제는 그녀의 출혈을 막기 위해 선반에 있는 양주병을 찾아냈다. 병째로 손목에다 양주를 죄다 쏟아부었다. 우선 소독부터 해야 했다. 옆에 섰던 마리아도 상비약 상자에서 압박붕대를 찾아 요한 형제에게 건넸다. 응급조치는 끝이 났다. 구급차가 오기까지 불안과 초조함을 감추지 못한 채 모두들 서성거렸다.

그때 앰뷸런스 사이렌 소리와 함께 119 구급대원들이 도착했다.

대원들은 그녀를 들것에 실어 앰뷸런스로 옮겼다. 그녀를 실은 119 구급차의 사이렌 소리가 도처에서 울린다.

"삐~용! 삐~용! 삐~용!"

가까운 병원으로 이송 중이었다.

*

카타리나가 민기를 처음 만난 것은 우연히 찾아간 경포호숫가 저녁 산책길에서였다. 매혹적이라 눈을 뗄 수가 없었다. 저녁놀이 호수에 모닥불을 지피고 있었다. 주홍빛 불꽃이 활활 타오르는 것이 얼마나 황홀한지. 그녀가 핸드폰 사진기로 셔터를 누르는 순간, 마주 오는 자전거와 맞닥뜨렸다. 앞으로 꼬꾸라지고 말았다. 그녀의 왼쪽 무릎에 간헐적으로 피가 흘러내렸다. 그러나 아무렇지 않은 척 그곳을 피해 달아나기에 바빴다.

어디 가까운 곳에 카페가 있으면 좋을 텐데…. 간절함을 안고 주변을 살폈다. 그때 소나무 숲이 우거진 귀퉁이에 노란 카페 이층집이 눈에 들어왔다. 절뚝거리며 카페 입구에 간신히 도착했다. 묵직한 나무로 만든 대문을 밀고 카페 안으로 들어섰다. 꽃병에 꽂혀 있는 해바라기 다섯 송이가 그녀를 반겼다. 세상에 별일도 많다. 입구에 자전거가 놓여 있기에 설마 했다. 그런데 헌칠한 풍채에 미소를 가득 머금고는 웬 남자가 그녀 앞을 막아섰다.

"이 남자, 뭐야?"

갑자기 괘씸죄를 적용하고 싶어 까칠하게 말했다.

"정신나갔어요. 호수에 빠졌으면 어쩔 뻔했어요."

"가만가만 자리에 앉아보십시오. 우선 치료부터 해야겠습니다."

남자가 의자를 내밀었다. 엉겁결에 앉고 보니, 상비약 정리함을 가지고 그가 다시 나타났다. 그리고는 핸드폰을 그녀에게 불쑥 내밀었다.

"이걸 그쪽이 왜 가지고 있죠?"

뒤늦게 몸에 지닌 가방을 열어 보니 핸드폰이 보이지 않았다. 낯선 남자에게 무릎 상처를 치료받고서야 헛한 웃음이 오고갔다.

"우연히 해바라기 꽃밭을 지나게 되었어요."

무슨 이야기를 하려고 저러나 기다리자.

"호기심에 이끌려 꺾어온 꽃들입니다."

그는 입구에 있는 꽃병을 가리켰다. 해바라기는 남자가 좋아하는 꽃이라 했다. 노랑은 태양을 상징한다고도. 동시에 생생하고 환희에 찬 강렬한 색이라고. 밤하늘에 노란 별에 친근감까지를 더하여, 별을 연구하게 되었다고 한다. 이 카페는 사촌형님이 운영한다고도. 필요 이상으로 말을 많이 했다. 그러면서 명함을 불쑥 내밀었다. 알고 보니 그는 대학에서 천체물리학을 가르치는 임민기 전임교수였다.

피식 웃음이 나왔다.

'무슨 천체물리학자가 커다란 얼굴의 해바라기 꽃을 좋아한담?'

그러면서 남자의 순수함에 이끌렸다. 메일로 서로의 안부를 주고받았다. 전화로도 신뢰를 쌓아갔다. 시간이 지나면서 보고 싶다는 감정이 서서히 소용돌이쳤고 서로 바쁜 일정을 소화하면서 만남을 가졌다. 만나고 돌아오는 발걸음은 가벼웠다. 그냥 편안했다. 제주 여행길에서다. 성산일출봉 유채밭에서 사진도 찍고 하루 일정으로 돌아올 계획이었다. 그런데 제주공항의 안개로 항공기 결항이 있었다. 부득불 서로의 학교에 연락을 취하고 하루를 더 묶게 되었다.

그날 호텔 방에서 귓불에 대고 민기가 카타리나에게 속삭였다.

“난 평생 하늘의 별을 보면서 살았어.”

“낭만이 있어요.”

“그런데 놀라운 것은 당신을 만난 거야.”

둘은 서로를 알아보고 뜨겁게 껴안았다. 민기에게서 그날 프로포즈를 받았다.

“당신의 품이 이렇게 따뜻한 줄을 잊고 있었어요. 아기를 갖고 싶어요.”

둘은 결혼식을 올렸다. 부부 교수의 달콤한 신혼생활이 계속되었다. 사랑한다는 사실이. 그녀가 남자의 모든 것을 만지고 싶어한다는 의식과도 비슷했다. 스킨십이 사람 사이에 얼마나 중요한가를 알게 되었다. 손끝에 닿는 세밀한 촉감들. 남자와의 감정교류에 원시적 마찰이 있었던 것이다.

드디어 그들이 원하던 아들 소식까지도. 그녀에게 산고의 고통이 찾아왔다.

산부인과 문을 두드렸다.

“아기 때문에 왔어요.”

“조금 시큰할 거에요.”

주사기를 든 간호사가 말했다.

"금방 편해질 거예요. 아주 잘했어요. 들이쉬고 더! 더! 더!"

손에 땀을 쥐게 했다. 하늘이 노랗게 변하는 순간, 순간들이 다가왔다.

"천천히 내쉬세요. 호흡에 집중하면서…."

드디어 올 것이 왔다.

"으앙…."

"안녕? 아가."

"아빠를 똑 닮았네."

둘은 행복했다. 그러나 그들은 그녀를 하루 빨리 떠나 하늘나라 신비한 열반에 들고 싶었는지도 모르겠다. 결혼하고 5년 사이에 흉사가 겹쳤다. 아들을 백혈병으로 먼저 하늘나라로 떠나보냈다. 다음해 갑자기 남편이 심장마비로 쓰러졌다.

"청천벽력도 유분수지. 세상에 이런 법은 없어요. 아무리 팔자가 사나워도 유분수지 대체 얼마나 더 잃어야 하나요. 하느님도 무심하시지. 하루 빨리 이 지옥에서 벗어나고 싶어요. 제발."

암흑의 세상에 갇혀 악다구니를 하다가 정신을 잃기도 했었다. 지독하게 침묵하다가 온몸을 떨고 있을 즈음이었다. 특별휴가가 끝이 났다.

그날 강단에 학생들이 입추의 여지없이 꽉 들어찼다. 어디서 무슨 소식을 들었는지. 프랑스 작가 알퐁스 도데의 단편소설 마지막 수업을 상기시켰다.

그녀가 마이크를 잡고 인사를 했다.

프랑스 시인 스테판 말라르메의 시에는 이런 구절이 있어요. 분수는 하늘로 올라가 꿈틀거리다 정상에서 쏟아져내린다. 상승이자 하락인 그 꼭짓점, 그 절정이 정오라고. 제가 지금 이 정점에 서 있습니다.

여러분께는 대단히 죄송합니다. 여기 스크린 화면을 봐주시기 바랍니다.

분수가 물보라를 일으키면서 위로 높이 치솟고 있었다. 그러다가 분수의 꼭짓점을 찾으면서 화면이 잠시 정지된다. 지난 날 산 정상에서 스카이다이빙을 했어요. 새처럼 하늘을 날면서 바다로 서서히 내리꽂히는 아슬아슬한… 장면들이 스크린에 잡혔다. 학생들의 동공도 갑자기 커졌다. 그때의 짜릿한 스릴은 기가 막혔어요. 처음에는 무서워서 눈을 뜨지 못하다가 그때 처음 상공에서 작은 도시를 발견했을 때, 느낀 감홍은 잊을 수가 없었어요. 푸른 바다와 인접한 마을들이 촘촘히 보석처럼 박혀 있었어요. 난 그곳에서 우연히 한 남자를 만났고 아이를 낳았어요. 그런데 무슨 영문인지 모두들 제 곁을 떠나고 말았어요. 지금은 죽고 싶다는 감정 외에 다른 생각을 할 겨를이 없어요. 다시 말하면 제 마지막 생을 향해 별로 시간이 남아 있지 않다는 이야기입니다. 문명과 세속의 삶을 버리고 원시의 삶을 체험하고 싶다는 간절함이 있을 뿐이에요. 이기적인 말씀이긴 한데 여러분에게는 대단히 죄송합니다.

카타리나의 마지막 수업은 그윽한 삶의 미소 뒤에 너그러움이 자리했다. 하지만 자신에게 주어진 형벌에 차가운 비수를 꽂는 듯 싸늘해졌다. 마지막 수업을 끝으로 학교에서 그녀는 홀연히 사라졌다.

소식을 뒤늦게 접한 동료 교수들은 술렁거렸다.

"실종신고를 내야 할까요?"

"언젠가 그림을 그리고 싶다고 했어요?"

"뚱딴지같이 그림은 무슨?"

"밥을 먹여준대?"

"사설 화실에 나간다는 이야기를 듣기는 했어요."

"가족을 잃은 절망이 얼마나 컸으면…. 위로가 필요할 뿐일 거예요."

그녀의 이야기를 우리 가슴속에서 다시 들을 수 있으려면 지성과 감수성과 상상력을 가지고 있어야 한다. 사람들은 건방진 말을 하고 싶은 걸까.

"천재란 아무나 열려 있는 세계가 아닐걸요?"

그녀를 두고 왜 그렇게 사납고 잔혹하냐고 탓할 수도 없었다. 예술가의 감성에는 다정함이라든가, 아름다움이라는 요소가 분명 있게 마련이니까. 비겁하다 이야기해서는 안 된다.

"원초적 바다가 그립다고도 했어요."

까칠한 남자가 그녀를 향한 마음이 없었다고 봐야 한다. 사랑은 영혼에 대한 해답이 아니다. 자신의 약한 곳을 알아차리고, 상대방을 보호해주고 싶은 속 깊은 마음이 있어야 한다. 그런데 안녕이라는 마지막 인사말도 서로 나누지 못한 채 끝이 났다.

아름다움이란 온갖 영혼의 고통 속에서만 꽃이 핀다. 세상의 혼돈

속에서 자신만이 빚어내는 경이롭고도 신비한 것들은 때로 만신창이가 되기도 한다. 만약에 그녀가 아름다움을 만들어냈다고 해서 아무나 알아보는 것 또한 아니니다.

그즈음 그녀에게 주어진 형벌은 큰 바다 둥근 보름달 빛에 의해 조금씩 각색되고 있었다. 그러니까 관능적인 춤으로. 아름다운 영적 비밀 통로를 열어 보이기까지는 기다림과 부지런함에 익숙해져야만 한다. 그녀의 어두운 욕망을 달빛이 눈치채고 영혼을 조금씩 건드려 주어야 할 텐데, 글쎄다.

감춰진 것들은 드러나게 마련이라지만…. 그녀는 걷잡을 수 없는 혼돈상태로 피에타의 환상에 빠져들고 있었다. 십자가에 내린 그리스도의 시체를 무릎 위에 놓고 애도하는 마리아 석상을. 자신의 비애인 양 슬픔을 쏟아내고 있었다. 어쩌면 그 고통의 순간순간들이 예술가의 천재성을 발동시키는 치명적인 전초전이 될 수도 있다. 분명한 것은 요즈음 뜬눈으로 밤을 지새우는 날이 많아지고 있다는 사실이다. 마구잡이로 분노의 거친 붓질에서 서서히 놓여나고 있었다. 부드러운 붓놀림으로 변했다. 물감의 시각적 혼색 변화를 경험하면서부터다. 번번이 캔버스에 성모와 아기 예수를 반복해서 그리고 또 그렸다. 오로지 치열한 연습만이 자신을 살릴 수 있다고 판단한 것 같다. 그즈음 화실에는 수많은 실패작들이 수북하게 쌓여갔다.

세상에서 가장 완벽한 그림은 라파엘로의 시스티나 성모라고 한다. 그 그림이 위대한 이유는 그림을 위해 노력해온 과정이 숨어 있기 때문이다. 라파엘로는 같은 주제로 30점도 넘는 그림을 그렸다.

카타리나 역시 이미 오래 전에 끼니를 잊은 채 오로지 그림에만 몰두하고 있었다.

대신 성당 기도실에 엎드려 기도하는 날이 많아졌다.

초당 골목길에 가면 고풍스러운 하얀 돔 모양의 모자이크 성당이 있다. 바다로 가는 언덕길 맞은편에 있다. 동해의 아침 햇살을 한 몸에 받고 있어서일까. 입구에 검은 마리아상은 언제나 그녀의 깊은 상처를 위로해주고 있었다.

지난 날 동료 교수가 보낸 안부 편지에 이렇게 답변을 보냈다.

나는 이런 생활방식을 좋아해. 경포의 일출과 대관령으로 저녁 해 넘어가는 풍경을 감상하면서 하루의 시작과 마감을 경험하고 있어. 그리고 바다 카페가 있는 골목길에서 만나는 예쁜 성당에서의 미사 봉헌들. 아기자기한 가게가 품어내는 불빛들. 그리고 수많은 축제들을 사랑해.

그러나 자신의 십자가를 메고 좁은 문으로 들어가기가 어디 쉬운가.

피에타를 섬기는 예술적 극점의 시간이 지나면서 무섭도록 관능적으로 변해갔다. 빛의 마력에 거칠게 빠져들수록 자신의 몸을 팽개치고 있었기 때문이다. 그녀가 사나운 남자를 만나지 않았으면 좋을 뻔했다. 인간은 신화를 만들어내는 탁월한 능력을 타고난다고 하지 않던가. 범상한 삶에 대한 낭만적 정신의 저항이 그녀에게도 분명히 존재하고 있다. 그래서 가능성을 점쳐본다.

아침에 눈을 뜨면 그녀의 내밀한 아이가 바다에서 보일 듯 말 듯 은빛으로 찰랑거린다. 습관처럼 붉은 장미 모양의 유리구슬로 장식

된 묵주를 찾아 아침기도를 바친다.

카타리나야! 너는 많은 일을 염려하고 걱정하는구나!

필요한 것은 한 가지뿐이야.

그게?

하루는 또 변함없이 흘러갔다.

그녀는 침묵 속으로의 산책을 요즘 부쩍 즐기고 있다. 고풍스러운 성당 안으로 무심히 걸어들어가는 일이 잦아졌다. 둥근 돔 모양의 성당 천장에는 우주 공간이 있다. 남자가 좋아하던 수많은 별들이 상징적으로 천장에 떠 있다. 청년 예수는 정중앙 제단 철재로 만든 가느다란 십자가에 기대어 있다.

주님의 수난이, 마치 자신이 걸어온 십자가의 길인 양 슬픔으로 가득 차올랐다. 남 몰래 흐르는 눈물은 한없이 뚝뚝 떨어졌다. 그러다 보면 철재에 계신 주님께 따뜻한 위로를 받는 느낌이 든다. 성당에는 치유의 샘물이 존재하기 때문일게다.

그러는 사이 화실에서는 오랫동안 고집해온 그녀만의 그림 스타일이 자리잡아갔다. 믿음이란 이렇듯 중요해 보인다. 오랜 붓 터치의 반복과 시행착오의 덕분이기도 하겠지만….

한여름, 이글거리는 뜨거운 태양이 머리 가운데로 떠올랐다. 후덥지근한 공기가 변함없이 훅 불어와 그녀의 얼굴을 덮쳤다.

짓궂은 사람, 하늘나라에서 나를 지켜주기나 할까.

그녀의 무의식은 또 한 차례 남자의 환영을 본다.

지금 장난치고 있나요?

주변 사람들이 내 그림을 보고 잔뜩 눈살을 찌푸리고는 말하기를 회피한다고 봐야 해요.

그녀는 멋쩍게 웃으며 남자에게 항의조로 대든다.

결혼하고 아이를 낳고 서로들 가장 아끼는 순간에 헤어짐이라니? 당신 말이 된다고 봐요.

세상 사람들이 당신처럼 행동한다면 어떻게 되겠어?

별 걱정을 다하고 있네. 누가 관심이라도 가질 것 같아요.

대체 당신은 무엇이 문제야?

필요 이상의 규격화된 세상이 싫어요? 당신을 떠나보낸 이 시점에서 세상을 떠들썩하게 하는 것에도 전혀 흥미가 없어요. 그냥 있는 그대로의 나이고 싶을 뿐이에요.

그렇담 무인도에 가서 혼자 살면 되겠네.

그녀는 무안했다.

천국으로 들어가는 좁은 문은 열정을 쏟아 행하는 서로의 삶 속에 있지. 단순한 어울림이 아니라고요. 우리를 신께 한 걸음 더 가까이 닿게 해주는 것은 열정이지, 수십 수백 권의 기도문이 아닐걸요.

한꺼번에 하고 싶은 말을 건방지게 다 해버렸다. 카타리나는 숨이 차올랐다. 하늘나라에 있는 남자가 그녀의 독백을 잘 알아듣기나 했을까마는.

그렇담. 왜 그림을 전시회 공모전에 출품하지도 않아?

아직요?

자신을 너무 과소평가 하지 마.

그러나 현실은 너무나 혹독해보였다. 교수직에서 그림을 포기하지 않으려다 가난으로, 궁핍으로 비극적 최후를 맞게 된 것이다. 수많은 습작을 시도하면서 한국인의 정서로 자리잡아갔다. 특이한 경우다. 한복 차림의 아기 예수를 형상화하였다. 아들이 갖고 놀던 알록달록 공룡 물통을 상상하면서 색동저고리 옷을 입혔다. 성모님의 저고리는 노란 해바라기를 닮은 색으로 배치했다. 쓰라린 고통 속에서 깊디깊은 어미의 모성애를 건져올리고 있었다. 밝은 아이의 싱그러움까지를 더하여 온화한 얼굴의 성모가 아기 예수를 품에 안고 있는 모습이었다.

게다가 이번에도 놓치면 다시 게으름으로 반격을 해올 것만 같아 몹시 겁을 먹고 있었다. 화폭에다 변하지 않는 어미의 사랑을 담아야 해. 그녀의 간절함은 무척이나 다급해졌다. 게으름의 적은 약한 면에 대한 상징이라고 믿었다.

좁은 문 앞에서 끼니도 잊은 채 이제 막 30번째 작업을 막 끝냈다. 미련이 없었다. 이 세상에서 할 일은 다한 듯했다. 기쁨이 차올랐다. 이제는 가족을 만나러 하늘나라로 가야겠다는 절박함이 휘몰아쳤다. 희미한 의식 속으로 자신의 방 침대에 누웠다.

카타리나의 천재성을 말하는 불후의 명화는 초당성당 제대 벽면에 걸려 있다.

냉정과 열정 사이

냉정과 열정 사이

얼레

얼레

어 얼레

그녀는 얼레지꽃을 닮았다.

'바람난 여인'이라는 꽃말을 지녔다. 그녀가 무척이나 궁금하다. 가냘프면서도 화려한 신비의 연초록 잎사귀 여린 꽃대가 있다. 연보라 밝은 꽃부리만이 봄바람에 무수히 흔들리고 있다.

꼭 다문 입술은 언제쯤

글쎄요

좀처럼 열리지 않을 것 같아요

좀 더 지켜봐야겠죠

주변 사람들의 말들은 저마다 분분하다

하룻밤 사이에 활짝 필 거라고도

그런데 그게 언제라니까요

엄숙함과 짜증 섞인 목소리도 간혹 들린다.

허리를 꺾고 신비의 보랏빛을 온 우주 공간에다 무수히 발산하는 날을 세계인들은 기다린다. 대자연의 이치처럼 까만 밤은 밤으로만 흐르지 않을 테니까. 그녀가 내미는 유혹의 손길은 좀 특이하다. 색상 자체만으로도 고귀함과 세련됨을 지녔다. 서양에서 보라색은 상류층의 전유물이다. 그러니까 그녀만큼 여성성의 가치를 잘 아는 이도 드물다.

다만 성이 갖는 그녀의 내적 본향을 우리는 알고 싶다. 과거와 현재 그리고 동양과 서양, 고요와 역동이 녹아드는 영롱한 밤을 우리가 기다리는 이유가 여기에 있다. 그동안 공들여 인내하고 또 인내하면서 그날을 따놓았으니까. 그 이상은 모른다.

서로가 수많은 밤을 보랏빛 잔잔한 별빛들로 우주 공간에다 품고서 살았다. 세계인의 얼음축제를 기리며. 아시아의 작은 반도국, 그것도 South Korea와 North Korea로 분단된 나라다. 70여 년을 세상 바깥 찬 공기를 인위적으로 불러들였다. 꽁꽁 언 세상을 만들며 서로 등 돌리며 살아왔다.

그것을 어떻게 아냐고?

그녀의 봉긋 솟은 얼음꽃 봉우리 주변을 주의 깊게 살펴보면 잘 알 수 있다. 살짝 솟은 구름동산 위로 연분홍 체리 열매에 그 상징성이 있어 보인다. 그러나 몇 겹의 빗장으로도 의도적으로 꽁꽁 닫아 걸어 놓았기에 아직은 그 누구도 가능성을 점칠 수가 없다.

이는 인위적으로 갇혀 있기에 더욱 그러하다. 연보랏빛은 보라에 흰 색이 더해져 명도가 높아지고 채도가 낮아진 색이다. 아직은 그녀의 부드러운 여성성은 어디에도 찾아볼 수가 없다. 그녀의 풍부한 감수성과 섬세함에도 불구하고 아직은 아는 이가 없다. 다만 지난 날의 그녀와 마주쳤던 거리거리에 새록새록 샘솟는 따뜻한 시간이 있을 뿐이다.

간혹 길 위에서 또는 여행지에서 나눈 소박하고 따뜻한 마음들이 살포시 고개를 들기도 한다. 하얀 눈 속에 파묻힌 강원도 첩첩 산등성이를 검증한 이들은 말한다. 앙증스러운 작은 집들 사이로 뾰족한 교회 종탑이 있다. 작은 네모 상자 모양의 시내버스가 고불고불 산길을 오르다 간간이 고개 마을을 지나치다 낯선 서양인들에게 눈인사를 나눌 즈음에….

IOC는 남아프리카공화국 더반에서 소식을 전했다.

현지 시각으로 2011년 7월 6일 17시 18분에 열린 123차 IOC 총회에서 대한민국 강원도 평창군을 겨울올림픽 개최지로 결정하였다고.

평창에 축하의 꽹과리 소리가 요란하다.

그동안 가슴 설레며 기다린 보람이 있었다.

길가 면 소재지에 있는 우체국 건물 앞 빨간 우체통은 하얀 눈을 뒤집어쓴 채 귀여운 꼬마처럼 환하게 웃음 짓고 있었다. 해가 지면서 길가 상점들이 환하게 불을 밝히던 초저녁에, 그녀는 길가 여행지에서 오랫동안 가슴 깊숙이 숨겨둔 그리운 사람을 생각했었다. 작은 창으로 불빛이 새어나오는 상점에 들렀다. 김이 모락모락 피어오르는 따끈한 꼬치 어묵을 시키고, 맑은 정종까지도 한 잔 마셨다. 얼근히 취했다.

그렇지만 이곳은 언제 핵폭탄이 떨어질지 모르는 나라다. 대한민국에서는 말이다. 신경전이 오고갔다. 좀 더 생각해볼 문제라고. 세상 사람들은 북한의 위협에도 아랑곳하지 않고 겨울올림픽을 기다리는 South Korea 사람들이 있다는 것이 이상할 뿐이다. 북한과 미국, 그리고 김정은과 트럼프가 핵문제를 두고 불안을 조성시키고 있기에, 최고 관심사로 부각되고 있었다.

마광수의 즐거운 사라가 봤다면 의아했을 것이다.

여대생과 그를 가르치는 교수 사이에 일어나는 문란하고 변태적인 성관계, 글쎄다.

나는 야한 여자가 좋다고….

자세히 들여다보면 그녀 역시 상당히 야한 여자다. 얼음같이 찬 냉정으로 자신의 달디단 진실을 안으로 숨기고 있을 뿐이다. 마광수는 그녀에게 내적 화려함을 마음껏 풀어놓으라고 권유하고 싶겠지만, 그녀는 애써 무시한다. 아직은 때가 아니라면서 고개를 좌우로 흔든다.

혹한을 걱정하는 이들에게, 누구의 바람이 이토록 감동적인 걸까?

강원도를 사랑하는 감자바위들 덕분일게다.

색색의 화려한 천들의 깃발들이 무수히 검은 밤하늘에 수를 놓았다. 그것은 얼음축제 준비로 바쁜 평창 현장에서 쏟아지는 뜨거운 열기 때문일 것이다. 그녀는 이 뜨거운 열기를 어쩌지 못한 채 그만 앞가슴을 풀어헤쳤다.

아직도 대지에는 차가운 눈발이 날리는데….

그녀의 황홀한 반란이 시작되었다.

핵이라는 칼바람이 어깨를 나란히하며 다가오고 있었지만 아랑곳하지 않았다. 강원도 평창에서, 그도 아닌 세계인의 얼음축제 현장에서 때 아닌 몸짓인가?

그녀를 좀 더 따라가볼 일이다.

반란 이유를 알아야겠다. 인터넷 정보의 홍수에다 몸을 담그고 뒤져봐야겠다. 길가 정보의 광장에서 헤매다가 샛길과 골목길을 누비다가 결국에는 유럽 그리스 델포이로 가는 길을 발견하고 말았다.

그 길은 포키스 협곡에 있는 험난한 길이다. 수많은 벼랑 위에 놓여 있다. 아슬아슬한 고갯길, 높디높은 파르나소스산의 남서쪽 산 자락이 보인다. 델포이는 고대 그리스의 가장 중요한 신탁이 있던 곳이다. 하늘 아래 제일 신성한 곳이다. 신탁은 델피의 아폴로신전에다 인간의 운명이 어떻게 될 것인지를 맡겨놓은 신의 땅이기도 하다.

뿐만 아니라 세상의 배꼽이라 부르는 돌의 유물인 옴파로스가 있다. 그곳은 고대 그리스인들이 신을 숭배하는 신선한 성소다. 그녀가 길을 찾다가 신들이 사는 그리스 시대로 접어들고 말았다.

몹시도 흥미로운 일이 아닌가.

제우스의 여인 헤라를, 헤라신전에서 마주쳤다. 그 옛날 그리스인의 월계관을 머리에 쓴 그녀를 발견하다니 어처구니없고도 신기한 일이다.

도대체 무슨 말을 하고 싶은 것일까?

고대 올림피아 제전경기는 남자들이 알몸으로 경기를 시작했다. 여성들은 경기 참가는 물론이고 구경조차 할 수 없는 금지령이 내려졌다. 다만 여사제들만이 가능하다니 실망스럽다. 육체와 정신을 단련하고 온 국민의 단합을 목표로 이루어졌을 민주주의 경기가 여자에게는 접근금지령이라니.

연보랏빛 얼레지꽃은 처절해진다.

고대 사회가 남성의 세상인 것을 통탄하지 않을 수 없다.

그리스의 성소 올림피아는 신화가 처음 등장한 곳이다. 곧 있을 평창 겨울올림픽 성화가 그곳 올림피아의 헤라신전 제단에서 여사제들에 의해 또다시 채화되었다. 성화 봉송의 길은 비로소 그리스를 출발했다. 바다로 육지로 일부는 고속열차를 탔다. 그리스에서 한반도 강원도 평창의 진부역을 향해 내달리고 있었다.

둥 둥 둥 북소리가 요란하다.

2018년 2월 9일 그리스 올림피아드에서 출발한 성화가 활활 타올랐다. 개막식 올림픽스타디움 가는 길거리 소나무 가로수 숲길 사이로는 수십 개의 오색 등들이 환하게 불을 밝히고 있다. 매서운 바람이 흰 눈을 동반하고서 어두운 밤하늘에 무수히 흩날리고 있다. 코가 유별나게 크고 뾰족한 한 무리의 서양인들이 보인다. 색색의 목화실로 뜨개질한 고깔 털모자와 빨강, 파랑, 주황색의 긴 목도리를 하고 있다. 참으로 이색적인 분위기 속에 어깨를 스친다. 서로의 눈길을 마주치는 것으로도 이 땅에서는 실로 진기한 일이 아닐 수 없다.

지구촌 세계인들의 얼음축제는 대단한 것이 되고 만다. 평창 올림픽스타디움 행사장으로 가는 길은 좀처럼 흥분이 가라앉지 않았다. 경기장 주변에서 안내를 맡아 수고하는 자원봉사팀의 친절은 낯설지 않아 더욱 좋았다. 한 국가의 브랜드를 한 단계 끌어올리기 위한 프로젝트는 이렇게 탄생되고 있었다.

12년 전부터 겨울올림픽 프로젝트는 세계인의 입에서 읊어지다가 평창에서 그녀와 딱 맞닥뜨리고 말았다.

그녀가 그를 만난 것은 나이 삼십대 초반이었다.

뒤늦게 입학한 대학원 졸업 연구 주제 발표가 대학 연회장에서 있었다. 그곳은 졸업생을 위한 뒤풀이 장소이기도 했다. 그는 큰 키에 좀 마른 체형이며 이목구비가 반듯했다. 그가 입고 있는 브랜드가 유난히 눈에 띈 것은 우연이 아니다. 은은한 회색빛 정장 안에 검은 조끼를 받쳐 입은 매혹적인 옷차림에 푸근한 인상까지를 더하여 그녀의 시선을 끌었다.

왜 사람들이 그 사람의 이야기를 입에 담는지 알 것 같았다. 입을 크게 벌리고 환하게 웃는 웃음으로 사람들과 화답하는 장면에서다. 그의 영혼에 홀린 듯 한동안 신기하게 쳐다보았다. 잠깐 그와의 낭만적 연애를 생각하고 있었다. 할머니의 고향은 North Korea다. 할아버지와의 연애 이야기는 순수 그 자체였다. 평양 모란봉에서 대동강변을 둘이서 걸었다고 했다. 할아버지는 좋은 사람이라며 슬퍼했다. 공산당이라는 붉은 이름이 붙어지기까지는 모두가 한마음이었다고.

사랑에 대한 낭만적인 관념을 지탱하는 것은 우선 좋은 사람을 제대로 만나야 하는 것으로 출발해야 한다. 그 다음으로는 먼저 마음을 열어야 한다. 마지막으로 그를 받아들이려는 폭넓은 아량이 관건이다. 그러기 위해서는 많은 사람들이 모인 또는 수준 높은 세계인의 그룹 일원이 되면서부터 더 나은 짝을 찾을 가능성이 높아보였다. 인간은 짝짓기를 하는 동물이기에 그러하다. 세상에 남자와 여자가 할 수 있는 가장 위대한 미친 짓은 바로 사랑일 테니까.

그렇다면 당시 그녀가 그를 보면서, 자기가 찾아헤매는 영혼의 짝이라는 느낌을 받아들인 순간은 언제였을까?

빗나간 화살처럼 70여 년 전 그때의 운명은 빗겨갔다. 직관이 중요했지만 자발적인 마음을 먼저 내지 못했다.

그놈의 이념체계 때문이다.

서로가 자기 연민에 대한 두려움이 앞선 탓이리라, 미루어 짐작해본다.

짧은 댓글을 서로 주고받았었다.

미안해!

오해 없기를.

상당히 매몰차다. 얼음축제는 12년이란 시간이 흐른 뒤 우연을 과장하고 그것도 평창 올림픽스타디움! 세계인의 지도를 구석구석 찾아보더라도 이성의 정확도를 측정하고서라도 이 시간에 마주친 것은 기적일 수밖에 없다.

우리는 하나다.

그와 동시에 똑같은 슬로건을 들고 놀랐다. 왜 진즉에 서로를 알아보지 못했을까. 남북 스키 선수들이 눈밭을 함께 누볐다. 세계인의 얼음축제 폐막식이라는 흥분되는 순간의 정점에서, 글쎄다.

왠 슬로건인가.

얼레지꽃이 화끈 달아올랐음은 숨길 수가 없다. 고대 그리스인의 눈으로 본다고 가정해도 갑작스런 그녀의 붉디붉은 얼굴은 좀 무리수가 따른다. 꽃잎을 활짝 여는 순간, 얼레지꽃에 감전되듯 한동안 그녀의 생체시계는 갈피를 잡지 못했다. 냉정과 열정 사이에서 이리저리 흔들렸다. 흔들리다가 어느 시점에서 시계 바늘이 그만 뚝! 하고 멈춰버렸다. 그러자 밤하늘에는 불꽃이 터지기 시작했다. 그녀의 심장은 불규칙적인 심장박동으로 쿵쾅쿵쾅 제멋대로 뛰었다.

지난 날 그들에게 복잡한 깊은 골은 없었는지
둘 사이에 열애라는 감정이 있기나 했었나

이산가족 평양 방문이라든가
금강산 관광객 피살사건에 제대로 사과는 했는지
핵문제는 어떻게 하고…

의문이 들지 않는 것은 아니다.

젊은 날의 책갈피 뒷장을 열어 보면 자세히 보인다. 잠시 잠깐 안겼다가 두세 번의 키스 정도, 그것도 연애라는 감정을 불러일으키기에 충분했던가? 잠시 잠깐의 시간이 모여서 하루하루가 더해져 해가 수시로 바꿨다. 당시는 새로운 직업을 향해 더 나은 인생의 목표를 향해 달리고 있었다. 복잡한 인생의 매듭을 또 하나 더 짓고 싶지 않았으니까.

그녀는 신세계를 향해 열심히 살아내야 했다. 적어도 서로에게 놓인 각자의 이념과 목표를 향해 앞으로 나아가야만 했으니까. 그러는데 세 번의 시도 끝에 평창 겨울올림픽은 12년이라는 시간이 더 필요했다고 봐야 한다. 그녀에게 끈질긴 협상을 위한 인내심이 없었다면 더더욱 비통해졌을 것이다. 원인도 잊은 채 화가 났을 것이다. 서로간에 여전히 고귀한 지위라는 것이 부여되어 있다고 해도 대화의 물꼬를 열지 못했을 것이다.

그러나 어쩌랴.

그녀에게 사랑의 영감을 불어넣어준 이는 다름 아닌 그였다. 민족의 오래된 염원이기도 하기에. 한때 그들의 염원은 서로가 지향하는 목표가 다르기 때문에 일어나는 불협화음이었다. 고대 그리스인의 올림피아드 렌즈를 통해 본다고 가정해도 그렇다. 연인 사이에 상대방의 성격으로 인해 불행하거나 불편한 점을 서로가 지적해도, 그가 사랑의 정신을 포기했다고 여겨서는 안 되기 때문이다.

그의 행동반경은 어디까지일까?

눈 내리는 시베리아의 벌판을 달리는 횡단열차가 만주 벌판을 거쳐 신의주와 경성을 찍고 부산을 잇는 '한국인의 테마'로 기억되고 싶다. 그것은 후세에게 남길 참으로 눈물겹도록 가슴 벅찬 여정이 될 것이기에. 열차는 이산가족의 한을 싣고 희뿌연 증기를 내뿜으며 눈부신 은세계를 쉼없이 달려가고 있다. 할머니의 고향에 가고 싶다. 할아버지가 묻힌 산소에 가서 명절날 큰절이라도 올리고 싶다. 하지만 뭇짐승들이 자기 영토를 지키기 위해 어떻게 싸우는지를 알기에 애써 침묵할 뿐이다. 세계인이 불안의 눈으로 그녀를 바라볼 때 몸에서는 서서히 음양의 조화가 일어나고 있었다.

한반도기를 휘날리며….

우리는 그 사람의 영혼에 대해 아는 것만으로는 만족하지 못한다. 그 사람의 몸까지 이해하고 싶어한다. 그녀 안에 그가 이끄는 신세계보다 더 좋은 것은 없기 때문이다.

냉정과 열정 사이를 지나 남과 북이 하나 되는 순간이기를 간절히 바라본다.

2018년 2월 25일 20시!

눈과 얼음길을 달려 겨울올림픽 축제의 폐막식이 평창에서 진행되고 있었다.

세계인의 우려 속에 진행된 17일 간의 경기는 한반도의 정치적 화해의 움직임이 있었다. 겨울 스포츠 세계 선수들의 열정으로 결국 꽃을 피웠다. 그녀의 몸을 속속들이 잘 아는 그가 등장하면서부터 판이 바뀌기 시작했던 것이다.

얼레

얼레

어 얼레

수호랑 반다비가 등장하는 드론쇼가 드디어 관중들을 황홀케 했다.
첫 번째보다 더 격렬한 모든 것이 되었다.

환희의 폭발 속에

나 죽으리라

순간 망칠 수도 있다는

위험 부담이 있다

얼레지꽃 씨앗은

최대한 멀리까지 날아갔다

남북 평화를 기원하며….

바다가 있는 커피거리

바다가 있는 커피거리

오월 꽃향기가 싱그러운 덕수궁 돌담길을 걸어 회사에 출근했다. 간단한 일거리를 처리하고 연가신청서를 제출하자 승인은 곧 떨어졌다.

후! 이제야 자유의 몸이다. 해방감이란….

복잡한 서울 중심지를 벗어나자 몸이 날아갈 듯 가벼워졌다. 잘 정돈된 영동고속도로를 타고 신나게 차로 달렸다. 첩첩 산으로 이루어진 강원의 숲 경계를 지나가고 있었다. 계획에도 없는 오대산 자락에 위치한 월정사 가는 길 도로표지판을 보면서 핸들을 꺾었다. 진부톨게이트를 하이패스로 통과하고 달렸다. 비포장도로가 나왔다. 울퉁불퉁한 시골길을 오랜만에 만났다. 핸들이 많이도 흔들렸다. 최대한 저속으로 연초록이 물든 농가들을 감상하다보니 포장된 도로가 나왔다. 서서히 좁은 산길로 접어들었다. 다행히 월정사 주차장을 찾아 차를 세웠다.

일주문에서부터 전나무 숲을 지났다. 천 년의 시간을 품은 사찰 풍경에 기대어 있는 커피 볶는 집이 보였다. 호기심에 이끌려 한옥 건물의 격자 유리문을 밀고 안으로 들어갔다.

"커피가게라니요?"

"시음해보시겠어요. 콜롬비아 커피예요."

주인은 방금 핸드드립으로 내린 커피를 작은 도자기 찻잔에 부어 주었다. 받고보니 이런 친절이 또 어디 있나 싶다. 시골인심을 느끼는 것 같아 기분이 좋았다.

"으흠. 힐링이 되는 느낌입니다."

"콜롬비아 커피는 오묘한 과일 맛이 특징입니다. 오미자차 같은 녀석이죠."

"예쁜 녀석이군요. 매일매일 일 때문에 지쳤거든요. 조용한 산사와도 커피가 잘 어울리다니 뜻밖입니다."

"산사의 풍경 소리를 들으며 이렇게 매일 원두를 볶으며 핸드드립으로 내린 커피를 마시다보니, 순수 커피 맛에 빠져버렸어요. 우리 전통차도 좋지만…."

"저는 예가체프로 부탁드려요?"

"그 녀석은 레몬 향이 나죠."

설희는 평상시 여성들이 즐겨 마시는 레몬 향이 나는 커피를 시켰다. 원탁에 앉고 보니 격자 통유리를 통해 산사 풍경이 한아름 안겨왔다. 나무들마다 연초록 오월의 봄물이 한창 올라와 있었다. 맑고 그윽한 산사에 안기니 그동안 쌓였던 스트레스가 풀리는 듯했다. 대자연에서 위로를 받는 느낌이었다. 따끈한 예가체프 커피를 한 모금씩 음미했다. 마음이 어느결에 평온해졌다.

그때 엄마를 따라 커피가게에 들어온 아이가 유리병 속에 들어 있는 검은 콩을 보고 주인에게 묻는다.

"이게 원두커피예요?"

"그래. 커피콩은 멀리 남미나 아프리카에서 온단다."

"이 커피는 씁쓸한 맛과 묵직함이 특징인데…. 달지 않은 초콜릿 같아."

"초콜릿요?"

"탄자니아라는 나라 알아?"

"아프리카에 있는…."

"잘 아는구나. 그곳 커피농장엔 코끼리가 돌아다니기도 해."

"코끼리가요?"

"이 작은 돌은 콩 속에 섞여 있었던 거야. 코끼리가 밟은 것인지도 모르지. 만져볼래."

아이는 손바닥에 건네받은 작은 돌을 올려놓고 이리저리 살핀다.

"너 줄까?"

고개를 끄덕인다.

"자, 이번에는 콩에 입만 살짝 대보는 거야."

"맘에 드니?"

"아니요. 쓴맛이에요. 이걸 어떻게 먹어요?"

어른들이 웃는다.

선한 웃음을 뒤로 하고 평창을 지나 대관령 고개에 올랐다. 멀리 강릉바다가 내려다보였다. 바다는 누구에게나 열린 공간이다. 하늘과 맞닿은 수평선이 어렴풋이 푸른 빛으로 물들어 있다. 아득하니 먼 바다가 푸근하게 안겨온다. 이 고개만 넘으면 동해에 도착하게 된다.

강릉톨게이트를 지나자 키 큰 소나무들이 차렷 자세로 양옆으로 줄지어 서 있다. 강릉을 찾는 사람들에게 거수경례라도 하는 듯 반갑게 맞아주었다. 시내를 경유하면서 송정 바닷가가 있는 해안도로로 들어섰다. 송정 해변 길이는 700미터 정도가 된다. 소나무가 우거져 있다. 피톤치드가 가득하다. 마치 송림터널을 지나는 환상마저 들게 했다. 드디어 커피거리 안목해변에 도착했다. 새로 건축한 건물에다 숙소를 정했다. 바다는 여전히 확 트인 시야로 그녀를 반겼다. 백사장 언덕으로 한 움큼씩의 바닷바람이 보랏빛 싸리비로 해변을 쓸고 지나갔다.

몇 년 만인가?

그동안 쌓인 스트레스가 한방에 달아나는 듯했다.

설희가 근무하는 곳은 월간 여성잡지사다. 인지도가 높다보니 바쁜 일상에 지칠 때가 많았다. 게다가 책 속에 담겨 있는 내용들이 삶의 질을 높여주는 고급스러운 주제를 담고자 노력하기 때문이기도 하다. 이달만 해도 '행복'이란 주제로 편집회의가 여러 번 열렸다.

오후 3시경 회의실에서 편집회의가 있습니다.

회사 자체 카톡 방에 메시지가 떴다. 편집장을 중심으로 회의실에 부서별로 에디터들이 모였다. 회의 테이블에는 회의 자료와 생수가 놓여 있다. 에디터들은 좋아하는 것으로부터 좋은 것을 골라내는 사람들이다. 과거에는 출판사에서 책을 편집하는 사람들로 불렸다. 언론사에서는 기사를 편집하는 사람들을. 지금은 현시대의 문화를 편집하는 대표적 직업인들이다.

그날 회의 진행은 설희가 맡았다.

"나를 지키기 위해 행복은 어떻게 가꾸어야 할까라는 주제였습니다. 담당자별로 어떻게 풀고 계신지 의견들을 말씀해주십시오."

"저희 파트는 여성 독자들에게 행복한 사람의 특징을 살펴보도록 유도하겠습니다. 행복한 사람이 성공률이 월등하게 높다는 연구 결과가 있는 만큼 긍정적 정서가 중요하다는 것을 시사하고 싶습니다."

"저희는 오래 건강하게 살다간 사람들을 조사해보았더니 놀랍게도 행복이 그들의 건강까지도 지켜준 사례가 있습니다. 그 사례를 중심으로 건강과 행복과의 상관관계를 살펴볼까 합니다."

"앞서 좋은 사례를 말씀해주셨습니다. 저희는 행복전구와 아이스크림을 이미지화해볼까 합니다. 행복전구는 오래 켜둘수록 좋은 반면에 아이스크림처럼 녹기 전에 달달한 맛을 그때그때 놓치지 말아야 하니까요. 그래서 본인들의 행복경험들을 토대로 살펴볼까 합니다."

"다른 말씀 없으면 편집장님께서 총평을 해주시겠습니다."

"에디터님들께서 착안한 '행복'에 대해서 잘 들었습니다. 계속 명품 잡지가 되기 위해서는 여러분들의 꾸준한 노력이 필요합니다. 좋은 기획안을 준비한 만큼 다음에는 구체적인 사안을 가지고 논의토록 합시다. 수고하셨습니다."

편집장인 송 선배가 마무리하자 모두들 자리를 털고 일어났다. 설희와 같은 대학 동문으로 속이야기를 주고받는 사이이다. 회사 복도를 걸어나오면서 조심스럽게 말을 꺼냈다.

"선배, 일층 로비에서 차 한 잔 어때요?"

"그거 좋지?"

계단을 통해 그들은 아래층으로 내려왔다. 건물 입구에 있는 카페로 들어갔다.

"선배, 뭘 드실래요?"

"따뜻한 얼그레이 차로 부탁해."

설희는 고개를 끄덕이며 같은 차로 두 잔을 시켰다. 실내에는 회백색 줄기의 자작나무가 화분에 심겨 있었다. 연둣빛 잔잔한 잎사귀들이 돋아나고, 실내공기정화용 벤자민 고무나무도 보였다. 예쁜 무늬의 녹색 잎들이 쭉쭉 뻗고 있었다. 바깥 창으로는 빌딩 숲 사이로 사람들의 발걸음이 분주하다. 선배는 바깥 풍경을 유심히 보고 있었다. 그 가운데 따끈한 차가 나왔다.

"선배 차 드시죠."

"어째 요즘 많이 힘들어 보여."

송 선배가 설희의 얼굴을 자세히 살핀다.

"아닌 게 아니라 요즈음 머리가 좀 복잡해요."

"작년에 왔던 각설이가 또 왔나보네?"

"농담할 기분 아니에요."

순간 송 선배가 화제를 바꾼다.

"너는 바다를 어떻게 생각하니?"

"바다요?"

"누가 바다는 밤새 잉크병에 펜을 꽂아 연애편지를 쓰던 푸름이 아니라, 꺾이고 다시 일어서는 생존의 시라고 하더군."

"바다가 생존의 시라니? 암튼 날카로운 지적이네요."

"네가 그 전쟁 같은 생존에서 이기고 나면 누군가 안전한 땅으로 널 끌어다줄게야."

"설마요?"

"항구에 닿을 수 있는 등대 빛을 무턱대고 기다리지 말고. 바다여행이라도 다녀오면 어떨까."

"바다여행은 무슨?"

"이참에 부담 없이 연가를 사용하는 것도 좋고. 요즘 사람들이 바다가 있는 커피거리를 찾는다는데 그 이유가 대체 뭘까? 다음 달 여름 주제로 어때?"

어깨를 으쓱 올리며 원망스럽게 선배를 빤히 쳐다보았다.

어쨌든 송 선배의 배려 덕분에 고향 바다를 찾게 되었다. 바다 특유의 갯내가 코끝으로 훅~ 불어 왔다. 월정사에서 느끼던 달콤한 깊은 산 공기와는 분명 달랐다. 거역할 수 없는 사나운 파도 소리가 먼 바다에서 그녀에게로 와르르 밀려왔다. 휘날리는 물보라가 해안선을 따라 끝없이 펼쳐져 있다. 확 트인 바다가 거칠게 없어 보였다. 강릉항구에서는 먼 뱃고동 소리까지 왠지 슬픔이 배어 있었다. 한때 청춘의 그녀는 항상 무언가 쫓기는 기분이었다.

고향 바다를 보면서 크게 심호흡하였다.

흰 파도를 따라 갈매기가 낮게 날고 있었다. 그때 어디선가 아름다운 노래가 한 소절씩 바람결 따라 들려왔다.

책에서는 소리가 나! 강릉바다를 느껴봐.

우리의 인생은 그렇게 탄생하는 거야.

새콤달콤한 커피와 함께~.

바닷바람을 타고 해변으로 홀연히 노래가 민들레 풀씨가 되어 날아다녔다.

도대체 누가 강릉 커피 노래를….

설희는 두근거리는 뜨거운 심장을 밖으로 조심스럽게 꺼내보았다. 멀리 백사장 인도 쪽으로 키 작은 청년이 노래를 부르고 있었다. 바다 빛을 닮은 옅은 청색 셔츠를 입었다. 무릎이 찢어진 청바지 차림이다. 흰 피부의 얼굴이 유독 눈에 들어왔다. 목소리는 굵은 바리톤으로 깊었다. 노래 가사가 부드럽게 가슴을 훔치고 지나갔다. 호기심에 이끌렸다. 잠시 바다를 향해 홀로, 외로울 수 있다는 느낌이 난데없이 불쑥 일어났다.

이놈의 감성이 또 문제란 말이지.

그곳에는 엉킨 마이크의 긴 줄과 한 쌍의 스피커가 그리고 모금함이 놓여 있었다. 슬쩍 모금함을 훔쳐보았다. 몇 개의 동전과 천 원짜리 지폐 두 장이 전부였다. 코끝이 시큰거렸다. 싸한 한기를 동시에 느꼈다. 순간 무명가수를 쳐다보다가 두 눈이 딱 마주치고 말았다. 고개를 돌린 쪽은 설희였다.

정작에 부끄러운 것은 그가 아니었다. 해변도로에는 4, 5층의 커피전문점들이 점령하고 있었다. 젊은 사람 몇이 간이용 나무의자에 앉아 있을 뿐이다.

감미로운 가사가 수평선 적막을 뚫고 파도처럼 일어났다 꺾이기를 반복하고 있었다. 바다 거리공연을 위해 홀로 달려왔을, 무명가수의 용기에 마음이 또 한 차례 쏠렸다. 지갑을 찾아 뒤적거리며 다시 되돌아가고 있었다. 백사장은 바다와 하늘이 몽땅 열린 공간이다. 주변 커피숍에서도 그녀를 지켜볼 수가 있다. 개의치 않기로 했다. 재빠르게 다가가 과하지 않게 만 원짜리 지폐 석 장을 모금함에 넣었다.

"노래가 참으로 훌륭해요. 브라보!"

낮은 목소리로 속삭였다. 아주 잠깐 사이에 가수의 두 눈동자가 마구 흔들렸다. 순간 벼랑 끝에 서 있는 듯 그 순수에 아찔했다. 어른이 된다는 것이, 그 실천이 어렵다는 것을 다시금 느꼈다. 최대한 멀리 떨어진 곳에서 계속 경청해야 해. 한 곡으로는 어림도 없지. 그러는 사이에 다음 곡이 흘러나왔다.

~저 언덕 넘어 어딘가 그대가 살고 있을까. 계절이 수놓은 시간이란 덤 위에…. 너와 난 나약한 사람. 바람이 닿는 여기 어딘가 우리는 남아 있을까. 연습이 없는 세월의 무게만큼 더 너와 난 외로운 사람 설움이 닿는 여기 어딘가 우리는 살아 있을까~.

갑자기 그리워하고 잊어야 할 어린 날의 아버지의 모습이 클로즈업되면서 마구잡이로 흔들렸다. 뭐야 이 가사는? 뭐가 외로워, 천만에…. 아버지는 몰라도 나는 아니야. 저 수평선 너머 아버지는 도대체 어디 있는데? 연민의 눈물이 왈칵 밀려왔다.

온전히 가수가 설희를 위해 노래를 부르고 있었다. 뒤늦게 알아차렸다. 노래가 끝나자 그녀가 있는 쪽을 향하여 정중하게 인사까지 했다. 무슨 큰일이라도 일어난 듯 쿵하고 가슴이 내려앉았다. 무명가수와 주고받는 감동이라니…. 바다가 있는 커피거리가 안겨주는 큰 선물이었다.

잔잔한 기쁨과 함께 갑자기 시장기를 느꼈다.

횟집에서 물회를 주문했다. 싱싱한 회가 배와 사과, 무를 채로 썰어넣고 붉은 초고추장에 흥건히 잠겨 나왔다. 톡 쏘는 특별한 식초를 섞은 국수를 후루룩 소리 내며 먹었다. 예전에 먹던 바로 그 맛이라 반가웠다. 여행 중에 그 지방의 유명 먹거리를 먹는 것이 기분을 상승시키기는 데 한몫을 했다.

맛있는 커피가 생각났다.

최근 강릉이 커피의 거리 메카로 등장하면서 커피를 좋아하는 사람들이 많이 찾고 있다. 안목에 커피 자판기 대여섯 대가 생겨나면서 자연스럽게 커피거리가 조성되었다. 해변도로를 따라 차를 몰았다. 바다와 해송이 바닷길을 안내해주고 있었다. 경포를 지나 사천 그리고 영진 바다까지 커피숍들이 줄을 잇고, 보헤미안 커피전문점을 찾았다. 우리나라 바리스타 1세대로 박이추 선생께서 직접 내려 마시는 커피를 선보인 뒤로부터 강릉 커피문화는 꽃을 피우기 시작했다. 여과지 안에 뜨거운 물을 부으니 갈색 거품이 올랐다가 사라졌다. 이러기를 서너 번 추출물을 받아내는 드립서버엔 진갈색 용액만 남았다. 작은 찻잔에 달콤한 산미의 커피가 봄빛을 받아 넘실거렸다. 목넘김이 부드러운 여운으로 남았다. 박이추 선생의 내림손길은 퍽이

나 인상적이었다.

맛있는 커피를 뒤로 하고 숙소로 돌아왔다.

밤이 되자, 안목 방파제 너머 멀리 등댓불이 빨갛게 반짝거렸다. 맞은편 방파제에서도 초록 등댓불이 빛나고 있었다. 등대는 항로 표지의 하나다. 밤에 다니는 배의 목표나 뱃길 또는 위험한 곳 따위를 알려준다. 방파제를 걷다보니 차가운 바닷바람이 볼을 스치고 지나갔다. 옷깃을 여미며 방파제 끝에 있는 붉은 등대불이 빛나는 곳까지 왔다. 겁도 없이 빨간 등대에 볼록 나온 난간의 시멘트 바닥에 걸터앉았다. 너울성 파도가 있을 수 있으니 주의를 요한다는 안내판도 있었다. 머리 위에서는 반짝반짝 간격을 두고 등댓불이 빛을 밝히고 있었다. 멀리 집어등을 켠 오징어잡이배들이 조업 중이었다.

막막한 강릉 밤바다를 한참 보고 있었다. 그러자 지난 밤 꿈처럼 그 깊이를 도저히 짐작할 수가 없는 두려움이 불현듯 밀려왔다가 사라지기를 반복하고 있었다. 바다에는 어릴 적 아버지를 잃어버린 향수가 있다. 그래서일까. 바다와 마주한다는 것은 두려움, 그 이상의 무엇이었다.

밤하늘에서는 제트기의 굉음 소리가 났다.

공군비행장이 가까운 이곳을 선배가 이끈 것은 우연이 아닌 것 같다. 지난 광복절, 경포 블랙이글스 에어쇼 행사가 있었다. 한때 사랑하던 도현이의 빨간 마후라가 눈에 스치고 지나갔다. 제트기는 횡성 공항에서 10분 만에 강릉 하늘로 날아올랐다. 바닷가를 가득 메운 피서객과 주민들을 위한 블랙이글 에어쇼가 펼쳐졌다. 대한민국 공군의 화려한 위력을 유감없이 발휘했다. 창공을 가로지르는 환상적인 공군 특수비행전대 '블랙이글 에어쇼'는 보는 이를 전율케 했다.

오산 공군작전부대에 이어 두 번째로 보는 장면이었다.

오산에서는 부대 정문에서부터 비행기 활주로가 있는 군부대까지 많이 걸었다. 에어쇼 시작 전 조종사들은 가족들에게 먼저 왔다가 갔다. 에어쇼를 진행할 8명의 조종사가 한 팀이 되어 한 줄로 서서 거수경례를 올렸다. 팀원 속에 있는 도현이의 모습은 멋졌다.

그를 알게 된 것은 고향 친구로부터 소개를 받아서였다. 안목에 있는 찻집에서다. 둘이서 아메리칸 커피와 케이크 한 조각을 시켰다. 삼층으로 올라가 창 쪽으로 앉았다. 바다가 눈앞에 보였다. 하늘이 통째로 들어왔다. 그는 공군 조종사 복장으로 나왔다. 방금 제트기에서 내렸다고 한다. 급한 마음에… 위아래가 통으로 된 국방색 옷이었다. 주변 사람들의 시선에 아랑곳하지 않았다. 설희는 무슨 말부터 할까 망설이다가 구체적으로 물었다.

"비행단 구호가 있다는데 알고 싶어요."

"저희 비행단 구호는 프로PRO, 프라이드PRIDE, 파워POWER인데요. 프로PRO는 프로다운 지식과 전문성으로 나라를 지키는 역할을 수행한다는 것입니다. 프라이드PRIDE는 우리는 할 수 있다는 강한 자신감을 가지는 것이고, 파워POWER는 누구보다 강력한 힘으로 항상 먼저 대한민국의 영공을 지킨다는 것이지요. 어떻게 보면 강한 정신력을 유지하기 위한 구호인 게죠."

"와우! 대단해요. 보통 사람은 땅을 딛고 생활하기 때문에 공중에

뜰 경우 약간 공포감을 느끼게 되는데 조종사의 경우는 어떤가요?"

"사실은 공포감을 느낄 사이가 없어요. 다시 말하면, 공포감을 느낄 시간이 없다고 하는 것이 더 정확할 듯합니다. 항공기는 정지와 후진할 수 없는 특징이 있는데다가 속도가 매우 빠릅니다. 보통은 시속 750~800㎞/h 이상을 왔다갔다 하는 걸요. 초 단위로 움직이다보니 잠깐에도 다음을 생각해야 하기 때문에 공포를 느낄 겨를이 없는 거죠."

"왜 이렇게 어려운 일을 시작하게 되었어요?"

"간단하게 두 가지로 요약할 수 있어요. 첫째는 하늘을 나는 것에 동경이 있었죠. 둘째는 나라를 위해 희생 봉사하겠다는 굳은 의지가 있었어요. 그래서 전투기 조종사가 되었어요."

그날 편한 이야기로 시작했으면 좋을 뻔했다. 무슨 대단한 애국자라고? 완벽한 사람 앞에서 주눅이 드는 원초적 방어기제가 작동했었다. 편한 것을 선호하는 그녀의 성격과는 달라도 너무 달랐다. 그는 충성! 충성을 입에 달고 다녔다. 갑자기 떨어지는 군의 명령을 따르느라 만남도 쉽지 않았다.

지난 광복절, 경포 하늘에서 20분간 펼치는 화려한 무대 역시 긴장의 연속이었다. 다양한 곡예비행을 통해 조종사들의 조직적인 팀워크와 비행 기량을 보고 있으니까 제대로 숨쉬기가 안 되었다. 검은 독수리 8마리를 상징하는 8대의 제트기가 상공에서 색색의 연기를 뿜으며 하트를 만들었다. 큐피드의 화살을 정중앙에 정확하게 내리꽂히는 장면에서는 입을 다물지를 못했다. 마지막으로 상공에서 태극 마크까지를 수놓는 그들의 뛰어난 기동은 오금이 다 저렸다. 땅에서는 하늘을 향해 감탄의 박수가 연이어 터져나왔다.

혹시 저러다…. 긴박감 속에 난데없이 아찔했다. 남들처럼 재미를 느낄 수만은 없음이 안타까웠다. 그날 연락받고 경포해수욕장으로 달려갔던 추억이…. 지금 그날은 가고 없다.

엄마는 나이 사십에 처음으로 까만 밤바다에서 빛을 발견했다고 했다.

"그게 말이야, 너의 아버지를 바다에 흩뿌리고 돌아왔는데. 연어의 강한 지느러미를 갖고 싶더라. 자기의 죽을 때를 아는 연어 말이야. 나름 비상하고 싶었는지도 모르지. 산란을 위해 거센 물줄기를 강타하면서 산기슭으로 올라가는 죽음과도 맞바꾸는 그 정신력 말이야. 너희들과 함께 살아내야 할 세상을 우선 걱정한 게지."

사실 엄마는 홀로 질긴 삶의 질곡 속에서도 고통에 굴복당하지 않으셨다. 두 남매를 키우며 갖은 노력으로 자신의 전투를 무사히 치러왔다는 사실을, 그 누구보다 설희는 잘 알고 있다.

"너의 아버지와 사랑은 처음부터 위험에 노출되고 있었어. 아름다운 장미꽃에만 매혹되어 있었으니까, 장미꽃에 가시가 있다는 사실에 전혀 주의를 기울이지 않았지. 집에서 살림을 하면서 아무 걱정 없이 살았으니까. 누가 알았겠어. 그렇게 일찍 갈 줄. 그게 위험에 노출된 사랑이지. 뭐야."

"무슨 노랫말 같잖아. 나는 엄마처럼 지독한 슬픔 따위는 겪고 싶지 않아."

"설희야. 가시에 찔려 피가 철철 좀 나면 어때? 상처난 곳에 또 상처가 덧나면 그만인 것을 이게 인생이야. 살다보면 견딜 수 있을 만큼의 고통이더라."

사실 위험을 감수하더라도 내 마음이 거울처럼 맑아져 온전히 사랑하는 법을 배웠으면 좋을 뻔했다.

그때 엄마는 큰 병원에서 항암치료 중이었다. 무슨 놈의 팔자가? 화가 몹시 났다.

당시 도현이의 비행기 굉음 소리까지도 듣기 싫었다. 궁여지책으로 고향을 등지고 대학 선배가 운영하는 출판사에 취직했다. 엄마가 있는 병동을 바라보면서 복잡한 서울 거리에서 수없이 방황했었다.

"선배, 커피를 뭐라고 생각해요?"

"커피는 대화야. 책 읽을 때, 글 쓸 때, 상대와 만날 때 두루두루. 지난 날 우리들의 인스턴트커피? 부모님 몰래 찬장에 둔 커피를 대접 가득 숭늉처럼 마셨지. 학기말 시험 전날 벼락공부하느라. 마신 적이 수도 없이 많아. 커피만 마시면, 자정이 지나도 눈이 말똥말똥 전혀 잠이 오지 않는 거야. 약국이 아닌 슈퍼에서 파는 신비한 검은 약이라고 불러도 좋을 것 같아. 머릿속이 텅 빈 것처럼 몽롱한 상태가 아주 좋았거든."

"선배, 우리 집 찬장에도 그 검은 약이 병에 담겨 있었어요. 창으로는 일찍이 바다가 있는 커피가 준비되어 있었던 거죠. 그게 바로 세계인의 커피, 맥스웰 하우스 인스턴트커피라는 거였어요. 선생님께서 가정 방문 오는 날은, 심지어 잘 사는 친구 집에 가서 얻어오기도 했어요. 커피는 마치 부의 상징처럼 담배 다음으로 인기가 있었잖아요.”

“요즈음은 커피 한 잔 하실까요? 그 한마디면 대화는 이미 성립된 거야. 너처럼 하룻밤 사랑에 빠진 노래는 더 좋을걸.”

“악담을 하세요. 악담을?”

처음 만난 도현이와 겁도 없이 저녁 바닷가 솔숲을 둘이서 걸었다. 그 제복이 문제였다. 그를 한층 더 멋있게 만들었다. 상하 구분이 없는 국방색 복장의 전투조종사 빨간 마후라가. 그날 밤, 자기만을 위한 남자라고 믿었다. 그 후 추억은 거칠었다. 가슴 절절히 고급스러워 값비싼 가격을 마다않고 값을 톡톡히 치르게 만들었다. 오랜 시간 방황이 계속되었다. 벌써 여러 해가 지난 이야기다.

그 뒤로 그가 아닌 타인에게로 가는 길은 비만 내렸다.

오늘처럼 공허했다.

세월의 강 너머 아무런 예고도 없이 인천국제공항에서 우연히 도현이와 마주쳤다. 첫눈에 그를 알아보았다. 변한 것은 그의 복장이었다. 공군 장교 복장이 아니었다. 민간 항공기 조종사의 복장을 하고 있었다. 그의 모습에 잠깐 당황했을 뿐이다. 그는 결혼해서 아이가 하나 있다고 했다. 나만 아직 결혼을 못한 건가. 뒷맛이 씁쓸하였다.

문득 떠오른 노래.

바다가 있는 안목 커피거리가 있을 뿐이었다.

커피 한 잔 하실까요?

날 먹여살릴 남자는 이제 필요 없어요.

나를 사랑해주고 내가 사랑할 남자가 필요할 뿐이에요.

공감한다는 것은 참 어렵군요.

그날, 그날이 바뀌니까요.

강릉커피 르완다

일본 고베의 커피하우스를 둘러보다가 그 고급스러움에 깜짝 놀랐다. 카페 유리창으로는 타국에서 맞이하는 햇살이 눈부셨다. 그때 두리번거리며 빈자리를 찾고 있는 정아와 우연히 눈이 마주쳤다.

내가 크게 손을 흔들자 눈을 반짝이며 자석에 이끌리듯 다가왔다.

"이렇게 고마울 때가 있습니까? 커피 맛이 특별하다는 소문이 있기에 여행 중 잠깐 들렀습니다만."

목에 멘 카메라가 눈에 들어왔다. 그녀가 뿜어내는 청순함이 눈에 띄었다. 배낭을 옆자리에 놓으면서 맛깔스럽게 말했다.

"맛있는 커피가 따로 있나봐요?"

나는 묵묵히 고개를 끄덕이며 눈인사로 답했다. 상대편을 편안하게 바라보며 재잘거리는 것을 무척 좋아하는 듯 보였다.

"혹 커피마니아세요?"

"커피를 상당히 즐기는 편이긴 해요."

나의 짧은 대화를 잘 이끌어냈다.

"좋은 와인이 있듯 커피도 있을 수 있겠죠. 매일 아침 커피를 챙겨 먹거든요. 베토벤도 아침식사를 하면서 커피를 마셨다고 하죠. 한 잔에 60알의 원두를 할당하면서요."

"섬세함이 느껴지네요."

우리는 베토벤의 운명 교향곡을 떠올리며 가볍게 웃었다. 종업원이 가져다놓은 따끈한 커피를 한 모금씩 목구멍으로 넘기며 천천히 음미해갔다. 소크라테스는 음미하지 않은 삶은 가치가 없다고 했다. 이를 빗대어 음미하지 않은 커피는 마실 가치가 없다고 말하고 있는지도 모른다.

"아하! 바로 이 맛이군요. 쌉싸름하면서도 맑은 차를 한 잔 마셨을 때처럼 뒷맛이 아주 깨끗해요."

"깨끗하죠."

그녀의 말을 반기며 맞장구를 쳤다.

"커피도 체리 종류라서 단맛이 있는 거죠. 그 단맛이 산과 조화를 이뤄 새콤달콤해지는 거잖아요."

깨끗하고 새콤달콤한 커피 맛을 음미하면서 대화를 나누다보니 어느결에 정아에게 호감이 갔다.

"원두에 고스란히 담겨 있는 향을 우리들 잔에 담으려면 적도 부근에서부터 고지대로 갈수록 커피 향이 더 나올 확률이 높습니다. 물론 세척과 건조 그리고 보관과 로스팅 과정도 중요해 보입니다만."

아는 만큼 보인다는 말을 실감하면서, 최근에 커피 공부하면서 알게 된 사실을 나는 주섬주섬 늘어놓았다. 그 사이 커피 잔에 남은 마지막 커피를 마신 정아가 먼저 자리에서 일어났다.

"실례가 많았습니다. 다른 약속이 잡혀 있어서요."

나도 덩달아 자리에서 일어나면서 말을 어눌하게 꺼냈다.

"초면에 실례지만 명함이 있으면…."

"필연이면 또 뵙게 되겠죠."

밝고 따뜻한 인상과는 달리 거절당하고보니 무안했다. 정아는 요샛말로 쿨! 하다고 할까. 당시 커피에 민낯인 우리는 잠깐 옷깃을 스쳤다가 헤어졌다.

그날 일본 고베 '하기하라'에서 맛본 커피 맛과 그녀의 첫인상은 오래 갔다. 커피점의 문화 역시 감동과 충격으로 자리했다. 항구를 중심으로 고급 커피사업이 엄청나게 발전해 있었다. 당시 우리나라 커피 시장의 95%가 동서 커피믹스가 전부였으니까.

그리고 시간이 흘렀다.

직장에 다니면서 야간에는 대한민국 1호 바리스타 선생님을 찾아뵙고 커피교육도 받았다. 동시에 우리에게도 최상의 커피를 공급하고 싶다는 욕구가 슬며시 고개를 들기 시작했다.

그러다가 1998년 외환위기로 금융회사에서 명예퇴직을 하게 되었다. 오히려 인생의 터닝포인트가 찾아온 것이다. 커피에 대한 깊은 갈증이 있었다. 어디든 훌쩍 떠나서 배우고 싶었다. 최고의 커피가 있는 콜롬비아를 거쳐 유럽 커피의 본고장인 오스트리아 빈을 찾았다. 300년이 넘는 카페 역사를 자랑하는 오스트리아 수도 빈은 카페에 대한 자부심이 대단했다. 우리가 비엔나커피라고 부르는 커피는 빈의 어느 카페에서도 찾을 수가 없었다. 핸드드립은 최초로 1908년 독일의 멜리타 여사로부터 시작되었다. 이를 계승 발전시킨 일본을 다시 찾아갔다.

그곳에서 다양한 핸드드립의 세계를 맛보았다. 그들의 손놀림은 오랜 경험으로 단련된 듯 가볍고 유연했다. 기분 좋은 쓴맛, 부드러운 목넘김이 어떤 것인지를 몸으로 느끼게 되었다. 커피여행은 한동안 외로움을 동반했다. 반면 새로운 사업에 대한 긍정적인 힘이 살아나는 듯했다. 우리나라 커피사업은 낙후돼 있었기에 더욱더 가능성이 엿보였다. 커피를 공부하면서 외국에 나갈 기회가 여러 번 생겼다. 르네상스의 역사와 궤를 함께하는 레오나르도 다빈치와 미켈란젤로, 로렌초 데 메디치 등 르네상스 중요 인물들을 만날 수 있었던 것도 행운으로 따라왔다.

우연을 가장하다보면 필연이 시작되는 걸까?

정아와 결정적 만남은 눈이 내리는 성탄절 전야였다. 뉴욕에서 커피사업에 대한 조사를 끝내고 모마 현대미술관을 찾았다. 그곳에는 세계적인 귀중한 작품들이 소장되어 있었다. 스페인에서 태어나서 주로 프랑스에서 미술활동을 한 피카소의 대형 그림 아비뇽의 처녀들에서 눈을 뗄 수가 없었다. 대형 그림으로는 손과 손을 잡고 둥근 원을 그리며 춤을 추는 앙리 마티스의 걸작 댄스도 전시되어 있었다. 세계적인 명화를 직접 본다는 것이 무엇을 말하는지, 가슴 뜨겁게 느꼈다. 전시장 복도를 거쳐 실내에 걸려 있는 마르크 샤갈의 대표작 나와 마을을 뚫어지게 보고 있는 동양인 여자와 순간 마주쳤다.

착각일까?

얼굴 윤곽의 옆선이 정아를 많이 닮았다. 노부인으로 보이는 분과 함께였다. 순간 일본 고베 하기하라 항구가 되살아났다. 확인차 돌아서는 순간 이미 눈에서 사라지고 없었다. 기가 막힐 노릇이었다.

연말이라 인파가 밀리고 밀리는 좁은 공간에서 허겁지겁 2층과 3, 4층까지를 돌아 다시 로비로 찾아다녔다. 맥 빠지는 짓이었다. 그날은 특별전으로 고흐의 별 빛나는 밤이 전시되고 있어 더욱 혼잡을 이루었다.

어디로 가야 할지 막막했다.

처음으로 점묘법으로 처리한 마네와 모네의 작은 그림하고도 마주쳤다. 하지만 같은 공간에서 놓쳐버린 여자 때문에 그림이 눈에 들어오지 않았다. 그녀와의 인연이 필연이기를 바라던 마음이 송두리째 달아나버렸다. 그러면서 허기가 찾아왔다. 맛있는 커피가 먹고 싶다는 갈증도 함께 왔다. 허탈한 마음을 안고 미술관 안내도를 보면서 카페를 찾아 3층으로 올라갔다.

순간 묘한 일이 일어났다.

마치 커피 한 잔에 취하듯 커피 향에 정신이 녹아내렸다. 흐릿한 가운데 점점이 찍힌 붉은 태양과 장미꽃이 보였다가 어느새 정신이 번쩍 뜨였다.

*

그로부터 정아와 부부의 연을 맺었다.

우리가 운영하고 있는 사천 커피하우스 근처에는 수중식물이 자라는 순포습지대가 있다. 산책로가 조성되면서 사람들이 자주 찾는 공간으로 변했다. 이른 아침이면 희뿌연 안개 속으로 숲속 이야기들이 주저리 열렸다. 겨울이면 철새도래지로 북유럽 백조가 우연히 날아들었다. 갈대숲에서는 간간이 바람이 일고, 새 떼들도 부지런히 들고 날아올랐다.

그런가하면 해변 소나무 숲에는 간이의자가 놓이고 일명 바다 피크닉을 즐기는 가족들이 늘어나고 있다. 오늘도 보랏빛 수련이 수면 위로 다투어 피어나는 저수지 주변을 돌며 아침산책을 한다. 평평한 흙길을 밟다보면 숲 내음으로 몸과 마음이 정화된다. 여기쯤에서는 공원화된 사천 커피하우스 3층 건물과 부속 건물들이 한눈에 들어온다.

생각하면 참으로 멀리 달려왔다.

미국 시애틀을 다녀오면서 낭만의 도시를 꿈꾸었다. 스타벅스와 마이크로소프트가 시작된 곳에서 내심 마음이 설레었다. UFO 같은 스페이스니들에 올라가 보았다. 퍼블릭마켓의 시푸드와 꽃도 즐기며 첫여름을 보냈다. 커피의 시작은 이렇듯 대륙적이었다. 비가 뿌리는 거리에서 시애틀의 잠 못 이루는 밤의 주인공이 되기도 했었다. 세계적인 스타벅스도 둘러보았다. 커피사업에 대한 갈증에 더욱 채찍질을 가했다. 낯선 곳에서의 외로움도 달래야 했다.

그렇게 시간이 흘러 완성된 사천 커피하우스 정원에는 키 큰 소나무가 여럿 자리하고 있다. 해송은 선조들이 심어놓은 위대한 유산 중 하나다. 도로변을 사이로 소나무 숲길이 이어지고 사천 바다가 길게 놓여 있다.

특히 예술적 감각으로서의 문화공간을 마련하고 싶었다. 햇빛을 실내 공간으로 끌어당기는 건축기법에 관심이 있었다. 전기 조명이 아니라 자연스러운 햇빛이 실내를 밝힐 수 있다면 좋겠다는 착상이 떠올랐다. 그러자니 빛을 잘 아는 최고의 건축가가 필요했다. 어린 날 집 마당 평상에 누워 바라보던 하늘이 그리웠다. 낮이면 누워서 키 큰 소나무 사이로 파란 하늘에 떠다니는 흰 구름을 보았다. 저 흰 구름처럼 세상 곳곳을 떠다니고 싶었다. 깜깜한 밤이면 쏟아지는 별들을 또한 잊지 못한다.

커피하우스 건물은 외벽과 지붕의 철근 콘크리트 주조 바닥판이 곡선으로 이어져 끊이지 않고 이어지는 하나의 선으로 연결되어 있다. 높은 층과 통유리를 사용한 점이 특이하다. 조상들의 손길이 닿은 소나무는 베지 않고 자연 그대로 살려가면서 각별히 신경을 쓴 건축물이 탄생되었다. 인테리어가 주변 경관과도 잘 어울린다. 그런 까닭에 우리나라 경관 최우수 건축물로도 상을 받았다.

그 사이 몇 번의 고비가 찾아왔었다. 한때는 악천후의 연속이었다. 은행에서 빌린 돈을 갚지 못해 설계를 축소해야 하는 지경에 이르렀다. 그러나 죽으라는 법은 없었다. 서서히 커피의 순수한 맛을 잘 아는 이들의 입소문이 줄을 이었다. 전국 14곳에 분점을 내고 지금에 이르렀다.

짹 깍, 짹 깍….

오늘 따라 시계의 분침이 빠르게 돌아간다. 간단하게 아침을 먹고 주차장에서 차를 몰고 사천 해안도로를 달린다. 초록의 해송이 해변을 따라 숲을 이루고 있다. 그 사이로 푸른 바다가 아침 햇살을 받으며 넘실거린다. 오른발로 액셀을 밟고 달리다보면 몸과 마음이 절로 상쾌해진다.

그러나 오늘은 상당히 불규칙적으로 심장이 쿵쾅거린다. 오감으로 파고드는 피부의 거친 파동이 하나하나 몸속의 실핏줄을 타고 온몸으로 돌아다닌다. 잠깐씩 호흡을 가다듬는다. 크게 들숨과 날숨을 번갈아하면서 운전대를 잡고 있다. 운전대를 잡은 손에는 어느덧 진땀으로 얼룩진다.

병원과의 약속이 잡힌 만큼 사람을 지치게 한다. 이미 정해진 것을 두고 나 스스로 신경전을 한다. 케~ 세라, 세라~. 차 안 음악이 잔잔하게 흐른다. 멀리 사면체 입체 도형의 흰 5층 건물이 시야에 잡혔다. 아산병원이라는 대문짝만한 간판도 따라왔다. 큰 병원은 살아생전에 가까이하고 싶은 곳이 아니다. 되도록 멀리하고 싶은 곳이다. 심한 갈등을 애써 물리치면서 병원 정문을 휘돌아 제2주차장에 차를 세운다.

Enough! Enough!

충분히 검토했기에 애써 평온을 가장해본다.

병원 출입구는 아침부터 오고가는 사람들로 북적거린다. 하얀 가운을 입고 바쁜 발걸음을 옮기는 의료진들이 눈에 띈다. 원무과에서 이제 막 퇴원 수속을 밟거나, 진료카드를 들고 예약된 주치의들을 찾아다니는 환자들로 가득하다.

그런가하면 입원 환자들의 친지 방문으로도 종합병원의 일상은 분주하다. 가끔씩 응급실을 향하는 앰뷸런스의 강한 울림도 긴장시킨다. 우리는 태어나고 죽는 존재다. 두려워마라며 신호총을 하늘에다 쏘아올리듯 긴장감을 더욱 고조시킨다. 병원 뒤쪽으로는 장례식장으로 발길을 옮기는 이들도 있다.

우리 모두는 거대한 생명의 큰 바닷물에 휩쓸리며 살아간다. 어느 날 예기치 않은 일로 그물망에 걸려 지상으로 올라오는 초라한 물고기들이다. 나는 잠시 휘청거리다 병원 밖으로 나왔다. 정오의 햇살이 눈부시다.

멍한 상태로 주차장으로 향한다.

"갑상선암 4기입니다."

"얼마나 남았나요?"

"길어야 6개월 또는 3개월입니다."

시한부? 마음의 준비를 하란다.

Enough! Enough!

충분히 검토했지만 가슴은 터질 듯 답답하고 명치끝이 아프다. 부정적인 생각이 꼬리에 꼬리를 물고 일어난다. 어찌 됐든 자녀들은 결혼을 다 시켰다. 홀가분하다. 다만 남은 것은 아내와 어떻게 마지막 이별을 맞이할 것인가라는 과제가 남아 있을 뿐이다. 탄생과 죽음은 자신이 보지 못한다. 다만 남은 식구에게는 기대연명이 있을 수 있다. 세상에 자신도 모르는 갑작스런 죽음이 얼마나 많은가? 특별 보너스로 긍정적으로 생각하면 답이 더욱 쉬울 것이다. 다만 소소한 이별 연습이 필요할 것 같아 주저하고 있다.

아산병원을 빠져나오면서 버킷리스트를 작성하다보니 어느새 사천 커피하우스에 도착했다. 3층 서재로 올라갔다. 서재 천장은 상당히 높다. 사면 벽이 이층 높이의 고풍스러운 책장에 사다리까지 있다. 길쭉한 철재로 된 책상과 소파도 구입했다. 개방형 응접실 분위기로도 활용하고 싶은 욕심이 있어 인테리어에 신경을 썼다.

책상 옆에 세우던 거울을 본다. 희끗해진 머리카락을 가진 무뚝뚝한 키 큰 노인이 있다. 면도를 하지 않아 턱수염이 한껏 자라버린 자신을 측은하게 바라보고 있다. 이제 항암치료로 곧 머리카락이 다 빠져버릴 거야. 아니? 이왕이면 그런 절차 따위는 생략하고 싶다.

커피 콩 한 알 생산되지 않는 강릉에 커피도시라는 근사한 칭호를 얻게 된 것은 그 자신이다. 그 동안 어떻게 일으켜 세운 삶인데….

한때는 바흐의 커피 칸타타에 영감을 준 마법의 열매에 어울릴 브랜드 명칭을 찾고 있었다. 브라질 프레투 지방에 아내와 갔을 때였다. 브라질은 유명한 테라록사라 불리는 고원평야에서 커피를 주로 재배하고 있었다. 오래 전부터 최고로 적합한 땅이라고 호평이 나 있었다. 1877년 마르티니코프라도는 리메이랑 프레투 지방에서 보랏빛으로 빛나는 붉은 땅을 발견했다고 한다. 우린 책에서 본 신천지를 발견하고는 기쁨을 감출 수가 없었다. 놀랍게도 현무암이 수없이 펼쳐진 비옥한 땅이었다. 붉다 못해 초콜릿 색깔을 띠고 있었다. 햇빛 아래 보랏빛으로 빛나는 그 땅을 사람들은 포르투갈어로 테라로사라고 불렀다.

이렇듯 커피가 맺어준 수많은 인연들이 따라 들어왔다. 굽이굽이 어려움이 많았지만 결국에는 커피가 나에게 힘이 되어주었다. 커피

공장이 미술관, 아트숍과 같았으면 좋겠다는 아내의 생각도 맞아떨어졌다.

커피하우스는 미술명품관으로도 널리 알려져 있다.

슬픈 전설을 가진 천경자 화백 작품에서 이미지를 얻은 아내는 해외 여행지에서 본 이국 여인의 모습을 화폭에다 그리기 시작했다. 구성된 섹션 검은 대륙에서 그들 내면의 슬픈 전설 이야기를 시리즈로 담고자 했다. 지구 끝에 위치한 세네갈은 영화 흑인 올페의 노래 분위기와도 어울렸고 매력적이었다. 그곳에서 고갱의 달과 6펜스가 가리키는 나침반을 따라 배를 타고 갔다. 다카르 동쪽 앞바다에 있는 고레 섬은 과거 아프리카 땅에서 가장 규모가 큰 노예무역의 중심지였다. 포르투갈 네덜란드 영국 프랑스에 의해 연달아 지배를 받은 곳이다. 노예들의 눈물과 고통, 죽음의 행렬이 잇따른 기억의 저 끝에서 고레는 수십 채의 노예 막사가 넘쳐나는 창고가 즐비했다. 비참한 노예들의 슬픈 역사를 보여주고 있었다. 아내는 아프리카에서 돌아와 고통의 끝을 경험한 이들의 혼을 그림에다 불어넣고자 했다. 세상을 살아가면서 슬픔을 겪지 않는 사람은 없다. 우리는 누구나 인생의 크고 작은 시련 속에서 괴로워한다. 다만 그 끝을 경험한 이들이 있다.

이 모두를 예술로 승화시키고자 아내는 뼈를 깎는 시간을 피하지 않았다. 명품관은 커피가 생산되는 적도의 뜨거운 열기가 살아 있는 생생한 그림들로 전시되어갔다. 또한 세계 각국을 돌며 내가 수집한 구형 커피 그라인더와 각종 연장도 함께 전시되었다.

커피하우스 디자인은 인테리어까지 공간의 미학이 어우러져서 비로소 그 가치가 완성되었다. 어떻게 보면 우리 부부가 커피 생산국의 비참한 과거와 현재를 강릉바다라는 큰 화폭에다 옮기기 위해 신세계를 넘나들었다고 할 수 있다.

그런데 그게 지금 중요한가?

아내가 한밤중에 내가 내지르는 짐승 같은 소리를 듣고 밖으로 나왔다. 카페 한 구석에서 속울음을 토해내고 있을 때였다.

"여보. 아프다고 말해도 괜찮아요. 슬프다고 말해도 좋아요. 그냥 곁에만 있게 해주세요."

아내의 간절함이 전해져왔다.

무슨 말이 더 필요할까.

다음날 숯불을 피워 르완다 생두를 로스팅하고 있다. 그녀는 나의 날선 감정을 건드리지 않기 위해 멀리서 바라볼 뿐이다. 구수한 커피 향이 바람을 타고 돌아다녔다. 나는 르완다 커피를 핸드드립으로 가볍고 유연하게 내렸다. 하얀 작은 도자기 찻잔에 담아 천천히 아내에게 내놓는다.

아내 또한 복잡하고 두려운 분위기를 애써 외면하면서 찻잔을 받는다. 부드러운 바디 맛이 목구멍을 스치고 지나간다. 에티오피아 예가체프 커피의 노트처럼 풍부한 향미와 케냐 커피와 같은 산미를 지녔다. 그리고 오랜 경험으로 단련된 나의 손놀림의 마지막 정성이 다분히 들어 있을 것이다.

지금은 사회적 거리두기 4단계로 전시 상황이 따로 없다.

아내와의 관계도 전시 상황이다. 사랑을 주고받는 부부는 관계통장이라 하지 않는가. 두 사람 사이에 흐름이 없다면 사는 게 무미건조할 것이다. 주고받음이 공평하게 유지되어야 둘 사이에 신뢰가 쌓인다. 지금 우리 부부 사이에는 관계통장이 멈춘 상태다. 나의 분노조절이 어려운 시기인 만큼 일단 피하는 것이 상책이라고 아내는 믿는 눈치다. 말기 암 환자의 입장에서 보호자마저 이미 죽음을 예상하고 있다면 어떻게 될까.

뻔하다.

마지막 의지의 불씨를 꺼뜨리지 않도록 남편 곁에서 끝까지 돌보고 싶은 것이다. 그런데 심기가 불편한 내가 완강하게 막고 있다. 미술명품관에는 아내가 특별히 좋아하는 그림이 있다. 머리를 쫑쫑 땋아올린 아프리카 여인이 염소를 안고 있는 그림은 상당한 수준작이다. 배경은 광활하다. 멀리 여명 속으로 커다란 해가 솟아올랐다. 넓은 들판에 야생의 여인이 서 있다. 빛에 그을린 강한 피부색은 무척이나 인상적이다. 눈동자는 원시의 순수를 닮았다. 왠지 아프리카 여인에게서는 숙명적인 슬픔이 느껴진다.

요즈음 아내에게도 그 슬픔이 보인다.

왜? 나는 다른 뉘앙스로 말기 암을 해석하는 걸까. 동시대에 같은 단어로 말을 하고 글을 쓰는데도 요즈음은 서로의 머릿속이 달라도 너무나 다른 의미로 전달되고 있다. 부부 사이에 단어 선택의 어려움은 관계의 고단함으로 이어진다. 제대로 전달하지 못할 것 같은 조바심이 항상 있다.

이별에도 시간과 연습이 필요한 것일까.

결국 나 스스로 호스피스 병동으로 자리를 옮겼다.

아내의 슬픈 눈동자를 더는 보기가 힘들었다. 먼저 가는 자가 잔인하다 말하지 말았으면 좋겠다. 내가 얼마나 아내를 아끼고 사랑하는지는 표현할 수가 없다. 마치 영화의 한 장면처럼 당신 품에 안겨서 두 눈을 감고 싶다고. 어떤 결과가 나오더라도 당신만은 행복해야 한다고….

입 밖에서 맴돌 뿐 아내에게 더는 고통을 주고 싶지 않았다.

다만 지난 날 아프리카 르완다 아이들에게 음악을 선물한 것이 뿌듯하게 남아 있다. 피아노 공연에 관심을 보여준 르완다 아이들이었다. 난생 처음 듣는 피아노 선율에 반해 피아노 곁에 모여들며 관심을 보여주었다. 순진한 그들의 눈동자를 기억하지 않을 수가 없다. 지금은 500여 가구가 살고 있는 마헨베 마을에서 원두를 직수입하고 있다. 그들 농부의 손길이 무척이나 고맙다.

우리 부부는 강릉에서 상상하기도 어려운 르완다에서 그들 농장을 찾아냈다. 그곳은 우리에게는 호텔 르완다 다큐멘터리 영화로도 유명한 곳이다. 잔인한 살육의 현장에서, 서방세계의 외면에 100일 동안 1,269명의 난민의 목숨을 구한 호텔 지배인 폴에 대한 이야기다. 영화를 보고 있으면 영웅이란 대단한 권력을 가진 자들이 아니라 어떠한 상황에서도 옳은 판단을 하는 평범한 사람들이 아닐까라는 확신이 든다. 유엔군이 자신들을 지켜줄 거라 믿었지만 그들은 백인들과 심지어 백인의 개까지 탈출을 시킨다. 그러면서 그곳에 남아 있는 아프리카 사람들은 한 사람도 태우지 않았다. 탈출하는 버스 안에서

개를 안고 남겨진 흑인들을 바라보는 백인들의 시선 또한 공허하다.

그곳이 르완다다.

지금은 대한민국의 국가 브랜드 중 하나인 새마을학學이 르완다에 전파되고 있다. 우리 모두는 현실 속에서 허우적대지만 그럼에도 우리들 가운데 더러는 별들을 바라보고 있다는 사실을 잊어서는 안 된다. 정면 돌파를 두려워하지 않는 진실된 사람들이 있다는 사실로도 세상은 희망적이니까.

나는 항암치료를 거부하고 죽음을 받아들였다.

아내는 말한다.

슬픔에도 폭력이 있다고….

당신의 놀라운 아이

허 씨는 딸이 보는 앞에서 외손자를 자주 혼내고 있었다. 요즘 들어 딸이 자신을 대하는 태도가 딱히 꼬집어 말하기에 석연찮은 무언가가 있었다. 오직 외동딸 하나를 애지중지 키웠다. 그는 오남매 중 차남이었다. 그가 자랄 때는 부모님께 욕도 많이 들으면서 형제들과 치고 박고 싸우기도 했다. 심지어 아궁이에 불을 지필 때 사용하는 부지깽이로 맞아가면서 자랐다.

그런데 요즈음 세상은 많이도 달라졌다. 노인이 되면 무엇을 봐도 못본 척하고 들어도 못들은 척, 알아도 모른 척해야 한다고. 그런데 그는 그게 잘 안 되는 사람이었다.

외손자는 학교를 다녀오면서 무엇이 그리 급할까. 현관에서부터 신발을 여기 한 짝, 저기 한 짝씩 벗어놓고는 자기 방으로 줄행랑쳤다. 게다가 어깨에 메고 온 책가방을 거실 한가운데 아무렇게나 던져버렸다. 그러자 가방 속에 들었던 책과 학용품들이 와르르 쏟아졌다. 하지만 아랑곳하지 않고 냉장고에서 오렌지 주스 병을 찾아 마시고는 TV를 켰다.

후~ 저걸 그냥? 하는 짓이 귀엽다가도 때로는 그 수위가 높아져 한계점을 넘길 때가 있다. 작은 머리에 꿀밤이라도 주고 싶지만…. 손이 가다가도 이내 멈춘다.

"신발이 이게 뭐야. 가지런히 벗어놓아야지. 이 가방은 또? 이 외할아버지가 따라다니면서 치워야 하냐?"

매일같이 제 어미처럼 잔소리하면서 치운다. 그만 입맛이 쓰다. 은근히 치밀어오르는 화를 다스리기 위해 베란다 창문을 열어젖힌다. 집안 공기를 환기시키며 밖을 보니 파란 하늘에 흰 구름이 두둥실 떠간다.

화창한 봄날이다. 그도 소파에 앉아 있는 외손자 곁에 합석해 곰돌이 푸 월트디즈니 애니메이션을 감상한다. 곰돌이 푸의 유일한 욕망의 대상인 꿀에 대한 사랑을 잘 보여주는 귀여운 영화다. 곰돌이 푸에게는 다양한 모험을 떠나는 친구들이 있다. 소심한 겁쟁이 피글렛과 항상 우울한 이요르, 에너지 과다 티거와 허세 가득 아울, 그리고 잔소리쟁이 토끼 등 완벽한 친구는 한 명도 없지만, 그렇다고 이들은 서로를 헐뜯고 비난하고 판단하지 않는다.

그저 서로를 있는 그대로 받아들이고 각자의 부족한 점을 채워준다. 누가 제작했는지 고맙다. 어른들이 보기에도 느끼는 게 많다.

"강은 알고 있어. 서두르지 않아도 언젠가는 도착하게 되리라는 것을. 그냥 이리저리 걸어다니고 들을 수 없는 모든 것에 귀를 기울이고 생각을 비우고 아무것도 하지 않기야. 이런 것은 어리석은 일이 아니야."

대사치고는 대단히 철학적이다.

푸와 피글렛은 생각에 잠겨서 황금빛 저녁 햇살을 받으며 집으로 걸어갔다. 오랫동안 둘은 아무 말도 하지 않았다. 마침내 피글렛이 입을 열었다.

"푸, 아침에 일어나서 무슨 말을 가장 먼저 해?"

"아침에 뭘 먹을까야. 피글렛. 너는?"

"난 오늘은 무슨 신나는 일이 생길지 궁금해지는데··· 라고 해."

푸는 생각에 잠겨서 고개를 끄덕였다.

"오늘이 무슨 요일이야?"

"오늘!"

"내가 제일 좋아하는 날이네!"

후후후 이쯤 되면 수도자의 경지다. 항상 긍정적인 푸의 가장 친한 친구로는 소심함의 극치를 달리는 작은 돼지가 있다. 분홍색 외모 때문에 암컷 같지만 수컷이다. 언제나 어쩜 좋지? 난 몰라! 입에 달고 산다. 도토리를 먹으며 겁내지 않으려 노력 중이다. 푸가 Love는 어떻게 쓰는 거냐? 질문하면 사랑은 쓰는 게 아니야. 느끼는 거지라고 말한다.

허 씨도 어느결에 슬슬 빠져들었다. 거실 창으로는 해가 지고 있었다. 습관적으로 그가 벽장 시계를 들여다본다. 딸이 회사에서 퇴근하고 집으로 돌아올 시간이다. 아니나 다를까. 또각또각 뾰족구두 발소리가 멎으면서 아파트 현관 자동키 번호를 누르는 소리가 들린다. 잠시 후 현관문이 열린다. 딸이 거실로 들어선다.

"아버지, 저 왔어요. 낼 병원에 다녀오셔야겠어요."

"뭐라고? 무슨 소리야."

딸과 오랜만에 멋쩍게 대면한다. 딸은 검은 줄 가죽을 늘어뜨린 작은 가방과 살색 바바리코트를 옷걸이에 걸면서 말한다.

"제가 예약해놓았으니 시간 맞춰 가서야 해요."

"무슨 병원을?"

딸이 지그시 웃으며 바라보았다. 허 씨 목소리는 다소 누그러졌다. 당당하던 좀 전의 억양과는 달리 딸을 곱지 않은 눈빛으로 망연히 바라볼 뿐이다.

"저 앞에 있는 3층 건물 보이시죠, 행복병원이라고."

허 씨는 딸이 가리키는 병원 간판을 5층 아파트에서 내려다본다.

1층에는 은행과 약국이 있고, 2층에는 헤어스튜디오와 헬스장이 있는 것은 알고 있었다. 병원이 3층에 있다는 것은 여태 모르고 살았다. 참으로 알 수 없는 일이다. 내가 그 나이긴 하지? 지 새끼를 못마땅하게 생각하니까 결국 한다는 짓이…. 그 뒤로 가수 장사익 꽃구경 노랫말이 따라온다. 양금 소리가 구슬프게 울리고….

"아버지, 꽃구경 가요. 제 등에 업히어 꽃구경 가요."

외동딸 등에 업혔네.

"아이구나!"

숲길이 깊어지자 무참해진다. 그동안 내 눈에는 왜 띄지 않았을까? 현금출납기가 있는 은행과 약국을 출입하면서도 3층에 병원이 있다는 사실을 까맣게 모르고 있었다.

다음날 아파트 정문을 나와 딸이 알려준 인도로 걸어갔다. 은행 앞에서 멈추고는 주변을 살폈다. 은행 출입구를 벗어나자 옆 골목 건물이 보였다. 그곳에는 병원으로 올라가는 엘리베이터가 작동하고 있었다.

1층에서 위로 올라가는 3층 스위치를 눌리자 문이 자동으로 스르르 닫혔다. 3층에서 벨이 띵! 동! 울림과 동시에 자동문이 열렸다. 긴 통유리 문으로 행복병원이라는 글자가 눈에 들어왔다.

행복에 걸리면 비틀거릴 수도 있다는데….

그는 헛기침을 했다. 안으로 들어가자 커피가 포트에서 끓고 있었다. 맛 좋은 커피 향이 가득했다. 소독약 풍기는 네모 공간이 병원일 거라고 지레 짐작한 것은 일종의 우려였다. 커피나무 세 그루가 화분에 놓여 있었다. 녹색 잎사귀 속에 빨간 체리를 달고 있었다. 바위에 파도치는 바다 풍경화까지 몇 점 벽에 걸려 있다. 부드러운 카페 분위기였다. 창 쪽에 놓인 두 개의 책장에는 책들이 가지런히 꽂혀 있다. 게다가 길쭉한 가운데 서상 위에는 새로 나온 심리학에 관한 책들이…. 허 허 참! 그는 요즘 뜨고 있는 심리학 책의 제목들을 훑어본다. 연신 놀라고 있다. 스키너의 심리상자 열기, 설득의 심리학, 눈치 보는 나 착각하는 너, 세상에 나와 똑같은 경우의 수가, 확률이라는 책들이 책상에 마치 카지노게임 판처럼 가지런히 놓여 있다. 각박한 세상에 누구 좋아라고 이런 책들을 여기에 놓아둔 것일까. 그는 고개를 갸우뚱거리며 원두커피를 예쁜 도자기 잔에다 가득 부어 소파에 가 앉았다. 커피를 한 모금씩 천천히 음미하며 대체 자신에게 무슨 일이 일어나고 있는지 몹시 궁금해지기 시작했다.

허 씨가 커피를 마시고 빈 찻잔을 다시 제자리에 내려놓고 자리에 돌아오자, 접수대에 있던 핑크빛 상의를 입은 간호사가 그에게로 다가왔다.

"성함이?"

"허수만이오."

"생년월일은?"

간호사는 가지고 있던 노트북 메모장에서 그의 이름을 체크했다.

"아, 여기. 따님께서 예약을 해두셨습니다. 잠시만 기다리시면 곧 차례가 올 겁니다."

그가 고개를 끄덕이자 무료한 시간이 오고갔다. 하얀 벽 쪽으로 혈압기가 눈에 들어왔다. 다음은 신장기가 그 옆에는 생수기가 있다. 환자라고는 그와 어린 학생 둘뿐, 병원은 조용했다. 어린 학생은 자신의 외손자와 비슷한 또래였다. 저 어린것이 여기에는 왜 왔지? 창밖을 보자 전깃줄에 참새 네 마리가 지지배배 노랠 하고 있다. 간호사가 말한 잠시라는 시간이 지나자, 아까 자신에게 말을 건 간호사가 원장실에서 그를 향해 안으로 들어오라고 손짓을 했다. 그가 안으로 들어가자, 놀랍게도 예쁘장하게 생긴 촉촉한 꿀피부의 여의사가 앉아 있었다.

"어서 오세요."

건네는 인사말이 매우 경쾌해 기분이 좋았다. 역시 예쁘다는 것은 사람의 마음을 기분 좋게 하는 마약 같은 것이었다. 짙은 베이지색 안경을 쓴 여의사가 내미는 안락의자에 앉았다. 그녀가 시키는 대로 편안히 몸을 뒤로 젖히고 나서 크게 심호흡을 하자 의사가 물었다.

"어르신, 혹시 놀라운 아이를 만난 적이 있습니까?"

"무슨 소리요?"

"잘 보살피고, 양육해본 적이 있는지 알고 싶어서요."

"내게 놀라운 아이라니요?"

의사는 겸연쩍게 얼굴에다 미소까지 지으며 모르는 이야기를 계속 늘어놓고 있었다.

"생각 없이 사는 어른들이 있다면 정신을 차려야 해서요."

그때 외손자의 환청이 들려왔다.

"내 물건 함부로 손대지 마세요."

정색하며 단호하게 말하는 꼬마의 눈동자와 마주치고 말았다. 순간 기가 막혔다. 손대지 말라고, 이 할아비한테…. 화가 치밀어올랐다.

"이 녀석아, 온통 방안을 어질러놨기에 정리한 것뿐이야."

어른 체면에 말이 아니었다. 그가 어린 손자 놈한테 구차하게 변명 따위를 하는 자신을 내려다보았다. 어이가 없었다. 허 씨는 아내를 지난해 잃었다. 낙엽이 우수수 떨어지는 슬픈 가을에 유방암으로 세상을 떠나보냈다. 둘이 있다가 갑자기 혼자가 되자 당황스러웠다. 하루 세 번의 식사가 제일 문제였다. 혼자 뭘 먹겠다고 청승을 떨고? 그렇다고 굶을 수도 없었다. 혼자 밥을 먹다보니 너무나 적적했다. 의사의 당부가 있었다. 당분간 가족과 함께 기거함이 도움이 될 거라고 했다. 잠시 딸네에서 머물기로 했다.

그러나 손자와 한방을 쓰게 되면서부터 일이 꼬이기 시작했다. 처음에는 서로가 잘 통하는 듯했다. 극은 극으로 통한다고, 노인과 아이는 분명 비슷한 속성이 있다고 믿었다. 제 엄마의 강요에 같은 방을 사용하는 것을 받아들이는 눈치였다. 하지만 시간이 지나면서 조금씩 속내를 드러냈다. 사위가 외국으로 출장 가는 날이 많아지면서, 제 엄마에게 꾸중을 듣는 날이 또한 늘어났다. 괜히 화풀이할 상대를 찾다가 그를 발견했다.

그동안 외손자가 자신의 영역을 남에게 빼앗기고 싶지 않다는 소리일 뿐이라고…. 일축해버리고도 싶었지만 잘되지 않았다.

의사가 말했다.

"혹시 어르신! 알아차림이라는 단어를 아십니까?"

그의 자존심을 의사가 슬쩍 건들었다.

"내가 무식쟁이로 보여요."

화가 나서 눈을 흘겼다.

"사람 관계에서 알아차림이 얼마나 중요한지. 더러 깨닫는 순간들이 있으시죠?"

"뭐야. 이 젊은이가?"

감히 내게 가르치려고 들어….

"그때는 내 안에 놀라운 아이가 있구나! 자신을 어루만져주시면 됩니다."

"난 또? 당신도 언젠가는 늙을 걸! 함 당해보라고…. 버릇없는 어린놈을 어떻게 참아."

갑자기 싸움닭이 되어 젊은 의사에게 사납게 기운을 뽐내고 있었다. 아닌 게 아니라 하찮은 일에 목숨을 건 꼴이다.

그때 환청이 또 들려왔다.

"당신은 아직도 철부지야. 외손자에 대한 기대치를 내려놓으라고, 내가 그만큼 일렀건만."

쓸쓸한 낯빛을 한 그의 아내가 나타났다가 사라졌다. 그는 억울했다. 버릇없는 손자를 두고, 그쪽 편을 들다니? 아내가 내 편을 들어달라는 이야기가 아니다. 반박해도 소용없었다. 다만 그가 원하는 자식과의 좋은 관계란 언제나 공수표로 하늘에 떠 있을 뿐이었다.

"어디? 어른 앞에서 말버릇이 그게 뭐야."

외손자와 서로 주고받은 대화의 질이 이쯤 되면…. 허 씨 내면에는 아직도 해결하지 못한 철부지 아이가 있다. 나이가 들어가면서 구름층 높은 곳에 숨어 있다가 불쑥 찾아왔다가 화를 돋우고는 사라지는 날이 많아졌다. 자식과의 좋은 관계를 유지하자면 손자에 의한, 손자를 위한 손자와 잘 통하는 대화법을 배워야 함에도…. 머리로는 이해해도 가슴으로는 아직 먼 이야기였다. 외손자도 미안했는지, 슬며시 얼굴을 붉히며 제 외할아버지를 피하는 눈치다.

때마침 허 씨에게 퇴직을 앞두고 안식년이 찾아왔다.

그동안 공직에서 열심히 일한 보람이 있었다. 이 좁은 세상을 벗어나는 인생의 최후통첩과도 같은 휴면이 시작되었다.

"룰 루 랄 라."

어린아이처럼 콧노래가 절로 나왔다.

그가 택한 여행지는 미국 동부지역이었다. 언젠가 한번 방문하고 싶었다. 그래서 저질렀다. 그런데 비행거리가 멀어도 너무나 멀었다. 좁은 칸막이 의자에 의지하며 동으로 지구의 자전과는 반대편으로 이동했다. 기내에서 세 끼의 식사와 두 번의 간식을 제공받았다. 두 번째 영화를 감상하고 나니 창으로 워싱턴DC 상공이 내려다보였다. 하늘은 아직도 해가 지지 않았다. 동으로 계속 진행되고 있었다. 해가 지지 않는 땅이 존재한다는 사실을 입증해보였다. 시계바늘을 뒤로 돌렸다. 몸은 고달프지만 여행은 다른 세계를 접한다는 측면에서 보면 신기한 일이다. 삶에서 쉼은 이런 어처구니없는 시간 개념까지를 맛보게 했다. 딴 세상에 온 것에 내심 기대치가 크다.

처음 이 집 넓은 거실에 들어섰을 때 칸막이가 있는 정사각형이 눈에 띄었다. 하얗고 긴 유리 창틀의 네모가 허 씨를 먼저 반겼다. 벗어나고 싶어 안달해도 결국은 행복병원과 같은 네모 공간에 갇혀버리고 마는 것을….

참 멀리도 왔다.

어릴 적 어머니의 손길에 길들어진 습관들이 생각났다. 그의 어머니는 정리정돈에 일가견이 있었다. 동네 사람들이 그녀를 보며 혀를 휘둘렀다. 살림 사는 폼이 워낙에 깔끔했기 때문이다. 어디 하나 빈틈이 없다고 이구동성 입을 모아 칭찬했다. 심지어 아들에게까지 이렇게 속삭였다.

"모든 물건에는 다 자리가 있는 법이니까, 자세히 눈여겨보아야 해."

"물건에 자리는 무슨?"

입을 삐죽거리며 어머니에게 반문했다. 매번 돌아오는 것은 물건에 자리가 얼마나 중요한지를 앞으로 배워나가야 한다고 일축해버렸다. 진부한 설명 없이 스스로 깨닫고 알아차려야만 한다고 했다. 뿐만 아니라 무턱대고 문지방에 올라섰다가 곤혹을 치른 적도 한두 번이 아니었다.

"이 문지방은 우리 집을 지키고 있는 터줏대감이야. 함부로 밟고 올라서서는 안 돼!"

"터줏대감은 무슨? 살아 있는 사람 취급을 해요?"

어이가 없었다.

"귀하게 여겨야 한단 말이지."

갑갑한 것은 그것뿐이 아니었다. 온돌방을 물걸레로 닦을 때도 걸레를 바른 네모로 두 번을 접게 했다. 손수건처럼 작게 해서 구석구석을 작은 손으로 닦게 했다. 알고 보면 네모를 선호하는 것은 그의 집안 내력만은 아니었다. 그가 다니던 학교도 별반 다르지 않았다. 청소 시간이면 긴 골마루에 반별로 줄줄이 나와 앉았다. 구구단을 한 단씩 외우면서 좁고 길쭉한 네모 나무 칸을 한 줄씩 맡았다. 앞 친구 구멍난 양말의 퀴퀴한 발 냄새도 맡으면서 마른걸레질을 했다. 당시 마루 윤내기로는 쓰다만 양초토막과 개미역사가 한몫을 했다. 아이들은 반들반들 윤이 나는 골마루 바닥에서 미끌미끌 미끄럼을 탔다. 재미삼아 서로의 몸을 부딪혀가며 우당탕 넘어지기 일쑤였다.

그런가 하면 그의 집에는 흰 와이셔츠 빈 사각 통들을 쌓아두고 있었다. 각각의 통에는 이름표가 붙어 있었다. 크레용 토막, 천 조각, 뜨개바늘, 몽당연필, 크고 작은 자와 가위 등을 모아 사물함으로도 활용했다. 자칫 사용하고 나서 물건을 제자리에 두지 않으면 크게 혼이 났다.

"물건에도 자리가 있다는 것을 기억해두면 아주 편리할 텐데."

거듭되는 훈시가 뒤따랐다. 어린 그에게는 갑갑한 것들이었다. 네모 공간에 모든 물건들을 가둬두는 행위 자체가 못 견디게 싫었다. 마치 유대인의 은거지로 아우슈비츠 수용소로도 비유되어 끔찍하게 여겨졌다.

"실용성이 있다는 것을 알아야지. 살다보면 잘 알게 될 거야."

그는 학교 도서실에서 안네의 일기를 빌려다 읽었다. 몹시도 슬프고 갑갑하고 눈물겨웠다. 아름다운 활자들이 머릿속에서 밤새껏 돌아다녔다. 13세 어린 소녀가 갇힌 그 좁은 공간이 잔인해 견딜 수가 없었다.

고집스럽고, 제멋대로고 천방지축인 그를 어머니는 슬픈 눈으로 가끔 바라보곤 했다. 그래서일까. 유독 그에게 지나칠 만큼 엄격했다. 어린 그는 거칠게 굴다가도 무엇보다 어머니의 사랑을 먹고 살아야겠기에, 간혹 칭찬이 듣고 싶어 안달하는 어린 양으로도 행동했었다. 자유를 선호하는 그의 본성은 차차 원칙 중심으로다 변해갔다. 대신에 무엇이든 잘하고 싶다는 의욕이 행동보다 넘치다보니 오히려 실수가 잦았다. 그럴 때마다 어린 마음에도 세상은 정말 마음대로 되는 일이 없다고 투덜거리다가 잠들곤 했다.

일찍이 철이 들었으면 좋을 뻔했다. 무엇이든 호기심에 자극을 받으면 몸을 사리는 법이 없었다. 그래서 날이면 날마다 새로운 것들이 곰돌이 푸처럼 그를 묘하게 유혹하고 있었다. 그의 눈에 하느님이 만든 세상은 신기한 것으로 가득 차 있는 만화경 속이었다. 오히려 천방지축이 그의 실존 경험을 쌓는 데 도움이 되었다. 어쨌거나 지금은 북아메리카 워싱턴DC에 와 있다. 허드슨강을 중심으로 네모반듯한 거리의 구획들을 마주하고 있다.

자연사박물관 건물의 하얀 창틀 뒤쪽으로 검은 나무 숲이 보였다. 누군가 그에게 말을 걸어 왔다. 사각사각! 사각사각! 동굴 속 두 눈동자를 쫓다가. 그의 만화경 속으로 쑥 들어온 물체는 다름 아닌 바람이었다. 바람을 따라 우거진 숲 사이 무수히 많은 잔가지들 사이로 들어갔다. 사각사각! 사각사각! 바람이 수차례 흔들고 지나갔다.

마침 해가 지고 있었다.

점점이 작은 반딧불이가 총총히 그 뒤를 따랐다. 숲속 동굴 깊숙한 공간 그 원시의 기억 너머에 놀라운 장면이 보이기 시작했다.

그곳은 잊고 있었던 기억의 여름날, 초록빛 얼갈이배추가 무성한 강릉 왕산이었다. 구름도 쉬어간다는 안반데기다. 그 비탈진 논밭을 거센 바람이 서성이고 있었다. 그곳에는 높디높은 광활한 파란 하늘이 놓여 있었다. 드높고 넓은 공간으로 하늘이 가득 차올랐다. 그곳은 그가 태어나 자란 고향 산천이다. 주변을 한동안 둘러보았다. 희뿌연 구름층 위에 놀란 아이가 겁먹은 얼굴로 몸을 숨기고 있었다. 저게? 미운 감정 모두를 고국에 두고 왔다고 생각했었다.

그러나 해결하지 못한 놀란 아이가 슬그머니 산등성 비탈진 공간에 숨어 있다가 그를 보자 달아났다. 갑자기 슬픔이 밀려왔다. 까까

머리에 헐렁한 핫바지를 입고 검은 고무신을 신은 소년으로 비쳤다.

가난한 시절, 아직 풀지 못한 미운 감정들이 물이끼처럼 잔잔히 소용돌이치고 있음을 알아차렸다. 그때 구름층 위에 있던 까까머리 소년이 비시시 웃으면서 다시 나타났다.

허 씨는 놀라서 그만 감았던 눈을 떴다.

"이크!"

행복병원 원장이 청진기를 그의 가슴에 대고 있었다.

"놀라운 아이를 만나보셨나요?"

마지못해 고개를 끄덕였다.

"잘 보살피고 양육하다보면, 그 안에 감추어져 있는 훌륭한 선천적 아이를 만나게 될 거예요. 지상에는 당신의 놀라운 아이가 있을 뿐이니까요. 많이 감싸주세요."

허 씨는 헛기침을 했다.

유리병 속 편지

유리병 속 편지

푸르른 나뭇잎이 더욱 짙어진 호국보훈의 달, 유월이다.

고통과 환희의 순간들이 모두 모여 불멸의 아름다움으로 간직되기를 간절히 희망하면서 유리병 속에 넣을 편지를 쓰고 있었다. 내가 이 세상에 존재하지 않는다면 그 무엇도 아무런 의미가 없기 때문이다. 지극한 배려와 사랑까지도….

그래서 삶의 길에서 열심히 달렸다.

끝까지 달렸다.

달리다가 숨차면 잠깐 쉬면서….

한국전쟁은 내 나이 다섯 살 때 겪은 개인적으로 가장 슬픈 한해였다. 지옥이 따로 없었다. 전쟁의 폐허 속에서 굶어 죽어가는 아이들이 수두룩했다. 난 기적적으로 살아났다.

그날은 조용하던 내 고향, 홍천과 인접한 횡성 삼마치에 전쟁의 포화가 온 산야를 휩쓸었다. 총소리가 탕! 탕! 폭죽이 터지듯 울려 퍼졌다. 비행기의 굉음과 부상 입은 사람들의 신음 소리가 순식간에 온 산야를 뒤덮었다. 그 가운데 엄마는 재빠르게 나를 곡간 구석진 곳에다 숨겼다. 입술 앞에 검지손가락을 세우고는 다급하게 속삭였다.

"절 • 대 소 • 리 내 • 면 안 • 된다."

어둠이 내리고 아무리 기다려도 엄마의 다정한 손길은 그 어디에서도 보이지 않았다. 긴 침묵의 어둠 속에서 나는 영문도 모른 채 벌벌 떨다가 잠이 들었다. 하루가 지나고 마을에 유엔군이 도착했다. 횡성전투에 중공군의 대공세로 후퇴하는 국군과 미군의 측방을 엄호하라는 명령을 받은 네덜란드 군인들이 투입되었다. 그들은 보이지 않는 곳에서 간신히 걸음을 옮기고 있었다. 포위를 당하고 있을지도 모른다는 생각에 등골이 오싹했다. 머리끝이 쭈뼛 섰으며 발을 옮기는 것도 숨이 막혀왔다. 혹시나 하고 집을 하나하나 다 수색해도 민간인들의 시체뿐, 산 자는 보이지 않았다. 무전기를 메고 기관총을 든 네덜란드 병사 하나가 초가집 구석진 곡간에서 하얗게 질린 나를 발견했다. 엄마의 마지막 말을 붙잡고 나는 저장고에 숨어서 꼼짝않고 있었다.

그는 이 사실을 중대본부에 알렸다.

"민간인은 다 죽었습니다. 한 아이가 추위에 떨며 부모 없이 혼자 울고 있습니다."

"우선 아이를 데리고 그곳을 철수하라."

그는 명령이 떨어지자 한치의 망설임도 없이 나를 안고 지프차에 올라타고 그곳을 급히 빠져나왔다. 전쟁의 잿더미를 더 이상 마주 본다는 것은 모두에게 위험한 일이었다. 그들은 서로를 방어하면서 본부 주둔지에 가까스로 도착했다. 그는 나를 안아서 지프차에서 내렸다. 그러자 모두들 놀라는 표정으로 나를 지켜보고 있었다. 그때 웅성웅성 모여 있는 네덜란드군들을 뚫고 덴 오우덴 중령이 나에게로

다가오고 있었다. 부모를 잃은 충격과 말도 통하지 않는 낯선 사람들에 싸여 나의 눈동자는 한없이 불안감으로 떨고 있었다. 내 모습을 보자 외국인에게도 측은한 마음이 들었는지 나의 머리를 쓰다듬어 주었다. 떨고 있는 나의 손을 꼭 잡고 말했다.

"이 작은 손이 전쟁을 어떻게 알겠어?"

그 뒤로 나는 네덜란드 군부대에 있으면서 굶어 죽지 않고 살아남을 수 있었다. 생김새와 말은 다르지만 그들 모두의 마음 깊은 곳에는 부모를 잃어버린 나에 대한 측은지심이 자리했다. 한국전쟁에 파병되었을 때 덴 오우덴 중령은 대원들을 향해 우렁찬 목소리로 당부했었다.

"군들은 네덜란드와 한국은 같은 피를 나눈 형제라는 생각을 가져야 한다. 한국을 자신의 국가처럼 보호하기 위해 노력하고 또 그렇게 행동해야 할 것이다."

강원도 일대에서 벌어진 횡성전투는 당시 국군 제8사단이 예비대 없이 전선에 투입되었다. 그러다가 반격에 힘을 다했지만 수적 열세를 극복하지 못하고 있었다. 게다가 1951년 2월 4일부터 시작된 횡성전투가 12일 새벽에는 지휘통신이 두절될 만큼 상황이 심각해졌다. 곧이어 국군 제8사단이 빠르게 붕괴되었다. 뒤쪽으로는 이미 앞으로 진출한 중공군으로 인해 우리 군들도 고립되고 말았다. 최소한의 규모 부대로 분산하거나 개별적으로 철수해야 할 형편이었다.

"제군들은 이곳에서 필사적으로 빠져나가야 한다."

지휘관의 마지막 명령과 함께 이들을 지원하고 있던 미군 역시 큰 문제가 생기고 말았다. 차량, 화포 등의 중장비를 버린 채 격전지 삼마치에서 산악 능선을 따라 횡성 읍내로 철수했다. 또한 네덜란드군들은 철수하는 한국군을 돕기 위해 횡성교(전천교)를 확보해야만 했다. 이 과정에서 나를 친절히 반기고 챙겨주었던 총지휘관 덴 오우덴 중령이 전사했다. 네덜란드군 역시 고립의 위기를 겪으면서 최악의 상황을 맞게 되었다. 그 상황 중에 홀로 버려진 나를 프랑스 웨셀 병사가 각별히 보살펴주고 있었다.

그러던 중에 그와 헤어져야 할 시간이 다가왔다. 나는 수원에 있는 고아원으로 보내졌다. 그 이후로 네덜란드 군인들과 헤어진 사실을 뒤늦게 알았다. 무척이나 섭섭해서 우는 날이 많았지만 별 수가 없었다. 훗날 여러 곳으로 전전하였다. 그러다가 많은 고아들이 남쪽으로 이동하는 피난민들과 합류하면서 부산에 정착하게 되었다. 운 좋게도 나는 마리아수녀회가 운영하는 보육원에 머물 수 있게 되었다.

1953년 7월 27일 휴전협정이 되었는데도 부산은 산동네 빈 곳마다 판잣집들이 세워지고 있었다. 학교도 하나씩 설립되고 있었다. 나는 그곳 판자촌 학교에서 헤어진 엄마를 만날 일념으로 공부를 악착같이 했다. 그 노력 덕분에 성적은 언제나 상위권이었다. 어두운 성당 기도실에 엎드려 눈물로 잠든 나를 흔들어 깨우던 빛이 있었다. 어떻게 보면 순전히 삶의 어두웠던 시절에 지탱해준 것은 엄마와 같은 수녀님이 계셨기 때문이다.

교사가 되고 싶은 꿈도 있었다. 그래서 부산 사범학교에 입학했다. 평온한 사범학교 시절, 부산가톨릭 청소년연합회 주관으로 여름

방학을 시작하면서 강릉으로 피정을 가게 되었다. 천주교 신자들이 병인박해를 피해서 그곳 강릉으로 이주해오면서 형성된 교우촌이다. 금광리 공소를 답사했다. 그리고 고딕 양식의 임당동성당을 둘러보고는 다음 목적지인 양양으로 버스가 출발하였다. 차창 밖으로는 파란 바다가 우리들을 향해 손짓하고 있었다. 마음은 어느새 바다 위를 둥둥 떠다녔다. 당시 차 안은 냉방이 되지 않아 열어놓은 창으로 바람을 쐴 수밖에 없었다. 모두들 흐르는 땀을 훔치고 있을 때였다. 용기 있는 친구가 소리쳤다.

"보좌신부님! 차 안이 찜통인데 잠깐 쉬었다 가요?"

그 한마디에 모두 좋아라, 똑같이 한 목소리로 소리쳤다.

새벽부터 달려온 길이라 모두들 더위에 지쳐 있었다. 드디어 버스는 교문에 주영국민학교라고 쓰여 있는 학교 근처 공터에 세워졌다. 누군가 이곳은 주문진해수욕장이라고 설명을 했다.

"그래 잠깐 쉬었다 간다. 준비운동은 잊지 말고, 명심해라."

그러나 막상 버스에서 내리고 보니 옷을 갈아입을 탈의실이 보이지 않았다. 학교 운동장을 끼고 공중화장실이 저 멀리 보일 뿐이었다. 누구라 할 것 없이 너도나도 급히 화장실로 뛰었다. 그곳에서 적당히 옷을 갈아입고는 바다로 달려나갔다. 햇빛이 강렬하게 백사장에 부서지고 있는 가운데, 저 멀리 엄청나게 큰 까만 고무 튜브를 발견했다. 그것은 트럭 바퀴의 고무 튜브였다. 지금은 알록달록 다양한 색상의 튜브가 선을 보인다. 당시만 해도 자동차나 트럭 폐타이어 속에 있는 튜브가 최고 인기였다.

그날 바다는 평화로웠다. 까만 고무 튜브에 몸을 의지하고 바다 위로 친구 셋이서 둥둥 떠다녔다. 우리는 큰 튜브에 몸을 가볍게 맡기고 깔깔거리며 넘실거리는 파도를 쉼 없이 타고 넘었다. 그 재미로움은 이루 말로 표현할 수가 없었다. 교사임용시험 준비로 시달리던 참이었다. 쌓였던 피로가 점차 풀리고 있었다. 수평선이 넘실거리고 시원한 바닷물이 날 간지럽히는 것을 은근히 즐기고 있었다. 피부에 와닿은 바다 물살이 이처럼 매끄럽고 부드럽다는 것을 그날 처음으로 경험했다. 그냥 스르르 잠들고 싶다는 유혹을 뿌리칠 수가 없었다. 그때 갑자기 넘실거리던 파도가 내 오른쪽 팔을 툭 치며 지나갔다. 순간 손아귀에 힘이 빠져나가면서 잡고 있던 튜브를 놓치고 말았다. 나는 중심을 잡지 못하고 물에 빠져 허우적거렸다. 살려달라고 두 팔을 내밀어 친구들에게 소리쳤지만 구원의 손길은 어디에도 없었다.

어느새 그들은 내 눈에서 사라지고 말았다. 거센 파도 속으로 계속 파묻혀들어갈 뿐이었다. 물속에서 몇 번을 곤두박질쳤다. 난 이제 살아날 가망이 없다고 생각했다. 그러자 닥쳐온 것은 지독한 공포였다. 어린 날 한국전쟁 중 겪었던 죽음의 공포가 되살아나면서부터는 본능적으로 있는 힘을 다하여 발버둥을 치고 있는 자신을 발견했다. 그 경황 속에서도 어떤 서글픔 같은 것을 느꼈다. 바로 그때 죽음이 찾아온 것이었다. 지나간 것들이 주마등처럼 스치고 지나갔다. 시간이 한 줄로 획일적으로, 과거도 현재도 없는 파도에 몸이 솟구쳤다. 두려움에 떨자 숨이 쉬어지지 않았다. 자꾸만 물이 목으로 넘어 왔다.

거침없는 바닷물에 계속 빨려 들어가면서 더 이상 마실 수 없을 만큼 많은 양의 바닷물을 먹었다. 그런데 이런 힘든 시간이 지나자 내 몸은 지극히 편안해졌다. 이미 나의 의식은 일순간에 딱 멈춰버렸다. 시간도 공간도 알 수 없는 암흑 저편에서 마치 하늘을 보는 느낌이었다. 다급할 때 입술 앞에 검지손가락을 세우셨던 엄마의 모습이 보였다. 한 줄기 빛이 점점 가까이 다가오면서 눈이 흐려지기 시작했다.

그 이후로는 기억이 없다.

물에 빠졌다가 나오기까지 걸린 시간이 채 5분이 안 됐다고 한다.

"살아났군!"

중저음의 남자 목소리가 들렸다. 순간 눈물이 주르르 흘러내렸다. 그것은 기쁨과 안도감의 눈물이었다. 생각해보면 그 바닷가에, 그 시간 속에서 그날의 한 줄기 빛이 없었다면 난 이 세상에 더 이상 존재하지 못했을 것이었다. 익사 직전 백사장 바닥에 누워 눈을 뜨고 잠시 바라본 그 순간의 하늘이 보일 뿐이었다. 나는 조용히 눈을 감고 비로소 호흡을 가다듬었다. 운이 좋았다고 단순하게 말할 수도 있겠다. 하지만….

악착같이 공부한 결과 사범학교를 졸업하고 초등교사가 될 수 있었다. 성당 보육원 수녀님 방에는 아래와 같은 글이 쓰여 있었다.

— 아이가 와서 부르면 기도는 그만 멈추고, 아이에게 먼저 가라. 아이 안에 살아계신 예수님에게 먼저 봉사해야 하니까.

그래서일까.

배운 대로 열정적으로 나 또한 아이들을 사랑했다. 그러면서도 내

가슴 깊은 곳에는 작가로 성장하고 싶은 욕망도 자라고 있었다. 안타깝게도 교직생활을 하면서 보류한 상태였다.

삼월 초, 시외버스에서 우연히 귀가 번쩍 열릴 라디오 방송을 듣게 되었다.

“전국 M방송국 순수창작 문예작품 공모전이 있습니다. 많은 응모 바랍니다.”

방송을 듣는 순간 내 안에 작가가 되고 싶은 꿈이 갑자기 되살아났다. 분량은 200자 원고지 100장이었다. 적잖은 분량이었지만 곧장 자투리시간을 이용해 펜을 들어 쓰기 시작했다. 밤을 새우는 날이 늘어났다. 육체는 고달팠지만 정신만은 더욱 또렷해졌다. 신기한 일이었다. 성당 식구들에게는 알리고 싶지 않아 쉬쉬했다. 발표 날 정오 뉴스 시간에 내 이름 석 자가 전국 방송을 탔다. 그해 유월에 유리병 속 편지를 생각해냈다.

내 진실을 나누어야겠다는 생각이 고개를 들기 시작하면서부터였다. 용기를 내어 강릉으로 가는 열차에 올랐다. 강릉항에서 유람선으로 갈아탔다. 주문진 바다를 향해 나는 힘껏 유리병 속 편지를 던졌다.

먼 훗날 누군가가 나의 글을 읽어주기를 간절히 바라면서….

생명의 은인에게 올립니다.

당시 몸을 가누기 힘들었고, 수줍음에 그만 자리를 떠나야겠다는 생각뿐.

인사를 제대로 전하지 못해 죄송합니다.

그동안 제 정체성을 찾지 못하고 방황하며 상실감에 젖어 살았습니다. 익사 직전 겪은 사고 이후부터 밤마다 큰 파도가 저를 덮치는 악몽에서 벗어날 수가 없었습니다. 당신은 나를 구해준 생명의 은인임에도 불구하고…. 지금은 그날의 여고생이 선생님이 되었습니다. 아이들을 열정적으로 가르치고 있음을 알려드리고 싶습니다.

강릉 주문진을 찾고부터 마음의 짐을 내려놓았다. 세상은 좋은 인연과 나쁜 인연들이 한데 엉켜 있다고 봐야 한다. 운 좋게도, 그해 여름 전국 우수교원 북유럽 해외연수 선발팀에 합류했다.

방문 국가는 노르웨이, 덴마크, 네덜란드 3개국이었다.

출국 일자에 여름철 초대형 태풍이 오고 있었다. 모처럼의 여행에 찬물을 끼얹는가 싶었다. 다행히 새벽에 목포에 상륙해서 강릉으로 비켜갔다. 그 덕에 예정대로 북유럽 해외연수는 인천국제공항에서 출발할 수 있었다. 하늘의 도움이 크다고 봐야 한다. 일행은 스칸디나비아반도 노르웨이 오슬로공항에 도착했다. 비행시간은 12시간쯤 걸렸다.

세계에서 가장 살기 좋은 도시로 꼽히는 지구 북쪽에 위치한 도시답게 여름날 바람결은 선선했다. 울창한 숲과 높은 산 정상에서 흘러내리는 폭포의 물줄기는 신비했다. 만년설 빙하가 녹으면서 형성된 피오르드 해안 산악열차를 타고 바라보는 풍광은 매우 독특했다. 그날 하루 일정의 연수는 그 정도로 끝이 나고 자유시간이 주어졌다. 일

행들은 삼삼오오로 중세 북유럽 거리를 걸었다. 밖에는 이미 어둠이 내리고 있었다. 그곳 사람들의 황금색 머리카락이 유난히 빛나보였다. 키들이 엄청 큰 아름다운 청춘의 연인들이 손을 꼭 잡고 거리를 활보하고 있었다. 저들의 길거리 포옹은 아주 자연스럽고 영화의 한 장면처럼 아름다웠다. 거리 벤치에서 팔로 어깨동무를 두른 남자의 어깨에 기대어 있는 여인들을 보며 부러움을 떨쳐버릴 수가 없었다.

또 한 차례 사랑이 갑작스럽게 찾아왔으면 좋겠다.

이 나이에 턱없는 희망이 스치고 지나갔다. 온몸은 오래 전에 이성에 대한 감성 모두가 메말라버렸다. 뜨거운 감성의 여자는 이혼과 함께 오래 전에 죽었다고….

사실은 어린 나이에 첫 남자와 결혼했다가 성격 차이로 헤어졌다. 그래서인지 갑자기 자신이 눈물겹고 가엾다는 연민의 정이 솟구쳤다. 무엇이 문제인가? 한 달에 한번씩 있던 생리까지 멈춘 상태였다. 폐경이 현실로 드러나면서부터 더 혹독해보였다. 모두 거리에서 맥주 한 잔씩 하자며 가까운 음식점 가게 앞에 설치된 자리에 앉았다. 나는 양해를 구하고 들어와버렸다. 속내는 접어두고서라도, 이곳 북유럽이라는 아름다운 땅덩어리에 와서 몸살 증세로 꼼짝할 수가 없는 지경에 다다르고 말았으니 딱할 노릇이다.

다음날 가까스로 정신을 차리고 호텔 로비로 나왔다. 로비에는 음악이 흐르고 있었다. 소파에 반쯤 기대고는 음악을 들었다. 눈 내리는 시베리아의 광활한 자작나무 숲을 지나는 라라의 테마곡이 리듬을 타고 가슴으로 파고들었다. 눈물겹도록 가슴 시린 영화 닥터 지바

고의 영상이 떠올랐다. 그때 흐릿한 불빛 속으로 약봉지를 들고 나타난 남자가 있었다. 서른여 명이나 되는 연수생 중에서 유난히 나의 눈을 끄는 나이 지긋한 교사였다. 무채색 계통의 옷을 즐겨 입고 있는 그 사람은 왠지 신비스러운 사람으로 내비쳤다. 조바심나게 했다. 뭐라고 딱 잡아 얘기할 수 없는 매력이 엿보였다. 끌린다는 힘든 감정을 느끼기 시작한 남자였다.

"초면에 실례지만 인사를 나눠도 되겠습니까?"

서로의 명찰을 들여다보았다. 나는 부산 그는 강원도였다. 아니 강원이면 혹 주문진을 아느냐고 묻고 싶었지만 참았다. 그의 목소리가 매력적으로 다가왔다. 경상도 사투리에 익숙한 나로서는 당연했다.

"혹 이 약을 드려도 되겠습니까?"

그는 약봉지를 내밀었다. 나는 비로소 눈을 동그랗게 뜨고는 그를 자연스레 바라보았다. 짙은 눈썹에 큰 코를 가졌다.

"할아버지께서 직접 지어주신 약이라 믿어도 됩니다."

"아, 네? 할아버지께서는?"

"한약방을 운영합니다. 심한 몸살감기로 고생한다고 들었습니다만…."

그는 나의 기분을 알 것도 같다는 표정을 지었다. 환한 미소를 보냈다. 열이 있어서인지 나의 콧잔등에 땀방울이 맺혔다. 그가 내게 손수건을 내밀었다. 아름다운 코스모스의 그림이 새겨져 있었다.

"세상에 이렇게 예쁜 손수건을…."

"집사람이 수놓은 것입니다."

나는 집사람이라는 말에 몸이 약간 경직되었다. 맙소사. 어쩐지…. 나는 자신이 이런저런 식으로 상대에게 신경을 쓰게 되는지 알 수가 없었다.

"지금은 저세상에 있지만…."

그 한마디에 마음이 묘한 감정으로 뒤엉키었다. 사랑은 가끔 누명을 쓰고 돌아다니기에…, 이제 진실을 말할 순간이라고…. 그런데 젊은날의 상처 때문에 좀처럼 마음을 드러내지 못하고 있었다.

다음날 짐을 챙겨 노르웨이에서 덴마크로 가기 위해 크루즈를 타게 되었다. 미국 선주의 배는 미국 입국 심사만큼이나 승선 절차가 까다로웠다. 짐은 미리 인터넷을 프린트한 바코드를 부착해두면 승무원들이 배정된 방문 앞까지 배달해주었다. 승선 절차를 마치면 개인당 하나씩 전용 카드를 주는데 그것은 신용카드를 겸하였다. 비상시 자신이 탈 구명정 번호까지 명시되어 있었다. 내 방은 1273호다. 그가 건네준 약을 먹은 탓인지 생기가 돌며 차도가 있었다. 오후 3시가 되니 허기졌다. 4시 비상시 구명훈련까지는 한 시간의 여유가 있었다. 6층 가든 뷔페식당에 가서 요기했다. 신선한 과일이 있어 좋았다. 4시 비상 사이렌 소리와 안내방송에 따라 7층으로 가니 각자 조별로 웅성웅성 모여 있었다. 각 방 침대 아래 비치된 구명조끼 입는 시범을 보이는 것으로 훈련은 간단히 끝났다.

선상에서는 송 오브 노르웨이 솔베이지 노래가 흘러나왔다. 나는 순간 노르웨이 오슬로에서 그 누구도 찾을 수 없는 곳에 꼭꼭 숨어버리고 싶었다. 눈부신 고립을 원했다. 못 잊을 사람을 만나 아름다운 노르웨이 산기슭 별장에서 며칠이고 붙잡혀 있었으면…. 세상사 모든 일을 잊고 싶은 욕구가 있었다. 발이 아니라 운명이 묶이기를 기원했었다.

그러나 현실은 답답했다.

이 낯선 북유럽 크루즈 선상에는 어느덧 어둠이 내리고 있었다. 비도 함께 왔다. 시린 바닷바람이 살갗을 후비고 지나갔다. 검은 바다에 아름다운 배가 켜놓은 불빛들이 빗물을 타고 바다로 흘러내리고 있었다. 여린 불빛 사이로 비가 마구잡이로 회색 하늘을 무대로 삼아 춤추면서 바다로 추락하고 있었다. 한동안 크루즈 선상을 서성거렸다. 두 줄기 눈물이 소리 없이 볼을 타고 흘러내렸다. 내 안의 소녀가 슬피 울고 있었다.

"혼자 있지 말고 많은 사람들이 모여 있는 광장이라든가 햇빛이 비치는 공원 같은 곳을 산책하는 것이 도움이 됩니다."

정신과병원에서는 의사가 우울증 초기 증상이라고 말했다. 지난날 전쟁고아였다. 피붙이 하나 없이 상처받은 내가 있다. 우두커니 비 내리는 선상에서 홀로 서서 물끄러미 자신을 지켜보고 있었다. 폐허에서 굶주림을 덜어주고, 쓰라린 상처를 쓰다듬어준 넓은 사랑이 있었다. 고맙습니다, 감사합니다가 어린 시절의 내 이름표였다. 내 생명을 지켜준 키다리 군인 아저씨가 살고 있는 네덜란드 연안에 닿기를 희망하면서…. 유리병 속 편지를 힘껏 던졌다.

*

남편의 책장을 정리하던 중 눈에 익숙한 와인 빈 병이….

유리병의 뚜껑을 열어 보니 놀랍게도 빛이 바랜 편지와 그의 일기가 나왔다.

삶의 한 페이지

나는 팔월, 교사 수영 안전강습을 주문진 해양수련원에서 받았다.

당시 날씨는 화창했지만 바람이 조금은 세게 불었던 것으로 기억한다. 수영강습을 한창 받고 있는데 바다에서 한 아이의 비명 소리가 들렸다. 고개를 돌려보니 5m 가량 떨어진 곳에 함께 타고 가던 튜브에 분명 세 명이 있는 것을 보았다. 그런데 두 명만이 튜브에 매달려 있었다. 친구들은 그녀가 튜브를 놓친 사실을 모른 채 앞으로 나아가고 있었다. 그 순간 물속에서 허우적거리는 소녀가 보였다. 곧바로 바다에 뛰어들어 물에 빠진 소녀에게로 향했다. 도착하고 보니 정신을 잃은 것처럼 힘이 빠진 채 맥없이 물속으로 가라앉기 시작했다. 다급히 소녀의 두 팔을 붙잡아 머리를 수면 위로 올리고 얕은 곳으로 데리고 나왔다. 뒤늦게 친구들은 그녀를 발견하고는 사색의 얼굴이 되었다.

소녀의 상태를 확인해보니 입술은 파랗다 못해 검었다. 눈도 뜨지 못했다. 소녀가 죽을 수도 있다는 생각이 들었다. 재빨리 심폐소생술을 시작했다. 서너 차례 흉부를 압박하자, 바닷물을 토해내며 의식이 돌아오는 것을 볼 수 있었다. 정말 다행이라고 생각했다. 떨고 있는 소녀의 등을 가볍게 두드리며 안심을 시켜주었다.

소녀는 곧 안정을 되찾고 황급히 친구들 곁으로 돌아갔다. 주님께 감사를 드린다. 강릉 연곡 소금강 계곡물이 흐르는 곳에서 어린 시절을 보냈다. 여름이면 물가에서 완전 벌거숭이가 되어 아이들과 함께 물장구를 치며 먹을 것을 찾아 오대산으로 돌아다녔다. 그러다보니 수영은 기본이었다. 얼마나 고마운 일인가? 내 직업이 교사였기에 하계 수영 안전강습 참가를 계기로 소중한 생명을 구할 수 있었다.

주님의 역사가 없었다면 가능한 일이 아니었을 것이다.

남편의 일기는 이렇게 끝나 있었다. 주문진 해수욕장에서 자신을 구해준 사람이라니? 동시에 그가 북유럽 여행 중 내게 다가왔던 순간순간들이 스치고 지나갔다. 노르웨이 호텔 로비에서 감기로 열에 들뜬 나에게 약봉지를 전해주었다. 덴마크로 떠나는 크루즈 선상에서도 마주친 남자다. 그가 내 곁을 지금껏 지키고 있었던 것이다.

세상은 요지경 속이다.

남편은 아내와 사별한 지 만 오 년이 지난 후, 부담 없이 내가 살고 있는 부산을 오가며 사랑을 쌓아갔다. 지금은 내가 알고 있는 사람 중에 가장 진실한 사람이라고 믿고 있다. 남편은 지난 날 유럽여행을 다녀오고 은퇴 이후, 제2인생을 어린 시절 흙에 대한 순수로 돌아가고 싶어했다. 그래서 비탈진 선산에다 비닐하우스를 짓고 포도나무를 심었다. 지중해성 기후에 자라는 씨 없는 포도의 품종을 우리나라 기후조건을 고려한 방식으로 농장을 확장시켜 나갔다. 농업소득 창출을 위한 새로운 도전의 연구를 거듭하고 있다. 그래서 노후의 제2 인생만은 아픔 없고, 근심 걱정 없이 행복한 날들이 지속되기를 기대했다. 그 어디에도 구속 없는 가슴이 따뜻한 자유영혼으로 살기를 원했다.

그런데 남편의 서랍장에서 유리병 속 편지를 발견했다.

"이건 뭐예요?"

그가 올 것이 왔다는 표정으로 날 바라보았다.

"응, 그 편지 말이야?"

"어떻게 당신 손에 있어요? 그 편지가…."

"크루즈 선상에서 네덜란드인이 내게 주었던 것인데."

"당신에게요?"

"차마 말할 수가 없었어. 편지를 쓴 당사자가 당신이라는 것을 알았으니까. 당신을 잃을까봐. 겁이 났었어요."

"매우 놀랍고 궁금했을 터인데, 말도 안 돼요."

"난 이제 그 옛날 주문진 바닷가 젊은 남자가 아니야. 노인이라고…."

"차라리 몰랐으면 좋을 뻔했어요. 어떻게 감쪽같이 숨겨요, 숨기기를!"

"당신 없이는 살 수 없을 것 같아서, 그랬어요."

"전엔 그런 얘기를 안 했어요."

"안 했어요? 당신은 남들과 다르잖아요. 그래서 못했어요. 못했죠."

"이해되네요. 나도 그랬으니까요."

"우리 둘 다 지금 꼴이 우습네요."

서로 멋쩍어하면서도 마주 보며 기분 좋게 웃었다.

우리는 그가 살고 있는 시골 작은 성당에서 조촐하게 혼례미사를 올렸다. 사실 그 사람을 통해 남은 삶을 어떻게 살아갈지에 대해 배웠다. 인간이 갖는 소중한 가치는 기꺼이 위험을 감수하는 것이라고. 그가 원했던 것은 단지 진실한 여자의 순수 사랑이었다. 지난 날 홀로 된 여자에게 기회 따위는 없다고 말하고 싶어서가 아니었다고 고백했다.

그로부터 3년이 지난 후 남편과 나는 네덜란드 참전용사 행사장이 있는 횡성으로 향했다. 횡성전투 65주년을 맞이하여 뜻깊은 행사가 한국전쟁 횡성전투 기념비 앞에서 진행되고 있었다. 특이하게도 네덜란드를 상징하는 풍차 모양의 기념비였다.

그리고 우연히 참석한 곳에서 뜻밖의 소식을 전해 들었다.

— 1951년 1월 네덜란드 프린스 웨셀 사병은 횡성전투에 참전했다. 그는 2001년 유엔 참전용사 재방사업을 통해 한국을 방문한 후 한국을 제2의 고향으로 생각하며 애정과 자긍심을 느낀다고 하였다. 평생 동안 한국을 그리워하면서 마지막 소원으로 한 여인을 찾아달라고 부탁을 했다.

1951년 2월 수색작전을 끝내고 돌아서려고 할 때 초가집 마당 한쪽 귀퉁이에서 추위에 떨며 혼자 울고 있는 여자아이를 찾아냈다. 그리고 전쟁터에서 한때 저희랑 생활했다. 지금까지 잘 살고 있는지 무척이나 궁금하다.

— 그는 2015년 4월 7일, 한국에 있는 전우들 곁에 잠들게 해달라는 유언과 함께 세상을 떠났다. 그의 뜻에 따라 부산 유엔기념공원에서 영원히 쉴 수 있게 되었다.

나는 그만 숨이 막혀왔다.

한국전쟁 중 두렵고 공허했던 다섯 살, 그 순간으로 돌아가는 듯했다. 어린 나와 마주친 군인 아저씨의 소식을 사후에 듣게 되다니 너무나 아쉬웠다.

그가 나에게 얼마나 큰 영향을 끼쳤는지 알려주고 싶었다.

우리 부부는 부산 유엔기념공원으로 길을 나섰다.

유리병 속 편지는 누군가에게 닿기를 간절히 희망하며 그 사람의 생애가 끝나도록 물속에 잠겨 있을 수도 있겠다. 그러나 나의 경우는 실로 우연히도 누군가의 손에 들어가 놀라운 인연으로 발전했다.

사쿤탈라 대리석상의 비밀

사쿤탈라 대리석상의 비밀

프랑스 파리, 예술가의 마을에 살고 있다. 센강이 흐르는 아틀리에 오층 테라스로 나와 파리 풍경을 바라보았다. 오랜만에 반짝반짝 아침 해가 솟았다. 에펠탑을 보고 있을 때 카톡 소리가 울렸다. 그만 발신인을 알 수 없는 동영상을 터치하고 말았다.

흑백 화면으로 추운 바람이 몰고 오는 겨울 배경을 비발디의 사계가 연주되고 있었다. 그것은 마치 추워서 발을 동동 구르는 모양새로 빠르게 움직였다. 자욱한 검은 그림자 속으로 퐁 마리 다리를 건너오는 말발굽 소리가 들리기 시작했다. 마차를 끄는 마부의 솜씨는 썩 훌륭하지 못한 듯, 방향을 틀 때마다 삐꺽거렸다. 생루이섬에 빛바랜 고택들이 줄지어 서 있는 돌로 된 바닥을 둔탁한 소리를 내며 딸각거렸다. 속도를 급격히 줄이면서 어느 돌집 문 앞에 다달아서야 멈춰섰다. 곧이어 두 명의 장정이 내렸다. 높고 무거운 철문이 삐꺽거리면서 열리자 그들은 건물 안으로 들어갔다. 잠시 후 두 장정의 손아귀에 의해 한 여자가 끌려나왔다. 그들은 반항하는 여자를 짐짝처럼 마차에 싣고는 아무 일 없었다는 듯이 짙은 어둠 속으로 자취를 감추고 말았다. 동시에 흑백화면은 이내 지지부지 끝이 났다.

흠~ 이게 뭐야? 그 여자는 지금 어디로 끌려가고 있는 게지. 쥐도 새도 모르게…. 갑자기 멈춰버린 시계추처럼, 깊고 암울한 터널 속에 한동안 갇혀 있는 느낌을 받았다.

그때 전화벨이 울렸다.

"전시회 일자는 차질이 없겠지요?"

받고 보니 파리 시내에서 갤러리를 운영하는 대표에게서 걸려온 전화였다. 지금 상태로는 문제없을 것 같지만 무엇을 시작했다 하면 앞뒤를 가리지 않는 몰입형의 성격이 다소 걱정되기도 했다.

너, 미칠 수 있어! 쉬엄쉬엄 쉬어가며 해!

가끔 귓가에 맴도는 엄마의 경고가 떠올랐지만 무시해버렸다.

"너 작은이모는 미대를 졸업한 수재였어. 색채가 밝고 환상적인 이미지를 살린 그림을 곧잘 그렸지. 사람들은 당시 천재 예술가라고 칭송이 대단했어…."

씁쓸한 미소와 함께 엄마는 말끝을 흐렸다. 작은이모의 구체적인 이야기는 늘 미궁 속으로 빠져 있었다. 다시는 가족들 입에서 흘러나오지 않았다. 솔직히 그 누구도 수재라는 가족사의 불행에 대해 더 듣고 싶어하지 않았으니까. 물론 두뇌회전이 빠른 집안 내력을 갖고 태어난다는 것은 행운이겠지만 그 이상은 아니다.

그 옛날 엄마는 시내에서 멀리 떨어진 시골 변두리로 어린 나를 데리고 다녔다. 담쟁이넝쿨이 붉은 벽돌을 타고 올라가는 오래된 정신병원 밖을 맴돌며 내게 말했다.

"저기 2층 두 번째 창 보이니?"

"어디?"

까치발로 고개를 들어 2층을 올려다보았다. 그곳에는 창이라고 할 수 없는 철창이 가로놓여 있었다. 그 누구에게도 허락되지 않는 위험을 알리는 경고 같은 것이었다.

"엄마, 작은이모가 어디 있는데 그래?"

나는 어두운 얼굴이 되어 다시 묻지 않을 수가 없었다.

"아마 저곳에 있을 거야. 격리 수용되고 있으니까."

엄마의 눈에는 어느새 눈물이 그렁그렁 맺혀 흘러내리고 있었다. 병원 출입문을 밀고 동생이 보고 싶어 왔다고 당당하게 말하지 못했다. 어린 나는 엄마의 슬픈 눈동자를 곁에서 지켜보아야 했다. 작은이모는 정신병원을 몇 번 들락날락하다가 결국에는 자살로 삶을 마감했다.

그것은 어린 나의 가슴에 슬픔과 안타까움으로 고스란히 각인되었다. 집안의 내력이란 이처럼 각자에게 대단한 DNA로 깊게 뿌리내리고 있었다. 작은이모를 닮은 나는 그림그리기를 좋아했다. 그림공부를 시작하면서부터 작품에 몰입하는 시간이 인간의 한계, 그 너머를 지나 빠르게 속도를 낼 때를 경험하곤 한다. 미치지 않고서야….

그 무렵 천재와 광기 사이에는 어디로 튈지 모르는 예리한 칼날의 양면이 있다는 것을 알게 되었다. 광기와도 흡사한 궤도를 체험하다 보면 에너지 방출이 어마어마하다. 머리가 빙그르 돌면서 몸이 쉬어야 한다는 경고음이 울릴 때도 있다. 그때는 무조건 스톱을 외치고 바깥으로 난 문을 열고 탈출해야만 온전히 살아남을 수 있다.

홀연히 거리로 나가 가벼운 산책을 즐기는 것이 상책이다. 진정한 자유의 저변을 꿈결처럼 걷다보면 피로가 풀리면서 극도의 예민함이 말끔히 달아난다. 휴일이면 길거리 예술가들이 모여드는 벼룩시장을 찾는 것도 한 방법이다. 소박하고 아름다운 문양의 유리 제품들과 도자기들을 만나면 즐겁다. 길거리에 화가가 그림을 그리고 있거나 그림을 파는 예술가들과 마주치다보면 마치 구름 위를 걷는 것처럼 몸과 마음이 가벼워진다. 같은 창작세계에 살고 있다는 동료애까지 느끼게 된다.

특히 아름다운 표지 그림이 그려져 있는 고서들이 쏟아져 나온 날이면, 그 기쁨은 배가된다. 뿐만 아니라 액세서리와 탐나는 빈티지 가방은 또 어떤가? 솔직히 가슴이 뛴다. 그때 떠오르는 예술적 영감 또한 놓칠 수 없는 부분이기도 하다. 일상의 잔재미를 거리에서 느끼다보면, 영혼은 자유로움으로 평화롭고 행복해진다. 사고의 폭도, 유럽의 작은 골목길에서 광장으로 꽤 폭넓은 공간을 만끽하게 된다.

그날 내 발길은 콩코드광장 쪽으로 들어서고 있었다. 하늘에 닿고 싶은 고대 이집트인들의 소망처럼 룩소르신전에서 가져온 오벨리스크가 광장 정중앙에 높이 서 있다. 지난 날 여행지에서 마주한 고대 이집트의 구석구석이 보이기 시작한다. 기자의 피라미드와 룩소르 왕가의 계곡, 아부심벨과 광활한 사하라사막 등이 눈앞에 스치면서 행복감에 빠져든다. 또한 이곳에서는 영화 레미제라블에서 보여주었던 파리대혁명을 놓칠 수가 없다. 왕정이 폐지되고 국외로 탈출하려다 실패한 루이16세와 왕비 마리 앙투아네트가 단두대에서 처형된 곳이기도 하다. 뿐만 아니라 민중을 지휘하던 1만5천 명에 이르는 반혁명 용의자들이 처형되는 등 공포정치를 펼쳤던 역사 깊은 장소다.

그러나 지금은 세계 수많은 관광객들이 찾는 명소로도 유명해졌다. 역사의 뒤안길을 반추한다는 것은 암울한 터널 속으로 성큼 걸어들어가는 기분이다. 하지만 눈에 보이지 않는 것에 대한 깊이를 더한다는 반가움은 분명 있다. 콩코드광장에서 세계 최대 크기를 자랑하는 나폴레옹 개선문까지 쭉 직선으로 뻗어 있는 샹젤리제로 막 들어서고 있을 때였다.

이 거리에서는 인생이 시가 되는, 아름답고 감미로운 오 샹젤리제 샹송을 불러야 한다. 비가 오거나 눈이 오거나 간에 샹젤리제 거리는 아름답다. 폰에 이어폰을 연결해서 샹송을 흥얼거렸다.

낯선 이에게 마음을 열고, 나는 대로 위를 산책하고 있었지.
그 누구에게라도 인사를 나누고 싶었는데, 그건 바로 너였어.
난 너에게 제멋대로 얘길 했지.
너와 얘기를 나누는 것만으로도 친해지기엔 충분했었어.

울창한 플라타너스와 잘 다듬어진 마로니에가 인도와 차도 양옆으로 아름다운 자태를 뽐내고 있었다. 명품상가를 들러볼 생각으로 쇼윈도를 밀고 안으로 들어서자 내 안에 또 다른 목소리가 들려왔다.

턱없이 비싼 곳에 왜 들어가? 너무 사치스러워. 뭘? 지레 겁먹긴. 누가 말려. 간만에 명품이라는 물건을 접해보는 것도 좋지. 좋은 세상이잖아. 사고의 폭을 넓혀보라니까. 편안하게 문을 밀고 들어왔으니까. 장인정신을 발휘해봐. 신제품의 문양과 색상까지도 눈여겨볼 필요가 있어. 네가 구상하고자 하는 세상과는 또 어떤 연관성이 있는지 온몸으로 느껴봐. 뱁새가 황새 따라가다 가랑이 찢어질 일 있어. 날 유혹하지 마. 점원이 눈살이라도 찌푸린다는 얘기야. 열린 사고라면, 그 정도는 극복해야지 않겠어. 패션의 고장, 파리에 왔으니까 무엇이든 가능해.

절로 풋풋한 웃음이 나왔다. 묘하게도 헤르만 헤세의 데미안에 나오는 에밀 싱클레어가 된 기분이었다. "알은 세계다. 태어나려고 하는 자는 누구든 하나의 세계를 파괴해야 된다"라고…. 하나의 자아가 갈등을 일으킬 때면 어김없이 참견하는 초자아가 있다.

"선배! 프랑스식 점심 어때요?"

"좋지."

"그동안 정신노동으로 지친 육체에 가끔 영양 보충을 해줄 필요가 있어요."

오늘 아침 외출하기 전에 윤 선배에게 통화를 했었다. 한낮의 노천카페에서 예술과 낭만을 논할 생각을 하니 벌써부터 마음이 들떴다. 선배가 약속한 카페에 앉아 내게 손을 흔들어 보였다. 밀짚모자를 쓰고 연보라색 톤으로 옷을 맞춰 입었다.

"선배! 일찍 오셨어요."

"후배가 보고 싶어 견딜 수가 있어야지…."

"오다가 샹젤리제 거리를 경유했어요."

한참 이야기가 시작되고 흥미로워지고 있을 때 주문한 요리, 돼지 갈비와 오렌지 한 쪽이 나왔다.

"음~. 맛있는 고기 냄새!"

나는 오븐에서 잘 구워진 고기 냄새를 코끝으로 깊숙하게 들이마시자, 시장기가 밀려오면서 입안에 군침이 돌았다. 맛있는 요리를 먹으면서 우리는 하던 이야기를 계속하고 있었다.

"19세기 말로 돌아가고 싶지 않니? 새로운 문화 창출을 예견하는 당시 고루한 사회로 말이야."

"선배는 아직도 대단한 몽상가라니까요."

"젊은 우리들, 자유로운 영혼을 한번 생각해봐. 몽상가라면 어때? 변혁의 물꼬를 트는 그림 속으로 옮겨 앉는 순간을 누가 말려? 21세기 현실 속에서도 가끔 끄집어내어 그 옛날 변혁의 역사 속으로 걸어보는 것도 좋지 않아."

"꿈도 야무지네요."

괜히 빈정거려보았다.

"아닌 게 아니라, 참으로 묘한 생각이 든다니까. 코스 요리를 시켜놓고 나면 무슨 변장술이라도 부리고 싶어진다니까."

"시공간을 초월한다면 못할 것도 없지 않을까 싶어요."

나는 선배 말에 맞장구를 쳤다.

"그렇담. 어디 그들뿐이겠어. 당시 프랑스혁명을 선두 지휘하던 젊은 혁명가들도 가능할걸."

농담으로 시작한 대화가 선배에게는 통했다.

"그렇지! 당시 젊은이들의 고뇌를, 새로운 세상으로 향한 그들의 열띤 대화를 우리가 엿듣는다면 참 흥미로울 거야. 우린 지나간 세계사를 거의 다 꿰고 있으니까. 과감하고도 직설적으로 몇 마디 충고도 해줄 수 있을 텐데…."

"선배 만나면, 우리들 사고는 어디로 튈지 모르겠어요."

"남들이 알아듣지 못하는 한국말로 속 시원히 풀어 해체하니 좀 좋아."

"선배, 잘못하면 쥐도 새도 모르게 누군가에게 납치당할 수 있어요."

"이건 또 무슨 해괴한 소리야?"

"난들 알겠어요?"

"너 또 말 못할 비밀이라도 지닌 게로구나?"

"아~ 아직은 말하기가…."

"거북하다는 이야기지. 정말 파리는 묘한 곳이라니까. 미국 작가 헤밍웨이를 너도 잘 알잖아. 노인과 바다를 쓴 그는 멕시코 만류에서 조각배를 띄우고 혼자 고기 잡는 노인 이야기로 퓰리처상을 수상했지. 그가 당시 파리를 뭐라고 말했을 것 같아?"

선배는 웃음이 가득한 얼굴로 내게 물었다.

"글쎄요. 궁금한데요?"

"파리는 내 마음의 축제 공간이라고 읊었다지, 아마?"

"역시 대문호답네요. 파리를 내 마음의 축제라니! 대단한 극찬이네요."

"그뿐인 줄 아니? 로댕은 또 어떻고? 생각하는 사람 동상을 자신의 묘비로 써달라는 얼토당토않는 유언을 남겼어."

"네, 로댕이? 역시 예술가들은 세상을 바라보는 눈이 엉뚱한 데가 있다니까. 하긴 지나간 시대는 큰 마력의 힘을 지닌 것 같기도 하고. 공감은 가네요."

"만약에 말이야, 여기가 프랑스 노천카페가 아니라, 어릴 적 우리가 놀던 동네 어귀 느티나무가 있는 정자라면 얘기가 달라질까?"

"아무렴요. 선조들은 그곳에서 동네를 오고가는 방물장수며 젓갈장수. 어디 그뿐이겠어요. 장독장수와 소금장수까지 많은 사람들에게 세상 돌아가는 이야기를 간간히 들으며 자랐겠지요."

"그랬겠지. 간접경험으로다. 느티나무도 좋지만 고향집 장작불 아궁이에서 이제 막 구워낸 군고구마와 동치미가 있는 대청마루라면 더욱 좋지 않을까?"

"그리고 보니 고향집 대청마루가 그립네요."

"그래서 말인데…. 느티나무 정자와 지게를 어깨에 메고 골목으로 들어서는 소금장수와 방물장수가 있는 그림을 내 작품 속에 다 불러들였지."

"오호라, 선배! 비디오아트 작가다운 독창성이 엿보여요. 다음 작품이 벌써부터 기대가 되는데요."

오래 만에 둘은 깔깔거리며 웃었다. 영양 보충도 하고 모국어로 한참을 수다떨다보니 헤어져야 할 시간이었다. 저녁에는 몽마르트에 있는 사크레쾨르 성당에서 순례자를 위한 봉헌미사가 예정되어 있었다. 언젠가 파리에 가게 되면 제일 먼저 몽마르트 언덕에 가보리라 마음을 먹었었다. 그것이 이제는 일상이 되었다. 어느덧 쉼의 공간으로도 자리잡고 있다.

선배와 헤어지고 몽마르트 언덕에 올라 파리 시내를 내려다보았다. 멀리 노트르담성당과 에펠탑이 보였다. 묘기 부리는 사람들과 하프를 연주하는 예술인을 뒤로 하고, 성당으로 통하는 계단을 무수히 올랐다. 새하얀 대리석 사크레쾨르성당은 언제 보아도 눈이 부셨고 아름다웠다. 입구에 잔 다르크와 루이9세의 기마상이 서 있는 대성당 안으로 들어섰다. 입구에 있는 성수로 성호경을 긋고 빈자리에 가 앉았다. 파이프오르간으로 웅장하게 연주되고 있는 성가와 함께 말씀 전례와 성찬 전례가 진행되고 있었다. 성당 안은 미사봉헌으로 평화가 가득 차올랐다. 마음은 전례 없이 평온해졌다. 미사가 끝나고 순교자들을 위한 참회의 시간이 주어졌다. 촛불을 밝히고 성당 지하 계단을 내려가자 납골당이 있었다. 그곳은 테르트르 광장으로 통했다.

광장은 자화상을 그리는 거리의 화가들을 볼 수 있었다. 파리 골목길 풍경을 담은 그림과 추상화 같은 다양한 그림들이 여행객들을 기다리고 있었다. 예전 인상파 화가 모네, 마네, 드가, 고흐, 마티스까지도 즐겨 찾았던 명소다. 그들은 자연을 처음으로 색채 현상으로 보았다. 빛과 함께 시시각각으로 변하는 자연의 아름다움을 표현하고자 노력했다. 당시 예술의 혁명가들이었다.

새로운 가치의 깃발을 세운 상징적인 인물들이다. 그래서 나는 여기에 오면 인상파 화가들로 인해 감회가 벅차다. 벤치에 앉아 한참을 그들의 그림을 떠올리며 감상에 빠져 있었다. 그때 눈앞의 풍경이 빙그르르 돌기 시작했다. 이게 무슨 일이람. 어리둥절한 가운데 검은 중절모를 쓴 신사가 다가오고 있음을 직감했다. 짧게 턱수염을 기른 중년의 프랑스인이 얼굴에 반가운 미소를 머금고 걸어오고 있었다.

"마더 모아 젤!"

순간 벤치에서 일어나 뒷걸음질하면서 물러났다. 그는 놓칠세라 바짝 내 앞을 막고는 말을 걸어 왔다.

"안녕하십니까? 혹 한국에서 온 미라 양이 아니십니까?"

어리둥절한 가운데 고개를 끄덕이고 말았다. 그는 중절모자를 벗고는 깍듯이 인사까지 했다.

"저는 폴이라고 합니다. 오랫동안 이곳에서 기다린 보람이 있습니다."

당혹스러워 잠시 침묵했다.

"인터넷을 통해 당신을 진작 찾고 있었습니다만 이렇게 빨리 뵙게 될 줄은 몰랐습니다."

그는 미소까지 머금고는 말했다.

"저를요?"

황당한 나머지 무슨 말을 어떻게 꺼내야 할지 알 수 없었다.

"잠깐, 시간을 내줄 수 있겠습니까?"

멍하니 그를 바라보자, 그는 가까운 찻집을 가리키면서 간곡하게 부탁했다. 거절할 틈도 없이 그를 따르고 있었다. 그곳은 오래되고 낡은 건물로 안은 젊은이들이 피우는 담배 연기로 가득했다. 젊은이들의 열띤 대화는 무척이나 소란스러웠고 진지해보였다. 시간을 거슬러올라가는 착각마저 들었다. 둘은 겨우 빈자리를 찾아 앉았다. 오렌지주스를 시켰다. 종업원이 가져다주는 상큼한 주스 맛을 음미하면서 목을 축였다. 폴은 들고 있던 밤색 가방을 열고는 그 속에서 조그만 대리석 조각상 하나를 꺼내 탁자 위에 올려놓았다.

"어머, 나체 여인의 조각상이 아닙니까?"

"이 여인이 바로 우리 누이 카미유입니다."

"네? 이 여인이, 바로 그 유명한 천재 조각가?"

순간 불에 확 데인 듯 얼굴이 달아오르면서 내 귀를 의심했다.

"무릎을 꿇고 벗은 채로 애원하는 모습이 아마도 누이가 그 남자에게 하고 싶었던 행동일 것입니다."

나는 순간 눈살을 찌푸렸다.

"어떻게 다른 사람도 아니고 누이에 대해 얼토당토한 말을 하고 계시죠. 당시 세상 사람들처럼 그렇게 조롱할 수 있나요?"

속이 상해 따지듯이 말했다.

"아! 그 동영상을 보셨군요?"

"당신! 정신 나갔어요? 도대체 내게 왜 그래요."

소리쳤지만 주변 사람들은 자기들의 이야기에 빠져 있었다.

"누이는 진정한 천재 조각가였어요. 내 안에 공포가 많은 사람들은 대개 지나친 자부심을 내세우며 살아가죠? 그것이 과대망상과 피해의식으로 나타날 게 빤하죠. 누이는 타고난 천재였거든요. 다만 불행하게도 정신병자였죠?"

두서없이 말을 쏟아놓고 있는 그를 보면서 무척 혼란스러웠다.

"왜 내가 당신네 슬픈 가족사 이야기를 더 들어야 하죠? 누이가 천재면 어떻고? 또 정신병자면 또 어때서요? 됐다고 해요. 더 듣고 싶지 않으니까?"

갑자기 작은이모가 떠올랐다. 이 세상 사람이 아닌 듯 행동하고 싶었다. 귀를 틀어막고 대들었다.

"이제 와서, 왜요? 뭐가 달라진다고…."

환청처럼 내 목소리는 허공에서 슬프게 메아리치고 있었다. 그러나 그는 상관하지 않고 자기 이야기를 주저리 엮고 있었다.

"누가 뭐래도, 누이는 진정한 예술가였어요. 천재라는 지나친 자부심을 가지고 있지 않았으면 좋을 뻔했어요. 자라면서 가족 누구도 누이의 콧대를 꺾지 못했으니까요."

"왜죠?"

"아버지의 절대적인 지지가 있었어요."

"제가 보기엔 댁의 아버님은 어린 딸의 예술적 재능을 일찍이 인정하셨어요. 당시 최고 조각가에게, 사랑하는 딸의 장래를 부탁할 정도로 의식이 깨어 있는 분이셨어요. 대단하지 않아요. 이건 당시 보통 사람으로서는 상상이 되지 않는 이야기예요. 그걸 아직도 모르세요?"

아버지의 이야기가 나오자 그의 얼굴은 고통으로 일그러졌다. 곤혹스러워하는 모습이 역력했다.

"누이와 저는 기질이 정말 비슷합니다. 저는 외교관이 되었고 시인이 되었습니다만. 저에게 만약 하느님의 은총이 없었다면 누이처럼 되었겠죠. 부탁이니 제발 불쌍한 우리 누이의 영혼을 위로해주십시오. 제겐 시간이 별로 없습니다."

"당신은 나와 이야기를 나눌 자격이나 있는지 모르겠어요? 하느님을 들먹이면서…."

나도 작은이모를 잃은 피해자인 양 비꼬는 어투를 거둘 수가 없었다. 그는 내 말이 채 끝나기도 전에 홀연히 내 앞에서 사라졌다. 폴을 순교자의 언덕 몽마르트에서 우연히 만나고 집으로 돌아왔다. 혼미한 가운데 여러 날이 지나갔다. 그가 주고 간 나체 여인의 검은 대리석 조각상은 진열장 선반에 있다. 버림받은 여인의 안타까운 눈길은 내게 속삭이는 듯 보였다.

도와주세요라고….

때마침 카톡 소리가 울렸다.

— 저는 한 남자의 이중성을 고발합니다. 그 이중성에 갇혀 버림받고, 집 나간 사랑하는 누이를 또한 찾습니다. 중국 텐진에서 가족들과 오랫동안 지내다보니 누이의 사정을 전혀 알지 못했습니다. 그러다가 갑작스런 누이의 소식을 전해 듣고 파리로 달려와보니 누이의 작업실은 텅 비어 있었습니다.

더 이상 피한다는 것이 속절없어 보였다. 카미유의 마지막 작업장은 생루이섬에 있다. 내가 기거하는 예술가 마을에서 퐁 마리 다리를 건너가면 된다. 걸어서 15분이면 도착하는 직선거리에 있다.

첫날, 흑백 화면을 통해 본 현장이다.

그녀가 두 장정에 의해 짐짝처럼 마차에 실려 어디론가 떠나갔던 곳이다. 이 거리를 의식적으로 오랫동안 피하고 있었다. 같은 여자로서 예술인으로서도 알고 싶지 않았다. 고통스러운 신음 소리가 들리는 것 같아 귀를 틀어막고 무심히 살았다고 봐야 한다.

지금은 관광객들을 위한 유람선이 오고간다. 땅값이 비싸기로 유명해 파리의 부자들이나 살고 있는 곳이다. 그런 만큼 거리에는 소소한 매력이 넘치는 카페가 줄을 잇고 있다. 그 유명하다는 젤라토 아이스크림 가게도 여럿 있다. 나는 비로소 커다란 돌집, 그녀의 집을 찾아나섰다.

작은이모! 미안해. 더 이상 알고 싶지 않았어. 그래서 피한 거야. 지금이라도 날 용서해줄래. 성호경을 긋자 참회의 눈물이 볼을 타고 흘러내렸다. 내가 풀어야 할 숙제 같았다.

두 번째 폴이 보낸 영상이 카톡에 떠 있었다.

기실은 기다리고 있었다. 반가움에 터치하자 광폭한 연인이라고 쓰인 자막 위로 사진이 움직이기 시작했다. 카메라의 눈은 비론 저택 3층 건물을 통과해 1층 작업실을 비추고 있었다. 사다리 위에 올라서서 큰 바윗덩어리를 열심히 깨고 있는 19살 앳된 소녀 카미유가 보였다. 망치와 끌의 소리가 둔탁하게 들렸다. 머리를 뒤로 하나로 묶었다. 작은 어깨와 돌의 파편들이 머리카락 사이로 하얗게 빛을 발하고 있었다.

그때 턱에 긴 수염을 기른 40대 중년 남자가 작업실에 들어서고 있는 장면이 포착되었다. 그는 작업실에 들어서면서 그녀가 프랑스 예술가 살롱전에 출품하기 위해 작업 중인 대리석을 물끄러미 바라보고 있었다. 아직은 어떤 형태인지 전혀 분간이 가지 않은 상태였다. 하지만 스승은 호기심을 가득 안고 따뜻한 시선으로 돌덩어리를 주시했다. 얼마간 시간이 흐르자 그녀가 작업을 멈추고 사다리에서 내려왔다.

"작업은 제대로 진행되고 있는가?"

그녀는 목탄으로 돌의 형태를 스케치한 것들을 작업대 위에 펼쳐놓았다.

"한 쌍의 남녀가 슬프게 포옹하고 있는 장면이구나! 여기서 네가 표현하고자 하는 주제는 무엇이냐?"

"힌두교 전설에 나오는 사쿤탈라의 애틋한 사랑을 표현하고 싶습니다."

그는 당당하게 말하는 제자의 귀여운 옆얼굴을 바라보면서 흥미롭다는 듯이 다시 물었다.

"막연하게 말고 좀 더 자세히 설명해보아라."

"…."

말이 없자 스승은 재촉했다.

"쑥스러워 말고…."

"맹인이며 귀머거리가 된 사쿤탈라를 오랜 우여곡절 끝에 남편과 재회하는 극적인 장면을 조각하고 싶습니다만…."

앳된 소녀의 얼굴에서는 어딘가 부끄러움과 조숙함이 순간 드러났다. 어린 나이에 발칙한 대담함까지 품고 있는 것 같았다. 그는 내심 흐뭇한 표정으로 제자를 바라보았다.

"조각가는 사물을 깊이 볼 수 있는 특별한 눈을 가져야 해. 그런데 너는 아직 너무 어려서 가능할지 모르겠구나."

"네?"

그녀는 실망스러운 표정을 지었다.

"살아온 삶이 열쇠야. 그렇담 남자를 사랑해본 경험은 있느냐?"

그녀의 동공은 단번에 동그랗게 커졌다. 그는 웃으면서 이야기의 방향을 바꿨다.

"모든 생명의 원천은 중심에서 나와. 돌에서도 마찬가지야. 돌이 굳어 멈추고 있는 듯하지만, 살아 있다고 가정해야만 이야기를 풀어낼 실마리가 나올 수 있어."

고개가 점점 더 숙어졌다.

"그런 만큼, 죽음보다 더 강렬한 연인의 사랑을 바위로 돌출해내겠다는 강한 의지가 필요하지."

스승의 말은 피해갈 수 없는 지상명령 같은 것이 되고 말았다. 그러나 의욕과는 달리 스케치에는 전혀 진전이 없어 보였다. 풀이 죽어 있는 그녀에게 하루는 스승이 그녀를 도닥였다.

"눈멀고 말 못하는 사쿤탈라의 표정을 우선 연필로 데생을 익숙할 때까지 여러 번 해보렴. 그런 후 돌을새김의 윤곽선을 찾아 끄집어내도록 해봐. 그러다보면 억제할 수 없는 남편의 손떨림까지도 함께 빠져나올 테니까. 미치도록 보고 싶었던 여인을 눈앞에 두고도 말 못하는 남편의 소름끼치는 슬픔까지를 도출해낸다면 그야말로 성공이지."

카미유는 아름답고도 애처로운 사랑을 훔쳐서라도 돌출해내고 싶은 욕구가 강하게 일었다. 그러던 어린 그녀에게 광폭적인 사랑이 마술처럼 찾아왔다.

내 인생이 구렁텅이로 빠질지라도 나는 아무것도 후회하지 않아. 내게는 슬프게 보이는 파국조차도 후회스럽지 않아. 나의 영혼은 카미유로 인해 꽃을 피웠소. 나는 더 이상 견딜 수 없어. 너를 보지 않고선 하루도 지낼 수 없어. 너를 보지 못하면 끔찍한 광기가 시작되네. 너는 사악한 신! 그러나 나는 열렬히 너를 사랑한다. 전람회가 끝나면 우리는 이탈리아로 떠나 그곳에서 적어도 여섯 달 동안 머무를 것이며, 흔들림 없는 관계를 시작할거야. 이후 마드무아젤 카미유는 나의 아내가 될 것이다.

— 1886년(23세 추정), 남자가 카미유에게 보낸 편지 중에서

카미유가 19살의 생일이 되기 전이었다.

그녀의 불타오르는 예술혼과 청순성은 중년 남자의 강한 욕정에 의해 휘말리고 만다. 사랑의 외줄타기 시발점으로 두 사람이 나눈 편지들은 선과 악을 넘나드는 강렬하고도 치명적인 사랑을 엿볼 수 있다. 그들의 광폭적인 사랑은 마침내 유럽여행으로 이어졌으나 곧 파

멸을 예견하고 있었다. 그 무렵 그녀가 작업한 사쿤탈라가 프랑스 예술가 살롱전에서 최고상을 수상하면서 조각가로서 뛰어난 영감과 재능을 인정받게 된다. 하지만 사람들은 어린 그녀가 남자의 숨겨진 애인이라는 소문을 듣고는 온갖 추문과 비난을 퍼붓기 시작하는 계기가 또한 되고 말았다.

"저 작품을 좀 봐. 저것은 분명 그 남자의 작품을 모방한 것일 거야."

당대 최고 조각가라는 남자의 그늘을 벗어나지 못한다. 왕성하게 창작활동을 하고 싶지만, 그녀 자신의 노력만으로는 더욱 고되고 지난한 과정이 계속된다.

밤에는 당신이 함께 있다고 상상하면서 잠들지만, 깨어나면 절망입니다. 당신에게 영원한 사랑의 입맞춤을 보냅니다.

— 1892년(29세 추정), 카미유가 남자에게 보낸 편지 중에서

편지를 읽다보면 사랑에 속은 그녀가 무릎을 꿇고 벗은 채로 스승인 남자에게 애원하는 모습이 엿보인다. 젊고 어여쁜 여인이 나이 많고 비굴한 남자 앞에서 애원하는 꼴이란 비참하기 짝이 없다. 지옥이 따로 없다. 어이할 것인가? 누군가의 도움이 간절히 필요할 텐데….

세상은 무섭다. 발표하는 작품마다 사람들의 갖가지 루머가 줄곧 따라다녔다. 그러다보니 실질적이고 지속적인 지원을 이끌어내기란 무척 힘들다. 남자 또한 처음과는 달리 불륜이라는 추문이 따라다

니자, 그녀를 피하게 된다. 빛과 어둠의 깊은 음영 속으로 스승인 남자의 이중성과 맞물리면서 배신이라는 놈이 혀를 날름거리며 카미유를 구렁텅이로 데리고 가고 있었다.

제 아틀리에에 접근하지 않도록 주의해주세요.

—1895년(32세 추정), 카미유가 남자에게 보낸 편지 중에서

결국 카미유는 1898년 무렵 스승인 남자와의 이별을 선언한다.

관계를 완전히 끊는다.

그러나 작품에 대한 열정과 삶에 대한 의욕은 잃지 않았다. 오히려 더욱 왕성하게 창작에 힘을 쏟았다. 클로토, 중년, 페르세우스, 깊은 생각, 베르툼누스, 포모나 등의 작품을 완성하게 된다. 재정적인 후원자가 될 인물들과도 적극적으로 소통하며 지원을 요청한다. 하지만 누구도 나서는 자가 없었다. 잔인하게도 세상 사람들의 웃음거리는 멈추지 않았다. 결국 재료비에 제작, 조수와 주조업자 등에게 지불할 돈이 모자라 허덕이게 된다. 집세를 내지 못해 여러 차례 재산을 압류당하고 만다.

그러나 돈 많은 스승인 남자는 일체 모른 척한다. 사람들은 그녀가 아틀리에서 추위와 배고픔을 잊기 위해 웅크리고 있다는 사실을 전혀 알지 못한 채 추문에 꼬리표를 달았다.

결국 옛 연인이며 영광 속에 살고 있던 남자에 대한 강박관념이 그녀의 이성과 영감을 서서히 마비시키고 만다. 억울함과 분노가 소용

돌이치면서 겨울에는 연료가 끊겨 덜덜 떨면서 싼 와인을 연달아 마셨다. 결국 알코올중독 증세까지 보였다. 견디기 힘들 때마다 조각품들을 망치로 내리쳤다. 벽지를 갈기갈기 찢어놓는 광기까지를. 악에 북받쳐 지르는 그녀의 괴성은 작업실을 쓸고 다녔다. 부서진 파편들로 작업실은 서서히 황폐해져 갔다. 그 소식을 들은 가족들마저도 그녀를 집안의 수치로 여겼기에 외면했다.

1912년 3월 10일 생루이섬, 오래된 작업실에서 카미유는 두 장정의 손아귀에 의해 짐짝처럼 끌어내어졌다. 빌르 에브라르의 수용소에 영원히 갇히게 된다.

나는 깊은 구렁에 빠졌습니다. 나는 너무나 기이하고 낯선 세계에 살고 있습니다. 나의 삶이 꾸는 꿈은 악몽입니다.

— 1935년(72세 추정), 카미유가 '외젠 블로'에게 보낸 편지 중에서

그녀의 간곡한 애원에도 불구하고 강제 감금되었다. 또한 죽을 때까지 가족들은 절망에 빠진 그녀를 구해주지 않았다. 1939년부터 유럽은 전쟁에 휩싸였다. 정신병동 환자들의 사망자 수는 늘어났다. 그녀는 부종 상태로 음식물을 삼키지도 못했다. 결국 탈수증으로 죽어갔다.

1943년 10월 19일 오후 2시에 그녀는 80세를 일기로 삶을 마쳤다.

홀로 버려진 정신병원에서의 30년이라는 긴 세월을 묵묵히 살아냈다. 하지만 후손이 없던 그녀는 죽어서도 무연고자라는 이유로 공

동묘지에 매장되어 찾을 길이 없다.

영상은 여기서 멈추고 있었다.

나는 스승인 남자의 이중성과 천륜까지도 저버린 인간의 잔인성을 엿본 것 같아 한동안 너무나 우울했다.

어느 날 아침에 눈을 떠보니 폴로부터 메시지가 와 있었다.

— 사쿤탈라 하얀 대리석이 비론 저택으로 130년 만에 운반되는 날입니다.

카미유의 넋을 달래주십시오.

사쿤탈라 대리석상은 그녀의 꿈같은 절정 시기에 제작된 대표작이다. 그녀에게 이 작품은 화양연화로 인생에서 가장 아름다웠던 한때가 아닌가 싶다. 지금은 무사히 옮기는 일이 시급해보였다. 석상에 손상이 간다는 것은 상상할 수 없다. 예술인의 도시 파리에서는 용납되어서는 안 될 일이다. 시공간을 초월하고서라도, 거기에 걸맞는 천재 조각가에 대한 예우가 필요한 시점이다.

나는 운명처럼 사쿤탈라를 만나기 위해 길을 떠났다.

아직 해가 뜨지 않은 길에는 안개가 낮게 드리워져 있었다. 냉기를 느끼면서 그동안 작업실에서 혼신을 다해 연출한 광목천을 챙겨서 길을 나섰다. 제 시간에 도착하자면 서둘러야 했다. 폴이 보낸 약도를 보며 구시가지에 있는 비론 저택을 향해 걸었다. 때마침 여명 속으로 새벽 성당 종소리가 울려 퍼졌다. 안개 때문인지 성당의 전체

윤곽은 자세히 보이지 않았지만 뾰족한 첨탑만은 또렷이 눈에 들어왔다.

성당으로 난 길을 따라 한참 걸어가자 약도에 표시된 고서점이 나타났다. 두 개의 작은 블록 오른쪽으로 꺾자 이번에는 검은 나무숲 사이로 어슴푸레 큰 물체가 번득이고 있는 것이 보였다. 마침 안개가 걷히기 시작하면서 검은 물체의 윤곽이 확연히 드러났다. 건물을 제대로 찾은 것 같아 마음이 놓였다. 3층으로 된 저택은 높다란 철문이 열린 채 넓은 정원이 멀리서 까마득히 보였다.

아름다운 유럽형의 넓은 정원으로 나무 끝이 뾰쪽한 정원수들이 미로처럼 이어져 있었다. 중앙 홀에는 연못의 분수가 높이 치솟아 물보라를 이루고 있었다. 길을 따라 무릎 아래로는 낮은 조명등이 불을 밝히고 있었다. 조명등이 가리키는 곳으로 걸어가자 이번에는 정원에서 새어나오는 강한 불빛들이 보이기 시작했다. 마치 그것은 나무에 주렁주렁 오렌지 열매를 매달고 있는 풍경이었다.

주변은 빛의 곡예사처럼 약간 파르스름한 새벽 하늘빛 아래 검은 숲속으로 정원의 오렌지 빛 열매들이 천상의 꽃으로 피어나고 있었다. 그동안 깊고 암울한 아틀리에 어두운 터널 속에 갇혀 있다가 오렌지 빛 천상의 꽃을 만나자 코끝이 씨근거렸다. 저택에 도착하자 언제 왔는지 파리 시민들이 한지로 만든 등을 밝히고 있었다. 오렌지 빛 천상의 꽃들은 다름 아닌 우리네 청사초롱이었다. 인파 속에 환하게 웃고 있는 파리 시민들을 보자 친밀감이 조용히 물 흐르듯 내면에 물결쳤다.

할 수 있어, 한국인의 춤사위를!

그때 한 차례의 커다란 트럭이 들어오고 바퀴 달린 내림철판이 내려졌다. 하얀 비단 천으로 휘감은 커다란 대리석상이 사람들의 환호 속에 정원 중앙에 안착되었다. 그러자 정원에 모여 있던 몇몇 사람들은 풍등에 불을 붙이고는 하늘 높이 쏘아올리면서 큰소리로 외쳤다.

"사쿤탈라!"

"사쿤탈라!"

작은 한지 풍등은 그들의 손을 떠나 공중으로 둥둥 떠다녔다. 그 틈에 검은 중절모를 눌러쓴 폴이 보였다. 오색 풍등이 하늘 가득 은하계로 채워지면서 나의 영적 춤사위는 파리 시민들이 보는 가운데 시작되었다.

하얀 치마저고리에 아담과 이브를 색채로 극대화시킨 화폭을 품고 있었다. 화폭은 광목 3필을 바탕으로 큰 붓으로 터치한 것을 차곡차곡 가슴에 품고서 영적 춤을 추었다.

그것은 카미유가 그동안 견뎌온 절규로부터 시작되었다.

작은이모의 슬픔까지도 품고서 추는 영적 춤사위는 마치 신에 홀리듯 성당 종소리가 울릴 때마다 한 걸음씩 생루이섬 작업실을 향해 앞으로 나아가고 있었다. 조형세계의 풍부한 예술적 영감과 창조의 힘이 되는 광기와 열정을 한 가닥씩 해체하고 있었다.

스승인 남자의 이중성에 갇힌 사랑의 배신으로부터 그녀를 구하고 그녀의 예술성을 광기로부터 해방시켰다. 또한 천재성을 인정하고 알파와 오메가가 서로 충돌하면서 대혼란이 일어나는 장면을 광목이라는 화폭에다 원시의 물감을 풀어 율동과 정지로 반복해서 춤사위를 펼쳤다.

처음에는 완벽한 사랑을 원했던 만큼 그녀의 공허감은 지독하게 외롭고 깊은 여정이었다. 그런가 하면 카미유가 사랑한 동생 폴을 향해 미친 듯이 울부짖는 정신병동에서는 걸음을 그만 멈추고 말았다. 가족 간의 천륜마저도 거부하는 숨통을 옥죄이는 죄스러움으로 앞으로 한 걸음도 나아갈 수가 없었다. 그렇듯 춤사위는 흐느끼듯 기도하듯 저항하듯 공감하듯 환희에 젖어들었다. 우주의 진동을 방출하면서부터는 날뛰듯 혼신의 다해 춤을 추었다. 마지막에는 사쿤탈라 대리석상 주변을 빙빙 돌아 카미유의 넋을 달래는 살풀이와 엇중모리로….

하루를 보냈다.

비론 저택은 집 떠난 탕아를 두 팔을 벌려 맞이하는 아버지의 따뜻한 품이 되었다. 예술가의 깊은 품위가 비로소 되살아났다.

검은 성모마리아상 앞에서

검은 성모마리아상 앞에서

스페인 몬세라트 수도원에서 깊디깊은 감동의 시간이 오고갔다.

비행기는 인천국제공항에서 스페인 바르셀로나 활주로를 향해 줄기차게 날아올랐다. 그리고는 미지의 세계로 미희를 데려다주었다. 가우디 도시라고 할 정도로 안토니오 가우디의 걸작들이 그녀를 반겼다.

다음날 기암절벽을 배경으로 산 중턱 몬세라트 수도원이 바라보이는 마을에 도착했다. 오전 8시 48분 첫 산악열차를 타고 20여 분간 창가에 앉아 자연의 아름다움을 감상하였다.

전설에 의하면, 880년에 한 무리의 목동들이 몬세라트 산의 하늘에서 빛이 내려오는 것을 목격했다. 그 빛 사이로 천사들이 노래하고 아이들의 마음은 기쁨으로 차올랐다. 그렇게 천사들의 방문은 한 달 동안 계속되었다. 그 빛은 산속의 동굴로 이어졌고 동정녀 마리아의 이미지를 발견하게 된다.

그로부터 훗날 11세기에 올리바 수도원장이 이곳에 작은 수도원을 세우게 된다. 그리고 오늘날에 이르렀다. 지금은 80여 명의 베네딕토회 수사들이 머물고 있다. 특히 그들은 이 바위투성이 산을 찾는 순례자들을 환영해주고 있다. 여기서 순례자란 영적인 답을 찾아 수도원 문을 두드리는 모든 사람들을 뜻한다.

그래서인지 세계 각국에서 몰려드는 구도자들의 발걸음이 끊이지 않는 곳이다. 산티아고 데 콤포스텔라, 필라트 성당과 함께 스페인의 3대 순례지이자, 세계 4대 성지로 꼽힌다.

몬세라트는 카탈루냐어로 '톱으로 자른 산'이라는 뜻이다. 여러 암석이 서로 뭉쳐 하나의 단단하게 굳은 역암질의 바위들이 수직으로 무수히 꽂혀 있다. 웅장하고 경이로운 자태는 보는 시각에 따라 근육질의 팔뚝처럼 보이기도 한다. 사람 얼굴이 연상되기도 하고 서로 어깨를 맞대고 있는 그 거석들은 독특하고도 웅장하였다. 마치 옥수수 첨탑으로 잘 알려진 '사그라다 파밀리아' 첨탑의 배경을 연상시켰다. 가우디는 어린 시절 이곳에 머물렀다가 성장해 건축가가 되었다. 그는 이곳의 자연을 건축에 적극적으로 반영시켰다.

게다가 순례자가 잠시 멈춘 곳에서 주일미사를 봉헌한다는 사실은 실로 놀랍고도 경이로운 일이 아닐 수 없다. 그날 오후 1시가 되자 미사봉헌이 시작되었다. 열댓 명의 신부들이 등장했다. 그 속에 피부색이 검은 두 분의 젊은 신부도, 동양인 얼굴을 한 신부들도 보였다. 세계가 하나라는 믿음의 세계는 실로 놀라웠다.

다음으로 기다리던 성가대 소년합창단들이 하얀 복장으로 등장하였다. 가장 키가 작은 아이들부터 큰 아이들까지 마치 등에 보이지 않는 하얀 날개가 달려 있는 천사들 같았다. 14세기부터 이어 내려오는 오랜 전통을 엿볼 수 있었다. 에스콜로니아 성가대 합창단은 빈 소년합창단, 파리 나무십자합창단과 더불어 세계 3대 소년합창단으로 알려져 있다.

특히 변성기를 지나지 않은 9살에서 14살까지의 소년 50명으로 구성되어 있다. 이곳 수도원에서 4년간 생활하면서 음악 이론과 악기 연주와 더불어 성가합창단의 엄격한 교육을 받는다. 그래서일까. 소년합창단이 부르는 성가는 천상의 소리로 온 우주를 향해 유감없이 퍼져나갔다. 심신이 고달픈 여행 중에 온몸 가득 감동으로 번져갔다. 미희는 감격해서 눈물을 글썽거렸다.

다음은 미사봉헌이 끝나고 검은 성모상으로 향하는 사람들의 긴 줄에 합류했다. 계단 하나하나를 밟고 올라 수도원 천장 가까이에 갔다. 검은 성모상은 우리가 알고 있는 성모마리아의 모습과는 많이 달랐다. 산타코바 동굴에서 발견되었다고 한다. 원래 검은 목재로 조각한 것이 아니었다. 나무에 칠한 광이 오랜 세월 기도하는 사람들이 켜놓은 등불의 그을음으로 검게 변한 것이다. 성모마리아상은 아기 예수를 안고 있는 대신 앉혀놓았다. 오른손에는 지구를 상징하는 둥근 공을 들고 양손을 벌리고 있었다. 아기 예수는 왼손에 솔방울을 가지고 있었다. 이는 부활과 영원을 상징한다. 성모에 대한 신심은 콜럼버스가 신대륙을 발견하던 시기부터였다고 한다. 스페인 국왕들 대부분이 방문한 순례지이기도 하다.

미희는 순례자들 틈 속에서 검은 성모상을 한참 바라보았다.

햇볕에 그을린 검은 남편의 얼굴이 유심히 따라왔다.

서로 마음을 주고받던 처녀 시절로 순간 돌아갔다. 그가 검은 질의 투박한 작은 나무토막으로 만든 묵주를 그녀에게 선물로 내밀었다.

"미희 씨! 어머니께서 생전에 쓰시던 것이랍니다."

선물이란 것이 참으로 남달랐다. 성가정이라는 믿음이 갔다. 검다는 것은 깊숙하고 그윽하다는 뜻으로 밤하늘이 그랬다. 또한 검다는 것은 깊이나 두께를 헤아릴 수 없이 깊다는 뜻이 담겨 있다. 검은 성모상이 주는 이미지는 시어머니께서 그녀에게 전해준 묵주와도 흡사한 깊이로 전해졌다. 나무로 된 묵주를 가지고 성모송을 오랫동안 바쳤기 때문에 그 세월과 함께 검게 변한 것이다. 그 영적 선물은 성가정의 기쁨으로 다가왔다. 나무 묵주가 지금은 그녀의 손에서 검게 빛을 발하고 있다.

청년 시절, 남편은 학문에 관심이 남달랐다. 늘 자기 세계 속에 살고 있었다. 대학 도서관에서 홀로 공부하고 있는 그를 보았다. 마음 한구석에서 그의 학구열이 엿보였다. 어느 날 훔쳐보다가 그만 들켜 버렸다. 관심이라는 한 방법으로다….

오랜 세월이 흘렀지만 그와 그녀 사이에는 일치되는 점 하나가 있다. 그 점은 거리를 자로 잴 수 없는 영적 믿음의 자리다. 지금도 가끔 그가 그 옛날 보내준 손 편지를 꺼내어 천천히 쓰다듬곤 한다. 혹시나 사랑이 퇴색될까 두려워하면서…. 그것은 살아오면서 의식의 일부분이 되었다. 그를 여전히 온전하게 가슴 깊이 느끼고 싶어서다. 물론 비슷한 성격 탓으로 격렬하게 말다툼할 때도 있다. 하지만 이내 감정을 풀어버린다. 분명한 것은 살아가면서 영원히 함께하리라는 확신이 있었기 때문이다. 어쨌거나 한때는 마음의 갈등으로 인해 연락이 두절되는 공백의 시간도 있었다. 하지만 어떻게든 다시 만나야겠다고 다짐했었다. 그것이 결국에는 이루어졌다.

기억의 저편에서도 그녀를 얼마나 사랑스러워하는지를 느끼고 있었기에 가능했다. 미희 또한 그를 얼마나 사랑하는지? 몸이 먼저 알아차렸다. 지금은 힘들게 일하고 자신을 돌볼 줄 아는 잘 빠진 몸집을 그는 가졌다. 아찔한 순간 남녀를 끌어당기는 힘! 더 넓은 평야를 가르는 아프리카의 암사자와 수사자의 거침없는 몸짓이랄까? 그들은 서로를 너무나 많이 닮아가고 있었다.

그에게는 언제나 풋풋한 맑은 숲 공기가 맡아졌다.

실로 거친 듯한 손끝의 느낌이 그녀의 영혼을 휘감았다. 그것은 단순하고 진실된 것이었고 또렷한 의식의 일부가 되었다. 세포 속속들이 파고들었다. 서로의 영혼을 묶어두는 것을 마다하지 않았다.

미희는 아이들을 출가시키고 요즈음 식사 시간이면 눈높이에 맞게 그의 앞자리에 앉는다. 가끔 턱을 괴고 그를 바라본다. 음식을 먹으면서 그녀가 하루하루의 긴 이야기를 들려준다. 그러면 끝까지 경청해준다. 그녀를 무조건 인정해주는 벗이 곁에 있다는 것이 얼마나 큰 행복인지 모른다.

예전에 그를 선택한 이유가 있다면 뭔가 도전하는 정신력과 믿음의 세계가 확실하기 때문이었다. 이 나이에 선뜻 사랑한다고, 어린 새색시처럼 말할 수는 없다. 그때는 그가 그녀의 기분을 알 것도 같다는 표정을 짓곤 한다. 따스하고 속 깊은 미소를 잊지 않는 남편이라 고맙다.

그는 직장에서 은퇴하고 포도나무에 적합한 땅을 발견했다고 했다.

강릉에서 바다로 흘러들어가는 남대천이 보이는 야트막한 산 언덕이다. 남대천에 반사된 햇빛이 종일 언덕을 되비추는 숲이다. 주인은 절대 팔지 않겠다고 했다. 결국 그는 빌려서 그곳을 개간했다. 포도나무를 심을 때는 강릉 곳곳에서 사람들이 신기해하며 모여들었다. 그의 동생도 보름 동안이나 숙식하면서 함께 일했다. 그 결과 지역민 모두가 관심을 가지고 심은 포도밭이 조성되었다.

"강릉에 씨 없는 포도밭이라니? 이런 시도는 너무 멋져요."

내심 가슴이 떨렸다. 미희는 지중해성 기후에 적합한 씨 없는 포도를 그들의 손으로 가꿀 수 있다니 믿어지지 않았다. 그는 할 말이 그녀보다 더 많은 듯 보였다.

"신선한 것을 지역 아이들에게 먹이고 싶었거든요. 이곳 포도는 학교 급식으로 들어가죠."

"우리 지역 조상님들도 생각하지 못하던 포도 맛이 정말 궁금해요."

"보세요, 여기 포도나무 한 그루마다 학교 이름표를 달았어요. 역사적인 순간이잖아요!"

적당한 온도와 습도, 착색기의 큰 일교차로 인해 포도 알이 크고 당도가 높아진다. 껍질째 먹을 수 있는 씨 없는 품종의 포도가 생산되었기에…. 우리는 포도 수확기를 그림으로 그려보았다. 몸은 고달프지만 희망을 가지고 열심히 노력했다.

여름 햇살이 뜨겁게 내리비치는 정오였다. 갑작스럽게 먹구름이 몰려오더니 소나기를 흩뿌리고 있었다. 포도밭에서는 정갈한 음악이 흘러나왔다. 큰 포도 잎사귀마다 떨구는 빗방울 소리가 각기 다르게 들렸다. 저마다 건반을 두드리는 자연의 소리가 유난히 크게 들렸다.

"여보, 빗방울 소리가 달콤하니 향긋해요."

"빗방울 소리가 향긋할 수도 있나?"

비는 거침없이 뿌리고 있었다.

그는 잠시 생각했다고 했다. 포도 알이 영글기 시작하면서 종이봉투를 하나씩 상, 중, 하품으로 씌워준다. 그러다 수확기가 되면 톡 쏘며 입안으로 씹히는 그 향긋한 포도의 맛은 달콤하니 향긋하다.

그래서 그녀의 말이 옳았다고 인정하며 혼자 웃었다고….

"당신은 암튼 대단한 감성의 소유자야."

소나기는 한 차례 겁나게 천둥과 번개를 몰고 치닫다가 뚝 멈춰버렸다.

"여보, 밖으로 산책 나가면 어떨까요?"

그녀가 말하자, 그는 어색함과 무료함을 잘 처리해준다. 그가 포도농장을 나와 서둘러 앞서 걸어나갔다. 오늘같이 소나기를 몰고 온 날에는 밖으로 나가야 한다. 해가 지면 정말로 하늘과 바다에 멋진 광선을 쏘아올리기 때문이다.

단 몇 분 간이지만….

하늘과 바다 색깔에 곧잘 홍분하는 미희의 눈빛을 그녀의 남편은 한마디 멋쩍게 툭 던진다.

"당신 몇 살이야?"

이렇게 묻는 그의 부드러운 말씨 속에 상대를 배려하는 진실을 알아차릴 수가 있다. 마침 바다는 고요했다. 걸음걸이 하나하나, 그의 동작에는 흠잡을 데가 없다. 모두가 몸에 밴 동작이었고 이유가 있었다. 우연히 이루어지는 행위 없이 효율적이고 전문적으로 이루어졌다. 한때 그는 사진작가였다. 그것은 일종의 바닷가 공연 같은 삶이기도 하였다. 품위 있는 태도와 재빠른 손놀림, 팔뚝 근육의 움직임 등….

그는 바다를 보며 깊게 숨을 내쉬고 있었다. 오랫동안 지속된 습관의 관성 때문일 것이다. 평생 느끼고 찾고 생각했던 모든 것들이, 그 순간 다 모여 있었다. 예상대로 그는 농장경영에 몰두했다. 이를 위해 쉼 없이 추진하고 있다. 그의 지칠 줄 모르는 강인한 모습으로 인해 깊은 사랑은 계속 유지되고 있다. 놀라운 일이다. 지금은 육체적 차원을 넘어선 영혼에 속하는 영적 사랑이라고 말하고 싶다. 마치 검은 성모상과도 흡사한 깊은 떨림이다.

얼마나 지났을까?

몬세라트 수도원 안은 조용했다.

그녀만이 검은 성모상 앞에서 깊은 묵상을 하고 있었다. 현실을 새롭게 단장시키고, 수도원을 조용히 나섰다.

절대 고독의 마테오라

잠자리에서 남편이 부드럽게 말을 걸어 왔다.

"당신 생식기가 책처럼 닫혔어!"

유진은 멍하니 천장을 보고 있다가 순간 돌아누웠다. 정곡을 찌르는 남편의 말이 몹시 못마땅했다.

"내 이야기는 새롭게 시작하자는 이야기야."

미안했는지 그녀의 귀에 대고 작은 목소리로 부드럽게 속삭이기까지 했다. 앞으로 벌어질 암울한 무대 자체를 막아버리자고. 그러나 이미 유진의 의식 중간층에 머물고 있던 분노가 앙금처럼 일었다. 위로 조금씩 솟구치고 있었다. 분노를 의식적으로 피하면서 소용돌이치는 화를 도저히 다스릴 길이 없어 보였다.

천천히 또박또박 단어의 의미를 하나씩 씹으면서 말을 뱉었다.

"내가 지금 장. 식. 용. 책. 이라는 말이지…."

그것은 우리네 삶이 말하는 진실게임 같은 것이다. 요즘 젊은이들이 하는 커플 진실게임에는 다양한 질문들이 있다. 지우고 싶은 과거가 있나요? 나의 깻잎을 때어줘도 괜찮나요? 등으로 시작되는 질문들…. 후후 도망치고 싶지 않았다. 감정을 숨긴다는 것은 그녀답지 않으니까.

갱년기를 겪자마자 불청객이 찾아왔다. 자궁암, 불행히도 그녀의 자궁이 예리한 칼날로 도려져나갔다.

이제 아기 주머니를 떼어버렸으니 난 여자가 아니라는 이야기지!

그녀는 자기 비하로 서서히 치달았다. 요즈음 거울을 보며 허전한 아랫배를 지그시 만져보기도 했다. 젊은 날 자궁외임신으로 수술한 흉터가 세로로 큼직하게 손끝에 잡혔다. 그때는 나팔관 하나를 도려냈다. 이제는 자궁마저 송두리째 날아갔다.

아무려면 어때? 열심히 살아왔잖아. 현대 의술 덕분에 목숨만은 구했다고 우선 감사하자. 이제부터 좀 쉬어야지, 빈궁마마는?

유진은 신중하게 미소를 머금고는 자신의 속내를 드러냈다. 사실은 긍정적으로 받아들이려고 노력하고 있는 중이다. 지난 날 그녀가 산부인과 수술실로 들어가면서 남편에게 도리어 자신을 위로하는 말을 던졌다.

"딸 하나에, 아들 하나. 모두 대학에 보냈으면 어미 역할은 다한 게지."

그러면서도 무슨 불길한 전염병이라도 걸린 것처럼 다음날부터 남편을 피했다.

"날 비웃지도, 달래지도 말아줘. 제발 부탁이야!"

빈궁마마가 된 이후 현명해지고 싶다는 강박관념에 또한 사로잡혔다. 어차피 인생은 많은 것들 중에 취사선택해야 하잖아. 이왕이면 신이 내린 이 기회를, 당분간 철저히 받아들일 거야. 슬픈 현실 속에서도 아직은 자신에게 거는 기대가 야무져 보인다.

자궁경부암 초기라 임파선을 제거하고 자궁을 들어내는 수술을 했다. 처음에는 눈물 한 바가지를 쏟고 나니 정신이 들었다. 수술 후 마취가 깨어나는 순간부터 24시간 통증은 대단했다. 무통주사에 진통제까지…. 통증도 심하고 아직 걷는 것도 힘이 드는데 병실 부족으로 이틀 후 퇴원해야 했다.

차라리 지상에서 100m 이상의 높이에 있는 그녀의 28층 아파트를…. 그리스의 마테오라로 설정하고 철저히 고립되기로 했다. 남편은 사업 관계로 홍콩에 출장을 다녀와야 했다. 캐리어를 정리하고 있었다. 딴에는 친절한 말로 위로를 한답시고 뱉는 말들이, 속상한 그녀의 뜨거운 화로에 불쏘시개 역할을 할 뿐이었다. 평상시 습관이 들지 않는 탓이기도 하다.

여자는 뭐가 그리 복잡해.

속으로 남편은 정말 성가셨다. 그렇다고 빈궁마마가 된 아내를 모른 척할 수도 없는 딱한 처지였다. 워낙 아내의 깔끔한 성격을 아는 터라 조심스럽게 말을 끄집어냈다.

"내가 당신 곁에 있을 수 없어 정말 미안해. 동생을 부르든가, 아니면 파출부라도…."

"괜찮아. 당신 없는 세상, 당분간 잘 살아볼게. 내 걱정 말고 조심해서 다녀와요."

자존심이 강한 그녀의 말투는 혹시나 했더니 역시 짧고도 분명했다. 남편이 현관문을 밀고 나가자 손까지 흔들며 밝게 웃어 보였다. 유진은 자신이 한편 기특하기도 하고 측은해 보이기까지 했다. 차라리 아픈 나를 두고 어딜 가느냐고 호통이라도 쳐야 할 판에…. 그게 잘되지 않았다.

현관에서 남편을 배웅하고 들어와서는 거실 바닥에 힘없이 주저앉고 말았다. 통증이 또 다시 시작되고 있었다. 통증을 참기 위해 거실 바닥에서 이리저리 뒹굴자 목덜미로 식은땀이 흘러내렸다. 어떻게든 이겨내야 한다고….

그때 지나온 삶이 주마등처럼 스쳐갔다.

중1 때 첫 생리를 했다.

어머니께서는 소창으로 생리대를 만들어주셨다.

"우리 딸 이제 보니 다 컸구나!"

미소를 머금으며 부산스러워하시던 어머니의 자상한 모습이 떠올랐다. 그 후 예정일을 제대로 맞추지 못했다. 그 탓에 덮고 자던 이불과 요에 빨간 칠을 하곤 했다. 그럴 때면 아버지와 오빠 몰래 숨기려고 갖은 애를 태웠다. 첫 키스와 첫 경험으로 남편을 만나 첫 아기를 분만했다. 아기 주머니 속에서 한 생명이 꿈틀거리기 시작했고, 첫 태동을 느낄 때의 감동은 이루 말할 수가 없었다. 여자로 태어난 자체가 신비로웠다. 조막만 한 아기가 태어나고 갓난아기에게 젖을 물렸을 때, 그 신비의 떨림은 오래 갔다.

처음이란 단어처럼 순수한 것이 또 있을까 싶다.

아낙으로서 남편에게 따끈한 밥상을 차려주고 넥타이도 바로잡아주면서 시간은 빠르게 흘러갔다. 대학 문턱에서 아이들의 합격을 간절히 기도하던 모습까지도 졸업했다. 그런가 하면 남편의 외도로 산부인과 병원을 찾던 날도 있었다. 남편과 함께 치료해야 한다며 같이

오라고 종용하던 그날의 수치는 잊을 수가 없다. 자신에게도 너무나 미안했다.

유진은 그렇게 옛날 여자로 길들어지고 있었다.

지금은 인생의 클라이막스를 지나고 있다. 대단원의 막이 서서히 다가오고 있는 중이다.

참 바보처럼 살았네요.

그 말이 오히려 신선해 보인다.

*

지난해 평생교육원에서 인문학 강의를 듣다가 귀가 솔깃해졌다.

"민주주의! 그 얼마나 멋진 말인가요? 특별한 귀족 출신의 소수가 아닌 민중에게, 심지어 여자에게도 투표권을 주자는 의견을 받아들인 나라가 있었지요. 그들의 광장문화는 일찍이 발달했습니다. 그곳 광장은 일반 시민들의 토론장소가 되었고 열띤 대화가 오고갔어요. 억울하고 미천한 신분까지도 그들의 의견은 받아들여졌다는 이야기가 됩니다. 그곳에는 공중에 떠 있는 작은 수도원 마테오라가 있습니다."

그동안 살아오면서 미처 몰랐던 것을 알아가는 인문학 강의는 실로 놀람의 연속이었다.

"오래 전 그리스는 오스만제국의 지배를 받게 됩니다. 이슬람교도의 박해와 침입이 잦자 당시 수도사들은 안전한 곳을 찾아 피난했어야 했어요. 그래서 바위산 꼭대기로 몸을 숨기고 그곳에 수도원을 짓기 시작했지요. 그 이후 주민들이 밧줄과 그물을 이용하여 전해주는 생필품을 최대한 아껴가며 고통을 감내해야 했어요. 그들은 끝내 믿음을 지키다가 그곳 수도원에서 생을 마감하게 됩니다. 매장이 어려운 곳이라 지금은 100여 개의 해골이 저장고에 보관되어 있다고 합니다."

유진은 강의실을 빠져나오면서 섬뜩했다. 바위산 꼭대기에서 삶을 마감해야 했던 그 당시 수도사들의 이야기가 무척이나 궁금해졌다. 그들을 만나자면 그리스 마테오라를 찾아 길을 떠나는 방법밖에 없어 보였다.

마테오라는 '공중도시'라는 뜻이다.

밤에 수도원에 불을 밝히면 공중에 떠 있는 도시 같아 보인다.

그래서 유진은 떠났다.

그곳 황량한 벌판에는 수직으로 우뚝 솟은 바위기둥들이 수없이 있었다. 그 위의 수도원들은 경이롭기 짝이 없었다. 바위들의 평균 높이는 300m, 가장 높은 것은 550m나 되었다. 공중에 떠 있는 수도원은 자연과 인간이 만들어낸 위대한 건축물이었다. 이곳 수도원에서 생을 마감해야 했던 100여 명의 수도사 해골들이 진열장에 진열되어 있었다. 작은 창을 통해 현장을 보자 섬뜩하니 위협적으로 다가와 순간 얼굴을 피했다. 도저히 마주 볼 용기가 나지 않았다. 해골들은 적포도주 붉은 빛 해골들로 깨끗하게 손질되어 있었다.

언젠가 내 모습도 저러할 것을….

다른 시각으로 접하자 수도사의 해골에선 절대 고독의 순간들을 느낄 수가 있었다. 자유와 해방, 평화의 미소까지 무척이나 흥미로웠다. 은둔 수도사들은 스스로를 가두고 하늘 높은 주님께 다가서기 위한 필사적인 노력이 그 얼마나 절실했으면…. 절로 고개가 숙여졌다.

유진은 자신의 28층 높이의 고층 아파트를 공중에 떠 있는 마테오라로 잠시 설정해 보았다. 최초의 여자 수도원으로. 주님을 섬기는 동안에 그녀를 찾아오는 사람들의 발걸음은 서서히 끊겼다. 마침 엘리베이터 고장으로 기계음마저 멈추어버리고 말았다.

그녀가 바라던 대로 이루어졌다.

100m 아파트 아래에는 낮의 따뜻한 바람이 찬 공기와 부딪히면서 수많은 구름층을 형성하기 시작했다. 마테오라 공중도시에서는 생필품 모두가 밧줄과 그물을 이용해서만 올라갈 수 있게 설정해놓았다. 바위산 하늘 높은 곳에 있는 수도원이 마침내 빈궁마마에게도 잠시 허락되었다. 그 누구도 함부로 접근할 수 없는 절대 고독의 마테오라로 변신했다. 마켓에서 배달된 육류와 과일들이 저장고에 있는 한 걱정은 없었다.

햇살이 반짝반짝 빛나는 날이 있었다. 그런가 하면 물뿌리개로 화초에 물을 주듯이 하늘이 빗줄기를 악기 삼아 실내악을 연주하기도 했다. 바쁘게 살아오면서 놓친 부분들이 되살아났다. 그녀는 촉촉이 샤워를 즐기듯 빗물에 눈물 한 바가지 흘렸다. 인어공주가 되어 자신의 물비늘을 쓰다듬었다. 유년 시절 작은 도화지에 그려넣었던 토끼 한 쌍이 달빛을 받으며 찾아왔다. 친정집 마당에서 뛰어놀던 강아지도 우사에 있던 송아지도 통유리 창 화폭에서 떠다니며 놀고 갔다.

그런가 하면 무시무시한 천둥이 번개를 몰고도 왔다.

쿵, 쾅! 쿵, 쾅!

방망이로 그녀를 여러 차례 내리쳤다. 유진은 자기 한 몸 어디에 숨을 곳이 없나 주변을 찾다가 바닥에 엎드렸다. 급기야 겁에 질려 소리를 마구 질러댔다.

"주님! 자비를 베푸소서. 자비를 베푸소서."

오로지 주님만을 찾았다. 식은땀이 목줄기를 타고 흘러내렸다. 수십 번씩 주님을 되뇌다가 쓰러지곤 했다. 그러다가 눈을 뜨면 어느새 어두운 아파트 거실에는 도시의 불빛들이 깃을 세우고 찾아들고 있었다. 공중에 떠 있는 도시, 마테오라로 변했다.

날마다 기도하고 약 먹고 기도하면서 잠들었다. 약에 취해 잠이 들면 회색빛 구름이 찾아와 위로해주고 갔다. 어느 날부터는 파도 소리까지 합세했다. 그렇게 자연친화로 그녀의 세상은 점차 밝아졌다.

뿐만 아니라 그녀의 일상은 점차 확장되어갔다. 잡기장을 꺼내 구름층 위로 떠다니는 것들을 스케치해 나갔다. 태평양 한가운데 뛰노는 범고래 가족들을 어색하게 그려넣거나 하늘에 올라 공중에 물을 뿜는 엄마 고래를 보며 피식 웃기도 했다. 그동안 자식들을 키우며 느꼈던 잔재미들까지도 따라왔다.

그것은 마치 공중에 떠 있는 마테오라 수도사들이 교회 벽면에 그려놓은 성화와도 흡사했다.

그때 핸드폰 벨이 울렸다. 전화를 받고 보니 한편 철저하게 고립되지 않았다는 증거기도 했다.

"엄마, 지금 쉬고 싶거든 도와줄래."

"…."

아이의 섭섭함이 묻어났다.

이건 사랑이 아니야. 체포당하는 거지?

결국 그녀의 핸드폰은 배터리 방전으로 이내 멈추어버렸다. 해가 지자 동시에 시야는 어두워지면서 조용해졌다. 통증을 잊을 수만 있으면 좋으련만….

매번 잊을 만하면 손이 아랫배에 자꾸 갔다.

그때 민둥산 억새밭이 보였다.

은빛 춤사위 속에서 신의 음성이 들렸다.

"용기를 내어라. 나다. 두려워하지 마라."

그날 비탈진 산언덕을 내려올 때였다. 무릎 관절염으로 고생하던 무릎 통증이 극에 달했다. 스틱에 몸을 의지하면서 거꾸로 하산해야 했다. 그 누구에게도 도움을 청할 수 없는 처지였다. 온전히 혼자서 위험을 감수해야 하는 순간순간들이 우리 모두에게는 있다. 인생에서 고립된다는 것은 작은 영혼의 숲에서 큰 영혼으로 나아가는 것이었다.

먼 데서 유진 남편이 끄는 여행용 캐리어 바퀴 굴러가는 소리가 들려왔다.

딸! 딸! 딸!

딸! 딸! 딸!

인생에서 가장 중요한 교차로에는 신호등이 없다고 한다.

붉은 등이 켜진 중환자실, 아직은 마감 처리하지 않은 거친 질감으로 된 흙 바람벽이 있을 뿐이다. 선희가 호흡 곤란을 느끼면서부터 급히 응급실로 옮겨졌다. 마지막에는 중환자실로 올라가는 그 급박한 상황이 진행되고 있었다. 침상에 설치된 환자 감시 장치 모니터에서 혈압과 단조로운 심장 소리가 체크되고 있었다.

선희의 생체리듬을 관장하는 시계가 서서히 늦춰지면서 그 어떤 슬픔으로도 어쩌지 못하고 있다. 그녀의 깊은 상처는 삶에 그럴싸한 자양분이 되어주었다. 때로는 남 몰래 흐르는 슬픔으로도 풀지 못하는 하나의 사슬이기도 했었다.

강릉 아산병원 중환자실이 보인다.

유리창을 통해 윌리암 텔 서곡이 연주되고 있었다.

단조에다 첼로의 독주가 영락없는 새벽이다.

"하머니!"

어눌하게 말하는 외손녀가 하얀 눈밭에서 뛰고 있는 모습이 오버랩된다.

puck!, puck!

강한 퍽을 날리는 경쾌한 음이 아이스하키 경기장에 울려 퍼지고 있다. 선수들은 시합 전 몸을 풀기 위해 빙판 위로 활기차게 돌아다녔다. 관람석에는 이미 많은 사람들로 장사진을 이루었다. 흰 바탕에 푸른 한반도기를 들고 있었다. 경기장 정중앙에는 서로의 국기가 게양되어 있었다. 일제히 스틱을 허공에 올리며 남북단일팀 여자 선수들이 함성을 질렀다. 곧이어 스웨덴 선수들의 함성도 들렸다.

"우우우…."

요란한 스틱 소리와 함께 이윽고 평창 겨울올림픽 여자 아이스하키 경기가 시작되었다. 각 나라 별로 설치된 수십 대의 카메라가 일제히 선수들을 향해 움직였다. 선수들은 다시 긴장했다. 경기장에는 한민족 정서를 담은 민요 아리랑이 흘러나왔다. 애국이 따로 없었다. 모두가 한마음 한뜻으로 아리랑 노래를 불렀다. 오~ 필승 코리아! 응원가도 우렁차게 울려 퍼지는 동시에 사람들의 뜨거운 응원 열기로 경기장은 후끈 달아올랐다. 경기를 뛰고 있는 외손녀와 호흡을 같이하는 응원단 사이에 긴장감이 감도는 가운데 명장면들이 순간, 순간 연출되었다.

puck!, puck!

퍽을 날리는 강력하고도 요란한 소리와 함께 서로 몸을 부딪치면서 격렬하게 경기가 진행되고 있었다. 빙판 위로 뒹구는 모습까지도 아슬아슬하게 지켜보아야 했다. 하지만 우리 팀이 상대를 공격하고도 득점을 하지 못하자 답답한 심정을 감출 수가 없었다. 시간이 지체되면서 관람석에서도 더욱더 응원에 몰두해갔다.

실제로 뛰고 있는 외손녀의 장비는 어마어마했다. 목을 보호하기 위한 넥가드와 눈앞을 가리고 있는 그물망이 있는 스키 바이저 헬멧을 쓰고 있었다. 빙판에서 넘어지면 다치지 않게 무릎을 보호하기 위해 딱딱한 보호대, 손과 손목을 덮어야 하는 두꺼운 글러브를 착용하고 있었다. 그 무거운 장비를 하고 스케이트를 빠르게 타고 있었다. 그것을 지켜보는 것으로도 선수들의 체력소모를 충분히 느낄 수가 있었다. 안타까움은 더욱 커갔다.

순간순간 빠른 속도로 움직이는 퍽을 따라잡느라고 관람객들 또한 한눈을 팔 수가 없었다. 마음은 조마조마 속이 타들어갔다. 빙판 위에는 선수들의 스케이트 날에 깎이는 하얀 얼음 가루가 낮게 날아다녔다. 희뿌옇게 빙판 바닥을 덮고 있었다. 그러다보면 경기 중간중간 그곳을 청소하기 위해 봉사단원들이 스케이트를 타고 급히 다녀갔다. 그곳의 얼음 온도는 영하 4도였다. 차가운 공기가 마치 구렁이가 담을 넘나들듯 바닥을 스르륵 스르륵 소리내며 지나다녔다.

그 위에서 심한 몸싸움도 꺼리지 않았다. 고난도 경기라는 것을 짐작할 수 있었다. 또한 규칙을 어겼을 경우 어김없이 페널티를 받아 경기장 밖으로 나가 따로 있었다. 퍽을 날리는 순간마다 여자 선수라는 것을 잠깐 잊게 하는 장면들이 매번 연출되었다. 다만 스키 바이저 헬멧 뒤로 길게 땋은 머리카락이 눈에 띄었을 뿐이다.

*

선희의 의식 저변은 외손녀에서 딸의 다음 장으로 옮겨갔다.

그날 아스팔트로 쏟아지던 햇살은 몹시도 뜨거웠다. 세상을 삼복 더위로 몰고 갔다. 연일 폭염이 계속되는 가운데 난데없이 구름 한 점 없던 하늘에 먹구름이 몰려오면서 소나기를 흩뿌리고 있었다.

투두 둑, 투두 둑!

한두 방울 비가 떨어지다가 차츰 빗줄기가 거세지면서 도로에 마구 쏟아졌다. 콩 볶는 소리가 우렁차게 들리기 시작했다. 엄청난 양의 빗물이 도로를 순간 점령하고 말았다. 그녀는 철벅거리는 도로에서 부랴부랴 양산을 펴들었다. 빌딩 사이 좁은 골목길을 돌아 출판사로 올라가는 계단으로 몸을 급히 피했다.

양산을 가지고 나오길 잘했어.

계단을 오르면서 안도의 숨을 내쉬고 있을 때 휴대폰 벨이 울렸다.

"엄마, 지금 어디야? 통화 가능해."

전화를 받자마자 딸아이의 음성이 자연스레 흘러나왔다.

"엄마, 내년 초에 몸 풀 텐데 올 거지?"

"글쎄? 아직은…."

"…."

대답을 못하자 딸은 섭섭함을 내비치면서 침묵하고 말았다. 다 큰 딸에게 번번이 이솝 우화에 나오는 양치기 소년처럼 행동했었다. 희망을 줬다가 본의 아니게 거짓말을 하게 되는 경우가 더러 있었다. 하지만 매번 도움을 청할 어미가 아직은 살아 있다는 자체가 행복이 아닐까 싶어 나무랄 수도 없었다.

"내 진짜 엄마가 정말 맞기나 해! 다리 밑에서 주워왔다 뭐?"

"아니 얘가 툭하면 다리 밑이래? 그래 이제 다 컸으니까. 다리 밑에 살던 진짜 엄마를 찾아가면 되겠네."

"와우! 울 엄마는 링 위에서 치고 빠지는 펀치가 여전하다니까."

둘 사이의 대화는 친구처럼 자연스럽다. 다만 편하게 지내다보니 그 엄마에 그 딸이라는 소리를 자주 듣게 된다.

딸이 초등 3학년 때로 기억된다.

진짜 엄마를 찾겠다며 당당한 집안의 혈통을 무시하고 가방까지 메고 가출한 적이 있었다. 집안 식구들이 골목골목을 헤집고 다녔다. 딸의 이름을 부르며 찾아다녔지만 소용이 없었다. 어둑해지자 집안에는 긴장감이 맴돌았다. 결국 가까운 파출소에 딸을 미아로 신고하고 집으로 돌아오던 길이었다. 한 무리의 넝마주이들과 길거리에서 마주치고 말았다. 그들은 고아거나 불량아들로 어깨에 큰 광주리를 짊어지고 쇠갈고리를 가지고 다녔다. 주로 다리 밑 움막에서 살았다. 그들은 동네 구석구석을 돌아다녔다. 헌 종이며 빈 병과 쇠붙이까지도 돈이 될 만한 물건들은 죄다 쇠갈고리로 걸어 광주리에 담았다. 혹여나 등에 짊어진 큰 광주리 속에 어린 딸이 숨겨져 있지는 않는지? 의심의 눈으로 바라보기까지 했다. 얼마나 속이 탔으면…

당시 1960년대는 모두가 가난했다. 마땅한 직업도 없이 거지 신세로 사는 사람들이 많았다. 마당 빨랫줄에 널어놓은 축축한 옷가지까지도 마다않고 갈고리로 채갔다.

그뿐이 아니었다. 길거리 소매치기들에게 지갑을 도난당하는 경우가 허다했다. 그들은 심지어 주머니에 면도날까지 넣고 다녔다. 눈

깜짝할 사이에 범행을 저지르고는 달아났다. 도둑이야! 라며 큰소리로 이웃의 도움을 청하다가는 더 큰 보복을 당하는 경우가 많았다.

치안이 허술해 암울한 시대였다. 동네 골목마다 깡패들도 있었다. 그들은 경쟁적으로 패싸움도 마다하지 않았다. 길거리에 무리지어 다니는 나병환자들도. 살이 움푹 파인 일그러진 얼굴에 손 장갑을 낀 흉측한 모습을 하고 있었다. 마을에서 쫓겨나 갈 곳을 잃어버린 나병환자들이 도회지 외곽에서 천막을 치고 집단으로 모여 살았다. 가끔 굶주림을 해소하기 위해 길거리로 나왔다가 쫓겨나기 일쑤였다. 사람들은 부정탄다며 어서들 가라고 소리쳤다. 심지어 돌멩이를 던져 나병환자들을 위협하기도 했다. 지금은 한센병으로 전염성이 아주 낮아 사실상 사멸하는 질병이라고 알고 있지만 당시는 냉대와 차별이 아주 심했다.

식전부터 남의 집 대문에 서서 빈 깡통을 숟가락으로 요란스럽게 두드리며 큰소리로 밥을 구걸하는 이들도 있었다. 그러면 식구들이 먹다 남은 꽁보리밥을 주거나 냄새나는 식은 밥까지 나눠주기도 했다. 시도 때도 없이 밥 달라는 소리 때문에 시계 보소라며 아이들이 그들 뒤를 졸졸 따라다니며 놀리곤 하던 시절이었다.

그러하다보니 어린 딸을 둔 어미의 속은 여간 불안한 게 아니었다. 어린것이 겁도 없이 제멋대로 밤길을 돌아다닌다고 생각하니까 속이 타들어갔다.

"도대체 얘가 어디로 증발한 거야."

입안에서 단내가 났다. 해가 진 마당에서 이제나저제나 서성거리고 있다가 밤새 한숨도 자지 못했다. 딸은 이미 만화방에서 나와 어둑어둑해진 골목의 외등이 커진 대문 앞에 멈춰 서서 안을 잠시 기웃거렸다. 그러다가 집안이 조용해진 틈을 타서 신발을 벗어 양손에 쥐고는 발소리가 나지 않게 살금살금 다락방으로 숨어들었다. 선희가 다음날 다락방에서 자는 딸을 발견했다. 십 년 감수도 유분수지라며 마음을 쓸어내렸다.

"엄마, 나 어떻게 태어났어?"

한마디 툭 던지기에 성교육 차원으로 깊이 생각하지 않았다. 인간이 태어나는 과정을 옛날 사람들의 유머로 다리 밑에서 주워왔다고 답했다. 그러다가 그만 봉변 아닌 봉변을 당한 것이다. 저도 엄마 되면 딸을 낳아 한번 키워보라지. 세상이 얼마나 무서운지 알게 될 테니까….

빈말이 아니었다. 이해받지 못하면 제멋대로 화내고 토라졌다. 선희는 직장에서 학기말이라 몹시 바빴다. 이래저래 속이 상하지만 딸아이 마음을 받아들일 여유가 없었다.

이번 학기에는 교육대학원 졸업을 해야 할 텐데….

간절함이 또한 있었다. 야간 수업을 받으며 늦깎이로 시작한 공부가 미루고 미뤄져 이제 후퇴할 길 없는 막다른 골목길에 들어서고 말았다. 며칠 전 겨우 지도교수의 사인이 떨어졌다. 뒤늦게 출판사에 석사학위 논문을 넘길 수 있었다.

출판사에서 밖으로 나오자 언제 소나기가 왔느냐는 듯 그쳐 있었다. 하늘에는 해가 반짝반짝 빛나고 있었다. 다만 도로 움푹 파인 곳에 빗물이 고여 있을 뿐이었다. 더위가 가신 환하게 갠 하늘을 그녀는 참으로 오랜만에 올려다보았다.

하늘은 온통 하얀 찔레꽃밭이다. 찔레꽃 향이 맡아졌다. 하늘나라에 계신 친정엄마가 보이는 듯했다. 덤불 사이에 긁힌 자국은 엄마를 더듬다가 가시에 찔린 흔적들이다. 어린 나이에 엄마! 엄마! 부르다 잠 못 드는 밤이었다. 엄마가 묻힌 산언덕에는 언제나 하얀 찔레꽃이 만발하게 피어 있었다. 하얀 찔레꽃밭을 지나며…. 한편 딸에게 엄마노릇을 제대로 못한 것 같아 죄책감에 시달려야 했다.

해가 바뀌고 정초에 선희는 사위로부터 걸려온 국제전화를 받았다. 딸이 출산에 어려움을 겪고 있다고 했다. 그녀는 딸의 소식을 듣자마자 단 몇 분 만에 삶의 지표를 잃어버렸다. 그녀의 삶은 어느 쪽으로도 주인이 될 수 없는 두 갈래 길에서 갈피를 잡지 못한 채였다. 딸아이가 고등학생 때 갑자기 심장마비로 죽은 남편의 부재가 이토록 잔인할 줄은 미처 몰랐다. 학교 다닐 때는 누구보다 기를 쓰고 공부만 잘하면 그녀가 가고자 하는 미래의 길들은 탄탄대로라 여겼다. 하지만 그녀의 삶은 지아비를 잃어버리고 나자 갑자기 돌변해버렸다. 새로운 임지로 자리를 옮길 때마다 그녀가 읊는 신고식이 하나 있다.

'저는 바닷가 출신이라 솔직하다고 해야 하나요? 기면 기고 아니면 아닌 결단력도 있는 편이구요? 게다가 자기 주장이 강한 성격입니다. 서로 간에 부딪치지 말고 평화롭게 잘 살아봅시다.'

성깔이 있고 당당한 그녀였다. 그러나 자신의 딸이 사경을 헤맨다는 소식을 전해듣자 혼돈의 시간 속에 갇혀버렸다.

붉은 등이 켜진 중환자실이 다시 보인다.

선희의 육체는 이제 극심한 쇠약 상태로 분비물이 목 뒤로 모이고 있었다. 마침내 그르렁 그르렁 가래 끓는 소리를 내기 시작했다.

담당 의사가 오늘 하루가 고비라고….

*

그때 짭조름한 남쪽 바닷가 갯내가 코끝으로 맡아졌다. 하늘에서는 비가 쏟아지고 있었다. 퍼붓는 빗줄기로 인해 바닷가 섬마을은 숨을 멈추는 듯 잠겨 있었다. 불행하게도 어린 선희가 그녀 엄마의 산고를 지켜보게 되었다. 아버지는 부산에서 원양어선을 타고 먼 바다로 나간 사이에 들이닥친 일이었다. 집안에 어른이 없다는 것은 어린 그녀에게는 버거운 일이 아닐 수가 없다. 아랫동네 산파할머니를 부를 틈도 없었다. 팔삭둥이 동생이 엄마의 아랫배 속에서 몸부림치고 있었다.

그 엄마의 산고를 지켜보다가 뜻밖에 그 엄마와 핏덩이 막내동생마저 저세상으로 보내는 상황까지 겪고 말았다. 급보를 받고 달려온 서울 고모는 열려 있는 돌담장을 끼고 집안에 들어섰다. 그러자 떨고 있는 그녀를 향하여 걱정스러운 얼굴로 말을 꺼냈다.

"아이고, 저 어린것이 불쌍해서 이를 어째!"

살아오면서 속상한 것은 불쌍하다는 단어였다. 불쌍하다, 불쌍하다… 각인되다보면 정말 불쌍한 것이 되고 마는 꼴이 되니까. 어른들의 생각 없음이 어린 그녀를 아프게 했다. 그날 엄마를 잃은 슬픈 곡소리는 혼의 불길이 되어 방문턱을 넘나다녔다. 밤이 깊어지자 대문 밖에는 상가집을 알리는 조등이 매달렸다. 조문은 윗동네와 아랫동네를 돌아 꼬리를 물고 일어났다. 조문객들로 인해 조용하던 섬마을은 울음바다가 되었다.

대문 앞에 새 짚을 깔아놓고 항아리를 가져와 물을 가득 채워놓았다. 말간 짚신 세 켤레도 잊지 않았다. 슬픈 소식을 안고 달려온 이웃들이 너도나도 지폐를 아까워하지 않았다. 노잣돈(부조)으로 올려놓았다. 그때 그녀의 집과 마주 바라보이는 이웃집 아이들이 방문 문풍지에다 구멍을 뚫었다. 호기심을 감추지 못한 채 이 광경을 가만히 지켜보고 있었다. 주변이 조용해지자 큰애가 망을 보고 있는 동생에게 나오라고 손짓을 했다. 동생은 형의 손짓에 따라 나와서는 주머니에 지폐를 한 장씩 구겨넣고 있었다.

"네 이놈! 그 돈이 어떤 돈인 줄 알고 함부로 손을 대!"

그때 갑자기 두 녀석의 목덜미를 잡은 그들의 할아버지 목소리가 들렸다. 뒤이어 허겁지겁 달아나는 두 녀석을 보았다.

옛날 초상난 집에는 이웃들이 새 짚신을 갖다놓는 풍습이 있었다. 고인이 저승 가는 먼 길을 새 신을 신고 가라는 표현이었다. 주머니에 노잣돈을 두둑이 넣어주는 것도 산사람들이 죽은 사람을 위하여 장례를 잘 치러달라는 징표였다. 어떻게 보면 우리네 장례문화는 정이 많은 민족의 증거이기도 했다. 곡소리가 진동하는 적막하고 어두운 밤이었다. 양초가 타들어가며 만들어놓은 검은 그림자가 춤추고 있는 좁은 방은 장작불을 때지 않아 냉골이었다. 차가운 방에서 밤을 새우며 어린 선희가 검은 바다가 보이는 앞마당을 지켜보는 심정이란 슬프고도 몽환적이었다.

선희 엄마의 속옷은 빨간 양철지붕 위에서 태극기처럼 바람에 펄럭거리다가 어디론가 날아가버렸다. 시신은 병풍 너머 타들어가는 향불 연기로 가물거리며 싸늘하게 식어만 갔다. 집안이 가난하여 옛날 상갓집에서 양반 대신 울어주던 곡비는 없었다. 대신 마을 사람들이 밤새껏 젊은 엄마의 혼백을 위로하기 위해 구슬프게 울어주었다.

이틀째 되는 날부터 마당에 장막을 치고 시끌벅적하게 문상객들을 받았다. 그리고 이웃 사람들은 뒤채 곡식을 모아두는 곡간에 모였다. 그녀의 엄마가 타고 갈 꽃상여를 만드느라 분주했다. 생전에 좋아하셨던 꽃과 나비가 잔뜩 그려진 꽃상여였다. 상여에 쓸 하얀 국화 종이꽃을 만들기 위해 한지를 접고 접어서 수십 송이 국화꽃을 만들었다. 향기 없는 하얀 국화가 곡간에 한 가득이었다.

삼 일째 되는 날 아침, 이웃들이 만든 하얀 종이 국화꽃을 단 엄마의 상여가 집을 떠나갔다. 꽃상여 앞머리에선 소리꾼이 흔드는 요령 소리가 섬마을에 울려 퍼졌다. 바닷가 몽돌밭에 자갈 구르는 소리도 와르르 와르르 슬피 울어주었다. 소리꾼이 내지르는 상여 소리는 이승에서 저승으로 떠나는 선희 엄마의 영혼을 달래며 보내주고 있었다.

그날 장례식은 인생의 과정에서 죽음이라는 하나의 커다란 사건을 말해주고 있었다. 불안과 두려움, 소외감과 단절감을 가장 절실한 심정으로 담아내고 있었다.

"간다. 간다. 나는 간다."

"이승 길을 하직하고 아이들을 집에 두고 서러워서 어이 가나?"

평화로운 바닷가에는 망자의 한을 풀어주는 소리가 있었다. 상두꾼 힘 덜어주는 받음소리가 메아리쳤다. 산으로 하늘로 구슬프고도 애잔하게 바닷가로 울러 퍼져나갔다.

"북풍한설 찬바람에 눈물이 앞을 가려 못가겠네."

"이제 가면 언제 오나 오는 날이나 일러주어."

산 자와 죽은 자가 주고받는 안타까운 화답 속에 선희 엄마는 마을 골목길을 꽃상여에 실려 마지막 살던 집을 떠나갔다. 선희 엄마의 갑작스런 고별제는 애잔한 것이었다. 바닷가 산모롱이길 상여꾼의 소리는 하늘 문을 여는 슬픈 곡소리였다. 훗날 엄마를 지키지 못한 맏딸로서의 죄책감으로도 고스란히 안겨왔다. 그녀의 삶 중간중간에 엄마를 찾다가, 헤매다가 찔레꽃 향기로 가시덤불에 긁힌 자국으로도 각인되어갔다.

새끼줄로 꼰 머리띠를 하고 있었다. 죄인이 따로 없었다. 치마저고리 상복 차림으로 엄마의 영정 사진을 가슴에 품었다. 고개 떨구며 상여 꽁무니를 따랐다. 장례식은 매장을 하고 본봉을 올리고 나서야 모두 끝이 났다. 장례로 지친 가족들은 나무 그늘에서 식사를 했다. 관을 메고 온 상여꾼들은 자기가 맡은 일을 마저 끝내기 위해 산속 어스름한 빈터에서 상여를 내려놓았다. 불을 지펴 태우기 시작했다.

그러면 검은 연기가 새롭게 단장한 흙무덤 주변에서 피워 올랐다. 타닥타닥 나무 타는 소리가 났다. 마을 아이들은 하얀 꽃장식의 상여가 타고 있는 주변을 맴돌았다. 그러다가 다 타지 않은 하얀 꽃종이를 주워 하늘에다 흩뿌리며 놀았다.

"간다. 간다. 나는 간다."

"이제 가면 언제 오나."

마을 아이들까지 주거니 받거니 흥얼거리던 초저녁이었다.

밤이 되자 슬픔에 젖은 잔별들이 유난히 반짝거렸다. 검은 하늘에 동그란 보름달도 파르르 몸을 떨었다. 어린 선희가 초상집의 분주함을 몸소 체험했다고 봐야 한다. 그날 이후 죽음의 혈흔은 빨간 양철지붕 높은 감나무 가지에 묻어 있는 듯 붉은 홍시로 따라다녔다.

"날 잡아봐라."

"검은 보자기를 줄까? 붉은 보자기를 줄까?"

마을 공동묘지가 있는 검은 산에는 도깨비불이 부스스 일어나 여기저기를 마구 따라다녔다. 환각 상태에서 한동안 살아내야 했다. 누가 짐작이나 했을까. 지옥이 부재의 다른 이름이라는 걸…. 살아오면서 유독 사나운 날이면 엄마의 장례식, 그날처럼 소복 차림으로 바닷길을 찾아나서는 환영을 보곤 했다. 맨발로 바닷물을 찰박거리며 엄마 따라 길 나서는 꿈자리는 언제나 애잔했다.

요새야 바쁜 세상이라 아프고 병들면 요양병원이라는 곳에 잠시 쉬었다 중환자실에 대기하면 된다. 숨이 끊어지면 장례식장에서 죽은 날 포함하여 한 사흘 머물다 가면 된다. 어떤 이는 화장터로 가서 납골당으로 가고, 어떤 이는 땅에 묻히거나 흩뿌려지면 그만이다.

그 옛날 선희 엄마가 묻힌 공동묘지는 바다가 앞마당인 사람들이 모여 사는 해상공원이었다. 눈앞에 올망졸망 작은 섬들을 품은 푸른 바다가 있었다. 연꽃을 피운 돌처럼 강인한 영혼들이 평화롭게 잠들어 있다. 물론 죽은 자들은 산 자들에게 당연히 위로받을 길 없는 슬픔을 남겼다. 어린 동생들과 살아가야 하는 더 큰 의무까지 맏딸이기에 감당해야 했다.

그러나 태풍의 눈 중심부처럼 맑게 갠 무풍지대가 있었다. 독실한 가톨릭 신자였던 그녀의 아버지 덕분이었다. 원양어선에서 집으로 돌아왔다. 엄격하지만 자상한 아버지의 자식 사랑은 대단한 것이었다.

어떻게 보면 공평한 세상이라고….

*

노랑머리의 간호사가 선희 딸의 팔에다 주사를 놓고 있었다.

잠시 후 딸의 눈앞에선 방금 본 여자의 얼굴과 푸른 눈 그리고 천장의 형광등 불빛이 빙글빙글 스쳐갔다. 아무 기억도 없었다. 꿈도 없는 세계 속으로 몰입해 들어갔다. 얼마나 잤는지 알 수가 없었다. 마취가 풀리고 두 눈을 깜박였다. 그러다가 자기 얼굴을 마주 보고 있는 시어머니와 눈이 마주치고 말았다. 같은 여자의 입장에서도 당혹감을 감출 수가 없었다. 그만 땀범벅으로 침대에 누워 있는 나신을 그대로 보여주고 말았다. 피로 물든 시트까지….

순간 친정엄마가 몹시도 야속했다.

죄스런 선희가 딸에게 국제전화를 걸었다. 몸은 괜찮고? 그녀가 묻는 말에 딸은 말을 피했다. 아기는? 그때야 짧게 대답했다. 건강해 엄마 닮은 예쁜 딸이야. 울 딸, 장하구나! 그건 그렇고, 엄마! 하고 싶은 말이 있어.

딸은 딱 잘라 말했다. 심장은 다시금 쿵! 하고 내려앉았다. 무슨 말을? 하려고 저러나 싶어 심호흡을 크게 해야 했다. 도둑이 제 발 저리다고. 옛말 하나 틀린 것이 없었다.

“엄마도 하늘이 노랗도록 헤매다가 날 낳았을 것 아니야.”

“그럼. 에너지 넘치는 늑대 같은 야성의 힘으로 너를 낳았다고 봐야지.”

그녀는 진실을 실어 잔잔하게 웃기까지 말할 여유를 간신히 되찾았다.

“한 생명의 탄생은 위대한 것이라고 말하고 싶어. 날 낳아줘서 고마워.”

뜻밖이었다. 살아오면서 어려운 고비를 넘길 때마다 딸애가 들려주었던 긍정적 메시지는 가슴 뜨겁도록 고마운 것들이었다.

어느새 딸은 아기를 돌보며 어렵사리 박사과정을 거쳐 학위를 받게 되었다. 졸업식 날 그녀에게 초대장을 보냈다.

— 생애 최고 위대한 날, 딸에게 보내는 편지

네 덕분에 생애 최고 위대한 날 한 페이지가 멋있게 장식됨을 감사한다. 푸른 잔디밭으로 박사학위 휘장을 걸치고 마주 걸어오던 너를 볼 때 어미 가슴은 뜨겁게 달아올라 터질 것 같았다.

흐르는 눈물을…. 감출 수가 없었다.

이는 위대한 자만이 느낄 수 있는 아주 특별한 시간이었음을 고백한다.

지향하는 뚜렷한 목표가 있어 용기를 가지고 미국 보스턴이라는 세계 학문의 중심지를 선택했다. 세계인의 치열한 경쟁 속에서, 그동안 얼마나 많은 좌절을 하였을까? 이 어미가 모르지는 않는다. 살아오면서 삶의 오르막내리막이 있었을 것이다. 절망과 기쁨 속에서도 너는 길을 잃지 않았다. 그 어떤 커다란 계획을 따르고 있다는 믿음이 있었기에 가능한 일이라고 본다.

딸아! 고맙다.

*

선희가 중환자실에서 마지막 숨을 넘기기 직전이었다.

국제공항으로 향하는 길로 초대되었다.

설레는 여행의 시작이 아닐까마는….

이민 가방 하나에 기내용 캐리어와 배낭을 짐으로 해서 출발했다. 인천국제공항을 향해 고속도로가 시원스레 뚫려 있었다. 말간 여름 햇살이 공항에 쏟아졌다. 왠지 모를 감사함으로 눈가가 붉게 물들었다.

딸이 그곳 미국 동부에 있는 대학에서 교수가 되었다.

사랑을 관장하는 신이 계시기에 가능한 일이다. 이민 가방 속에는 아이들의 건강에 좋다는 홍삼이 들어 있다. 국물이 새지 않는 락앤락 플라스틱 반찬통에 친구네 텃밭에서 가꾼 깻잎을 절여넣었다. 무말랭이와 명란젓을 밑반찬으로 준비했다. 태양초 고춧가루와 깨소금, 마른미역과 다시마, 국물을 우려내는 멸치와 황태채 그리고 오징어채와 딸이 특히 좋아하는 쥐포까지도 바리바리 싸가지고 미국 동부로 떠났다.

태평양을 건너가야 하는 긴 시간의 여정이 될 것이었다.

출국을 앞두고 자신의 새끼를 만난다는 일념으로 이미 많은 양의 에너지를 방출한 상태였다. 직장에서 맡은 책무가 늘 그랬다. 그러나 모성애는 그녀를 달뜨게 했기에 바쁜 일정을 소화하고 있었다. 인천국제공항에는 휴가를 떠나는 많은 사람으로 이미 인산인해를 이루고 있었다. 체크인카운터로 걸어가 짐을 부치고 출국장으로 들어갔다. 활주로가 내다보이는 전망 좋은 식당에서 늦은 저녁을 샌드위치로 해결하며 탑승 시간을 기다렸다.

밤 11시, 아메리카 에어라인에 탑승했다. 서에서 동으로 해가 지지 않는 하늘에서는 태양이 구름층 위로 계속 따라다녔다. 미국 시간으로 오전 7시에 보스턴 국제공항에 착륙한다는 기내 방송이 나왔다. 밖을 보니 아직 날이 밝지 않은 채 비가 내리고 있었다. 그녀는 기내용 캐리어를 끌고 입국심사대로 가서 줄을 섰다. 시간관념 따위는 완전히 잃어버린 상태였다. 시차적응이 어려워 머리가 띵했다. 비몽사몽 간에 여권을 제시하자 코가 유난히 높은 노랑머리 직원이 물었다.

"The purpose of the trip is to get there?"

귀가 멍멍했고 긴장한 탓인지…. 통 무슨 말을 하고 있는지 알아들을 수가 없었다. 어리둥절하는 사이에 직원이 두 눈을 크게 부릅뜨고는 선희를 이상한 눈초리로 치켜보았다. 심장은 쿵쾅! 쿵쾅! 고동치고 얼굴빛은 발갛게 달아올랐다. 침착하자, 침착하자. 마음속으로 거듭 다짐했다. 혹시나 도움을 청할 누군가를 찾기 위해 주변을 돌아보았다. 인천국제공항에서 보았던 그 많던 한국 사람들은 다 어디로 가고 없었다. 동양인 중에 대한민국이라는 여권을 들고 있는 사람 역시 눈에 띄지 않았다. 불안감은 더욱 엄습해왔다. 바로 뒷줄에 선 외국인들은 빨리 수속이 끝나기를 기다리는 눈치였다.

이렇게 난처할 때가?

목이 타들어가면서 손에 진땀이 났다. 궁여지책으로 입국심사 직원에게 공손하게 다시 물었다.

"Excuse me but…, Excuse me but…."

죄송하지만 반복했다. 그러자 입국심사 직원이 딱하다는 표정으로 그녀에게 아주 천천히 다시 물어주었다.

"The purpose/ of the trip is/ to get there?"

그녀의 여행 목적을 물었던 것뿐이었다. 뒤늦게 간신히 뜻을 이해하고는 딸을 만나러 왔다고 답하자, 꽝하고 입국허가 도장을 찍어주었다. 두근거리는 심장을 간신히 진정시킬 수가 있었다. 어찌되었든 간에 어렵사리 입국심사를 마쳤다. 이층 입국장으로 나가자 1층 에

스컬레이터 아래에서 뜻밖에 딸의 음성이 들려왔다.

"엄마!"

딸아이의 상기된 얼굴과 마주쳤다.

어떡할 뻔했어. 언어의 장벽을 느끼며 서러움과 안도감이 동시에 자리했다. 공항에서 길 잃은 미아가 된다는 것은 상상할 수 없는 일이다. 쪼개고 쪼갠 시간이 아닌가. 장애 중에서도 언어장애가 이처럼 걸림돌이 되리라고는 한번도 깊게 생각해보지 않았다. 순간 딸 곁에 사위 손을 잡고 서 있는 네 살배기 검은 눈동자의 동양 꼬마와도 눈이 마주쳤다.

아니! 저 애가?

훌쩍 자라버린 외손녀 얼굴을 마주 보면서 기쁨이 차올라왔다. 그런데 아이가 엄마 뒤로 살짝 숨어버렸다. 핏줄인 이 외할미를 못 알아보고….

긴 한숨이 절로 나왔다. 하지만 현실에 비춰보면 당연한 결과였다. 언제 할미 노릇을 제대로 한 적이 있기나 했었나? 얼굴 익힐 기회를 내지 못했던 것은 모두 선희의 책임이었다.

무척 어색했던가보다. 이해하면서도 황당하다 못해 무한했다. 두고두고 마음에 남을 섭섭한 장면을 연출하고야 말았다는 속상함이 오래도록 자리했다. 사위가 운전하는 차는 비가 오는 보스턴 다운타운을 거쳐 야트막한 산기슭을 올라 이층집 앞에 섰다.

건축가인 사위가 집에 대하여 상세하게 설명해주었다.

"이 집은 빛이 들어오는 공간으로 거실을 중심으로 지었습니다."

"왠지 이 집에 들어서면서부터 아늑하다는 느낌을 받았어."

"열린 방들이 가족을 감싸고 있게끔 설계했어요. 가족들이 이 집과 함께하는 느낌으로 짓고 싶었거든요."

건축가를 남편으로 둔 딸이 무척이나 대견스러웠다. 사위는 따뜻하면서도 도전적인 사람이었다. 딸의 열애가 얼마나 치열했는지를 익히 잘 알고 있는 터다. 당시 딸의 선택이 앞으로 어떻게 돌아올지를 말해주는 사람은 아무도 없었다. 다만 선택에 대한 책임이 있을 뿐이었다.

상견례가 있던 날, 사위는 미국에서 박사과정을 밟고 있었다. 잠시 귀국과 함께 자신의 엄마와 함께 나왔다.

"아버지가 안 계시다면서요? 교수 며느리를 저희는 원하고 있어요."

어떻게 키운 딸인데…. 순간 모멸감이 치밀어 견딜 수가 없었다.

제 새끼만 귀한가?

워낙에 어려운 자리라 숨을 고르고 고른 후에야 사돈 될 사람에게 당당하게 말했다.

"서로들 사랑하는 사인데 무엇이 두려울까 싶네요? 딸을 교수로 만드는 데 저희도 일조하겠습니다. 딸은 공부에 최선을 다할 것이고 저는 학비를 조달하겠습니다."

그렇게 결론이 났고 결혼식을 올렸다.

"언니! 정신이 나갔어. 그 집으로 딸을 시집보낸 거야. 지참금까지 챙겨 보내야 했어. 어떻게 공부시킨 딸자식인데…."

"박사는 무슨 놈의? 교수가 대수라고? 그쪽에서 며느리 학비 대라고

해. 언니는 바보야. 그렇게 돈이 많아? 자신의 노후를 생각해야지."

"그만들 해라. 내가 결정한 일이다."

그 시어머니는 딸을 가진 어미가 느꼈을 수모를 아들을 낳은 기세로 눌렀다. 선희를 담화 장소로 끌어냈다. 그 어미에게 며느리가 될 사람이 갖춰야 할 능력까지를 제시했다. 그날 마법과 같은 피를 끓게 할 세상의 이치를 그녀는 속속들이 알지는 못했다. 하지만 그것은 딸을 위한 최선책이라는 것쯤은 알아차렸다.

다음날 갠 하늘에 밤이 되자 집 근처 숲에서는 반딧불이 한가득 길모퉁이로 돌아다녔다. 이 넓은 대지에 마치 은하계에 들어선 듯 어둠 속에서 반짝반짝 빛나고 있었다. 그녀를 어린 시절 가로등도 전깃불도 드물던 바닷가 마을로 들어서게 했다. 여름밤을 수놓았던 반딧불이 불빛들을 좇아 산속을 돌아다니던 추억이 새록새록 피어났다. 지금은 도시화가 빠르게 진행되면서 환경오염으로 서식지가 망가져서 점점 우리들 눈에서 멀어졌다.

그곳 반딧불이가 묘한 설렘과 노스탤지어를 안겨주었다.

그녀의 잿빛 눈동자 속으로 우주 전체가 들어와 박히기 시작했다. 잔잔한 반딧불이 불빛들은 그녀의 고독과 입 맞추었다. 허탈함과도 입 맞추어주었다. 원인 모를 타국에서의 위기와도 가볍게 춤을 추었다. 비로소 그녀의 삶에서 정체된 공간이 다시 되살아났다. 점차 매력적인 공간으로 변해가면서 급기야 가슴이 뜨거워지기 시작했다.

건축의 구조며 비례는 문법의 범위를 넘어서는 영역이기에 더욱 가능해보였다. 그녀는 실내 인테리어보다는 주변 풍경에 점차 매료

되어갔다. 외롭게 고국에서 살다가 딸 가족을 만나고부터 힘이 솟아났다. 외손녀를 돌보면서 아침밥을 준비하고 집안일을 도왔다. 남들 친정엄마처럼 있어야 할 자리에 있는 것처럼 편안한 것이 또 있을까 싶어서다.

그녀의 이름은 선희다.

한자 뜻은 착할 선, 계집아이 희 자다.

그 이름 말고도 고요와 평화 속에서 친정엄마라는 여자의 이름은 더욱 명료해지고 있었다. 멀리 떨어져 있던 딸 가족의 일부에게서 이해를 받고 아름다운 가족관계의 조화를 만끽하고 있었기 때문이었다.

그래서 친정엄마라는 이름으로는 몸이 부서져도 부엌 싱크대 우렁이 각시여야 했다.

"이 힘든 농사, 누구랑 먹고 살자고 짓지."

동화 우렁이 각시에 나오는 글이다. 총각은 논을 매면서 탄식하고 있을 때 나지막한 우렁이 각시의 목소리가 들려왔다.

"나랑 먹고 살지, 누구랑 먹고 살아?"

너무나 놀란 총각은 우렁이 각시가 시키는 대로 집으로 데려온 후 물독에 그녀를 넣어주었다. 다음날부터 매일 아침 정갈한 밥상이 맛있게 차려져 있게 된다. 아마도 하느님은 어미의 다른 이름을 우렁이 각시로 태어나게 했던 것 같다. 매일 딸자식이 좋아하는 음식으로 식단을 짰다. 감자전을 부치고 미역국을 끓이고 배추김치와 깍두기를 담았다.

"어머님이 오시니까, 때맞춰 한국 음식이 아주 푸짐합니다."

"집에 돌아오면 식사가 준비되어 있다는 게 얼마나 신기한 줄 몰라."

"우렁이 각시를 새색시로 둔 그 노총각처럼 말이니?"

사위와 딸애가 미안한지 멋쩍게 웃었다. 밥상을 반기는 기쁨이 모두의 얼굴에 번졌다. 선희는 지칠 줄 모르는 우렁이 각시로 보람을 진하게 느꼈다. 딸 가족과 함께한다는 것은 어떻게 보면 육체적으로 고된 시간 속에 있었다. 어린 외손녀가 유아원을 다녀오며 건네는 인사말에 친근감은 더욱 커져만 갔다.

"하머니!"

어눌하게 한국어로 그녀를 찾는 외손녀 목소리가 있는 한 모든 게 신났다. 시차적응도 거뜬하게 해결되었다. 시간은 마음과도 밀접한 관계가 있었다. 솔직히 짧은 시간에 완벽한 조화를 이루다보니 약속한 시간이 후딱 지나갔다. 떠나기 전 아이들이 가족여행 계획을 세워놓았다. 선희 또한 시간은 언제나 한곳에 머물지 않는다는 것을 알기에 서둘렀다. 오랫동안 미루어온 미국 서부를 구경할 참이었다.

보스턴공항에서 네바다주공항으로 향했다. 공항에서 차를 렌트하고 광활한 미국 서부를 몇 시간이고 달렸다. 서부극에 나오는 세도나 사막을 거쳐 특별한 경험으로 그랜드캐니언에서 경비행기를 탔다. 말로만 듣던 애리조나주에서 마주하는 자연은 장관이었다. 아이들의 배려가 무척이나 고마웠다. 어린 외손녀가 자주 울어대는 통에 차를 도로변에 몇 번씩이나 세워야 했던 난감한 사건도 있었다. 그러나 이보다 더 좋을 수가 없었다.

공대 출신인 딸은 후버댐을 꼭 봐야 한다며 고집을 부렸다.

블랙 캐넌 바위벽을 통해 530피트 아래로 이어진 엘리베이터를 타고 내려갔다. 거대한 수로의 일부인 파이프와 동력 발전기를 보았다. 댐 구경이 끝나고 차를 돌려서 나왔다. 인공호수 미드가 얼마나 큰지 마치 바다가 산 중턱에 떡하니 버티고 있는 듯했다. 댐을 건설하면서 생긴 댐으로 40㎞의 콜로라도 강줄기를 거쳐 저장한 물은 수력발전과 관개, 식수와 산업용수 등으로 사용된다고 하였다.

어느새 차창 밖은 어두워지고 있었다, 라스베이거스로 가는 안내판을 보며 우린 마치 마술이라도 부리듯 불야성의 카지노에 들어와 있었다. 그런데 세상은 마음대로 다 되는 것은 아니었다.

불야성에 놀란 선희는 정신이 하나도 없었다. 라스베이거스 음악분수 쇼로 유명한 벨라지오호텔에서 묵는다고 해서 몹시도 설레고 있었다. 아찔한 순간들이 다가오고 있다는 것을 눈치채지 못했다. 입구에서부터 사람들이 북적였다. 옆 사람과 부딪치는 것을 아주 질색하는 서양인들 사이를 비집고 다니다보니 보통 조심스러운 게 아니었다.

"Excuse me but…, Excuse me but…."

입국심사대에서 하던 말들을 이곳에서도 여전히 주워담고 있었다.

그러다가 어린 외손녀를 잃고 말았다.

심장이 멈추는 순간이었다. 잠시 방심한 탓에 온몸이 얼어붙었다. 외손녀는 인파 속으로 숨어버렸다.

도대체 누구를 따라간 것일까?

신의 가호만이 존재할 뿐이다. 이만큼 살았으니 언제든 인생의 새로운 페이지를 넘길 준비가 되어 있다고 자신했지만 아니었다. 이미 극복했다고 믿었는데…. 순간의 부주의로 인해 한동안 망부석이 되어 그 자리에서 꼼짝할 수가 없었다.

"엄마, 애를 어떻게 봤기에…."

원망이 총알같이 날아왔다. 그녀의 몸은 더욱 꽁꽁 얼어붙고 말았다. 불편하고 복잡한 심기가 일순 올라왔다가 휘청거렸다. 딸과 사위 앞에서 절망감은 곧 공허감으로 바뀌었다.

지금 내게 무슨 일이 일어난 거지?

스스로 자문하고 있었다. 어디로 찾아나서야 할지 몰라 한참을 망설이고 있었다. 어리벙벙한 가운데 왔던 길로 돌아서야 할지? 직진으로 곧장 앞으로 나아가야 할지를 종잡지 못하고 있었다. 복잡한 호텔 로비에서 그녀는 창백한 딸의 얼굴을 마주 보며 불안에 떨며 바보가 되어가고 있었다.

어릴 적 가출한 적이 있던 딸에게 속상해서 뱉던 말들이 문득 떠올랐다.

"꼭 너 같은 딸 낳아서 길러봐라."

결국 대리석 바닥 모퉁이에 얼굴빛이 하얗게 변하면서 그만 주저앉고 말았다. 얼마나 무서운 말인지 후회가 막급했다. 인간이 벼랑 끝으로 내몰리면 비로소 신을 찾게 된다고….

떨려오는 두 손을 마주 잡고 간절히 기도문을 토해냈다.

주님! 도우소서. 불쌍한 어린 양을….

그때 아득히 먼 곳에서 수호천사가 찾아들고 있었다. 몸집이 큰 검은 제복의 호텔 보이가 외손녀를 데리고 다가오고 있는 것이 희미하게 보였다.

찾았다, 꾀꼬리. 나는야 술래!

그 짧은 순간에 태산 같은 걱정들이 밀려왔다가 썰물처럼 달아났다.

*

지난 날 외손녀는 선희를 이렇게 기억하고 있었다.

엄마의 유학 시절, 외할머니께서는 어린 나를 만나러 미국으로 건너오시곤 했다. 내가 미국에서 태어났고 자라고 있었기 때문이었다. 외할머니가 무척이나 낯설었다. 그만큼 나에게는 함께 나누어야 할 시간이 턱없이 부족했었다. 언어의 장벽도 큰 문제였다. 당시 나의 한국말 수준은 아주 어눌했다. 몇 주 동안 외할머니와 정이 싹트는가 하면 또 다시 귀국길에 오르셨다. 그것이 해마다 반복되었다.

어린 날의 또 다른 기억이 있다면 외할머니께서 나에게 한글을 가르쳐야 한다고 하셨다. 그러면서 한국에서 한글의 자음과 모음으로 이루어진 낱자들을 가지고 오셨다.

"이건 'ㅈ' 지읒 자 자음이야. 여기에 'ㅏ' 아 모음이 들어가면 '자'가 된다. 자전거, 자동차 할 때 처음 나는 첫소리 '자'와 같아."

"그럼 이 할미 따라 한 자, 한 자씩 발음해봐."

"자~"

"자~"

"자동차~"

"자 도 차~"

귀를 쫑긋 세웠다. 처음으로 외할머니께서 시키는 대로 어렵사리 한글 낱자를 익혀나갔다. 한글은 영어보다 발음이 어려웠다. 그러나 외할머니는 포기하는 법이 없었다. 가르치는 것에 대해서는 아주 엄격하셨다.

"아주 잘 따라하는구나. 제 어미 닮아 여간 똑똑한 게 아니야."

싱크대에서 그릇을 씻고 계셨던 엄마는 외할머니께서 하시는 칭찬을 듣고 기분이 좋아선지 한마디 거들었다.

"엄마, 내 딸이 날 닮아 똑똑하다고?"

"어라, 이 할미 닮은 게지. 네가 누구 딸이게?"

"에게게. 엄마는 못말려."

가만히 듣고 있자니 여간 신기한 것이 아니었다.

"으응? 어마는 하머니 따리야. 나는 어마 따리고?"

놀란 토끼 눈이 되어 엄마와 나를 가리키며 말했다.

"아하 이렇게 따, 따리구나!"

"그래, 우리 이렇게 딸! 딸! 딸! 3대가 만난 거야."

순간 엄마의 말이 우스꽝스러워서 딸! 딸! 딸! 하면서 거실 바닥에 또르르 구르기까지 했었다. 그렇게 한국어를 배웠다. 얼마간 시간이 지나면서부터 서서히 정이 들기 시작했다.

거기는 또 어디쯤일까?

어느새 하나가 된 세 사람.

딸! 딸! 딸!

당시 혼자가 아니었음을 기억한다.

선희가 직장에서 정년퇴직을 하자 시간적 여유가 생겼다. 체류 기간이 90일이었다. 그날은 사춘기로 접어든 외손녀와 크리스마스 트리를 사기 위해 자동차로 험한 산길을 시간 반 달렸다. 광고 사진에서 본 노란 화살표를 찾아 길을 나섰다. 하지만 가도 가도 화살표가 보이지 않았다. 실망감은 탑을 쌓듯 올라갔다. 결국 오던 길을 되돌아가야 하는 형편이 되고 말았다. 출발할 때의 부푼 기대와는 달리 밖에는 비까지 추적추적 내리고 있었다. 딸! 딸! 딸! 삼대가 같은 심정이 되어 속상했다. 더 어둡기 전에 돌아가야 한다는 결론에 이르렀다. 차 안 분위기는 그야말로 찬바람이 불기 시작했다. 침묵 속에서 하는 수 없이 오던 길을 되돌아오고 있었다. 그때 사진에서 본 노란 화살표가 조그맣게 눈에 들어왔다. 반대 방향으로 쓰여 있어 그만 놓친 것이었다.

살았어, 살았어!

누구라 할 것 없이 기분이 갑자기 상승되면서 기대감이 다시 일기 시작했다. 가능한 노란 화살표가 가리키는 방향을 잘 보면서 산등성을 오르고 또 올라갔다. 드디어 크리스마스 트리가 한가득 심겨 있는 산 중턱에 도착했다. 야호! 반가움에 환호성이 절로 터져 나왔다. 거실에 어울릴 나무를 찾아 돌아다녔다. 큰 나무에서 작은 나무까지 다양했다.

구상나무는 우리나라 제주가 원산지다. 약 100년 전 영국인 식물학자 어니스트 헨리 윌슨이 한라산에서 구상나무를 채집했다. 그리고 하버드대 식물연구소에 보고하면서 세계에 처음 알려졌다. 결국 우리에게 안성맞춤 구상나무 앞에 멈춰 섰다. 미국 동부에서 제주 한라산을 기억하면서 감사의 기도와 함께 톱으로 나무를 톱질해 들어갔다.

톱질하세, 톱질하세!

톱질이 오버랩으로 겹치면서 중환자실의 붉은 조명 빛이 깜박이기 시작했다. 흰 가운을 입은 의사와 간호사가 잰걸음으로 선희의 침대 곁으로 다가오고 있었다. 임종을 지켜보기 위해 가까운 가족들이 모였다.

*

"그것도 아셔요, 하머니? 생일날 밤에는 가족과 함께 마당에 나가 까만 밤하늘을 올려다보는 것이 우리 집 내력이라는 사실도요."

"멋지다. 이 집의 내력이라. 이 할미가 그 옛날 살았던 세상에서도 별들이 밤하늘에 사력을 다해 빛나고 있었어. 얼마나 눈이 부셨는지 몰라. 각각의 별들도 우리들처럼 사연이 있는 것 같았어. 그 사연이 무엇일까 궁금했었거든. 저 별은 엄마별, 아빠별, 친구별! 이름을 지어주다보면 외롭지 않았어, 가족 같았거든."

"엄마, 지금 생각해보면 밤하늘에 빛나던 별들을 바라보는 것은 미지의 나를 바라보는 행위예술이라고 말해도 좋을 듯싶네요. 비로소 어른이 되고 나서야 어린 날 가족이라는 이름의 별이 얼마나 소중한가를 알게 되었거든요."

"그러고보니, 이 엄마는 너희들에게 많이 부족했었어."

"무슨 말, 엄마! 당치 않아요. 엄마에게 있는 좋은 DNA가 몽땅 내게 왔어요. 그것의 알 수 없는 힘까지도…. 지금의 제 딸에게 닿아 있다는 것을 느낄 수가 있어요."

"꿈보다 해몽이라. 딸! 딸! 딸! 삼대가 함께 고민하고 바라보는 밤하늘의 별! 특별히 의미가 있겠다 싶다. 요즘은 먼 지방에 살고 있는 친구에게 가까운 친구에게, 오래되고 낡아 너덜해진 친구에게도 카드 대신에 해마다 카톡에다 안부 같은 인사를 보내고 있지만 언제까지 가능할까?"

"엄마는? 그렇게 섭섭한 말씀을요. 엄마를 제 곁에 두고 오래오래 보고 싶다니까요."

"저도요, 하머니!"

어릴 적부터 스포츠를 좋아하던 그녀의 외손녀도 한마디 거들었다. 암벽 등반을 거뜬히 해냈다. 특히 달리기를 잘하는 숙녀로 성장했다. 지난 날 가을 단풍의 정취가 한껏 묻어나는 빗길을 외손녀가 달려 나가는 모습을 눈으로 보았다. 비록 멀리 떨어져 살았지만 보스턴 마라톤대회에서 열정과 도전을 가슴에 안고 뛰고 있는 장면 장면들이 TV 화면에 잡혔다. 비가 내리는 악조건 속에서 빗물로 흠뻑 젖어 있는 몸으로 피니시 지점을 통과하며 완주의 기쁨을 나누던 외손녀 모습을 영상으로 보았다.

그것은 초등학교 때부터 아이스하키 여자 선수로 뛰었기 때문이다. 새벽같이 부모들이 경기장으로 장비를 갖추고 함께 달려갔었다. 평창 겨울올림픽 개막을 앞두고 미국에 있는 외손녀는 특별귀화 형식으로 아이스하키 여자대표팀에 합류했다. 자라면서 자신에 대해 미주알고주알 말하지 않는 입이 무거운 아이였다. 실제 전공은 음악이었고 음악대학교에서 비올라를 연주하고 있었다.

"바이올린이 아니고 왜 비올라니?"

"비올라 음향이 저에게 맞는 것 같아서요. 바이올린에 비해 진하고 깊은 소리를 내거든요. 똑같은 음높이에서도 더 어두운 음색을 띠고 있어요. 매력적인 악기라는 사실을 알게 되었어요."

"어두운 음색이 매력적이라? 참으로 다른 생각으로 세상을 접하는구나."

뉴욕 음악대학교는 잠시 휴학했다. 고국으로 들어오자마자 태릉 선수촌에서 하루 6시간씩 맹훈련에 들어갔다고 딸이 전했다. 기적을 꿈꾸며 빙판에서 들려오는 Puck 소리의 강렬함이 온 우주로 퍼져나갔다.

강릉 아이스하키 경기장에서 열리고 있는 평창 겨울올림픽 경기는 팽팽하게 진행되었다. 그러다가 스웨덴이 선제골을 넣으면서 남북단일팀은 긴장을 놓치지 않을 수가 없었다. 게다가 경기 중 스웨덴 선수가 심하게 부딪혀 넘어지면서 부상으로 경기장 밖으로 나가는 모습도 간과할 수 없었다. 시간이 지나면서 거칠고 강력한 스케이팅을 하고 있었다.

가끔씩 환상적으로 Puck 소리가 마치 오케스트라의 팀파니 소리로 아련하게 선희의 귓가에도 맴돌았다. 순간순간 미세하게 뛰고 있던 그녀의 심장이 모니터에 여리게 체크되고 있었다.

puck!, puck!

강한 퍽을 날리는 경쾌한 음이 평창 겨울올림픽 아이스하키 경기장에 울려 퍼지는 가운데 선희의 생은 마감되었다.

딸! 딸! 딸!

삼대가 서로에게 이어진 사랑과 믿음은 과연 크다 아니할 수 없다. 그들 삶의 이야기는 어떤 커다란 계획을 따르고 있었다. 억만 겁 여러 세대를 거쳐 전해지기를 소망해본다.

카리브해 연가

카리브해 연가

아침 햇살이 에메랄드빛 카리브해 연안을 비추고 있었다.

동철이는 가슴이 벅차올랐다. 핑크빛 아침 해가 물든 먼 바다까지 헤엄쳐가고 싶은 유혹을 떨쳐버릴 수가 없었다. 파도에 부서지는 하얀 산호해변을 누비다가 만나게 되는 키 크고 파란 눈을 가진 이국적인 연인들을 바라보는 풍경이란 무지개가 끝나는 시점처럼 무척이나 낭만적이다. 야자수가 바람에 춤을 추듯 아름다운 해안을 거슬러 그의 가슴 속 비밀스러운 창을 여는 소중한 순간이기도 하다.

언젠가는 이 아름답고 벅찬 풍광도 동철과 함께 한 줌 신기루로 사라질 것들이다. 하지만 아직은 에메랄드빛 그리운 것들로 출렁거렸다.

정오가 되자 눈을 뜨고도 잠들지 못하는 적도의 태양은 살을 태워버릴 만큼 강렬했다. 그는 동양인으로서 야무지게 오선지에다 새 악장 카리브해, 환상의 섬을 그려넣었다. 초록빛 야자수 잎들로 둘러싸인 푸른 수영장들과 파도치는 바다에 방파제를 만들어 아늑한 바닷가를 연출해놓은 호텔들이 근처에는 즐비하다. 게다가 크고 작은 요트들이 그림처럼 떠 있다.

*

동철의 사고체계는 열대의 더운 공기를 가르며 수면 위로 훌쩍 떠올랐다. 인생의 정점을 향해 열기구를 타게 되었다.

어디쯤 가고 있는 것일까?

높은 곳에서 둥둥 떠다니며 바라보는 카리브 섬들은 점점이 작아지면서 눈에서 사라졌다. 새털구름 위로 나는 한 마리 새가 되었다. 광활하다. 높이 나는 새가 멀리 본다고…

한참 넋을 놓고 카리브를 바라보고 있을 때 열기구가 서서히 고도를 낮추면서 착륙지점을 찾고 있었다.

아니 벌써?

섭섭함이 몰려오는데….

열기구는 백사장에 수직으로 그만 내려앉고 말았다.

'후~'

안도의 숨을 쉬고 열기구에서 내리자 난데없이 세찬 바람이 한 줄기 불어 왔다. 그러자 미친 듯이 야자수 잎사귀들이 마구잡이로 춤추기 시작했다. 태풍주의보가 있다는 얘기를 전해 듣긴 했지만 이렇게까지…

처음에는 숨소리같이 작은 음으로 느린 박자로 시작했다. 급기야는 점점 커지면서 작은 폭발음으로 혼돈의 세계로 돌입해 들어갔다. 끝내는 에메랄드빛 바다에 비바람을 동반한 물 폭탄을 퍼부었다. 엄청난 위력으로 바다를 휘몰고 돌아다녔다. 알고 보면 자연계의 신음소리는 인간에게 항상 변화하는 현상 너머에 그 무엇이 숨겨져 있는지를 밝혀내라는 명령어 같기도 하였다.

그것은 동철에게 새로운 사고체계로 나아가라는 신호탄인 동시에 마지막 종착역의 상징 같은 것이기도 하였다. 사고체계가 용기와 열정과 사랑이라는 에너지원을 태워야만 더 넓은 세계로 나아갈 수 있기 때문이다. 나이가 든다는 것은 늙어가는 것이 아니라 익어가는 것이라고….

피스톤에 연결된 로드가 바퀴를 돌리게 되는 이치와 같다. 마치 그의 온갖 자아들이 일제히 피스톤에 연결되어야 만이 가능하다. 바퀴가 제대로 작동하기 시작하면서부터 열에너지가 운동에너지로 전환되고 있는 시점이 있기 때문이다.

치매라는 못된 병이 너를 찾기 전에 서둘려야 하네.

큰 자아가 소리쳤다.

아직은 아니야.

동철은 세상 온갖 것들을 핑계 삼으며 피하려했다. 하지만 상대는 만만찮았다.

태풍이 몰려오고 있어. 어서 태풍의 중심으로 가봐. 열정과 사랑이라는 남은 연료를 재충전할 마지막 기회라는 것을 알아야지.

싫어!

이건 그 누구도 피해갈 수 없는 지상명령이라고.

대체 나를 어디로 데리고 갈 작정이야?

어리석긴 자신 속의 상징적인 것들을 찾아야 할 것 아니야.

그렇담, 자기 연민!

잘 아네.

그가 말의 뜻을 인식하자마자, 환한 빛의 설렘과 먹빛의 두려움도 동시에 작동하기 시작했다. 마침내 출발을 알리는 신호탄이 레일 위의 기적 소리로 치닫고 있었다. 알고 보면 세상의 모든 길은 눈부신 깨달음의 연속선상 레일 가운데 있는지도 모를 일이다.

태풍이라는 놈이 바다라는 생명체를 활성화시키자, 동시에 휴대폰 낱자들이 일제히 일어나 반란을 일으켰다. 자신들을 가리키면서 ㅂㄱㅅㅍ, ㄱㅊㅇ, ㄱㅁㅇ, ㅎㅎ 무수한 낱자들이 단체로 몰려왔다가 사라지곤 했다. 그는 아무 생각 없이 낯선 낱자들 동굴 속으로 성큼 들어가버렸다. 그러자 그들은 그를 낯선 낱자들의 동굴 속 그물망으로 가둬버렸다. 딴에는 도와준다는 명목 아래였지만…. 그것은 휴대폰이 바라던 세상이기도 했다.

이 세상은 디지털시대로 낱자들이 서로 뭉쳐 다니면서 소속 클럽들을 결성하고 있었다. 그는 신기해하며 ㄱㅊㅇ을 끌어당겨보았다. 그것은 괜찮아. 그러다 깜작 놀라 '깜놀'이라는 단어 속으로 들어가버렸다. 이게 무슨 놈의 세상이야. 헛기침을 하자, 이번에는 순례자를 상징하는 가리비 문양까지 합세하며 자신의 다음 행선지를 노란 화살표로 응원해주었다. 그러자 용기를 가지고 화살표 방향으로 휴대폰 낱자와 아미티콘 사이를 마구 헤엄쳐 돌아다녔다. 그 결과 마치 사람들 사이에 섬이 있듯이 그들에게도 서로를 온전히 이해할 수 없는 고립된 섬이 존재했다. 시끄러움 속에서는 제대로 의미전달이 되지 않았다. 진정성이 사라졌다. 아득하게도 멀게도 달아나는 자들도 생겨났다.

그들은 인간 세상처럼 고요와 평화 속에서는 더욱 명료해졌다. 서로 간에 이해를 얻어낼 수 있었다. 처음에는 낯선 곳에서 익숙한 곳으로 점차 높은 감수성의 줄타기를 통해 디지털시대의 조화를 만끽했다.

이윽고 동철이가 바라던 카리브 에메랄드빛 높은 산마루까지 오를 수 있었다. 산마루에는 올망졸망한 섬들이 앙증스럽게 섬과 섬을 연결하면서 떠 있었다. 서로가 고립된 각각의 섬이 아니었다. 징검다리 역할을 하는 섬들이 존재했다. 청년 시절 아득한 꿈처럼 하얀 조개껍데기를 건네주던 해맑은 수정이가 눈에 들어왔다. 긴 머리채를 앞으로 쓸어 올리며 자신의 어깨에 얼굴을 묻고 기대고도 있었다.

대체? 동철은 상처 입은 자존심으로 인해 그 섬 자체를 자물통으로 굳게 채워버렸다. 으 악…! 그는 소리를 마구 질러댔다. 지금도 망각 너머, 제대로 기억하고 있기나 한 걸까? 이제는 두렵지 않았다. 다만 의심이 가지 않는 것은 아니다. 까마득한 기억 속으로 성큼 걸어 들어가 눈여겨보기로 했다.

그날 대학미팅이 주선되고 있었다.

거리에는 플라타너스가 노랗게 물들었다. 수정을 처음 만난 다방 이름이 시내에 있는 아시아다방이었다. 지금 생각해도 찻집 이름치고는 볼품없이 거창하였다. 열댓 명의 남녀가 과별로 모였다. 공과와 국문과다. 이과와 문과의 결합이라 격에 어울리는 커플이라고 과대표가 너스레를 떨었다.

그때 동철은 2학년이었다. 상대 여자들은 앳된 모습의 1학년 신입

생들이었다. 드디어 짝을 찾는 제비뽑기가 시작되었다. 로미오와 줄리엣, 올리비아와 핫세, 로마와 휴일 식으로 적힌 것들이다. 잘 접힌 쪽지를 테이블 위에 뿌리면 각자가 그 쪽지 중 하나를 집어 운명의 짝을 찾는 것이다. 다소 유치찬란하지만 순간의 선택인 것을 어찌하랴.

선택에는 그만큼 책임이 뒤따른다는 것을 깨달은 것은 많은 시간이 흐른 뒤였다. 동철은 두근거리는 감정을 추스리고 자리에서 일어났다. 쪽지 가운데 운명의 하나를 주워 스스럼없이 펼쳤다. 할리라고 적혀 있었다.

대체 내 짝은 누구기에 할리야!

잠시 생각하다 혹시 할리우드가 아닐까라는 생각이 미쳤다. 할리우드라면 미국 로스앤젤레스의 한 지역으로 수많은 영화가 제작되는 곳이다. 그로 인해 세계 유명 배우들이 많은 곳이다. 짝 이름을 지어도 이렇게까지 촌스러울 수가 있을까? 그는 당시 할리우드 영화 중 서부극을 무척 좋아했었다. 석양의 무법자, 셰인 등 카리스마가 넘치는 총잡이 주인공들의 영웅적 활동을 지켜보면서 영화에 푹 빠졌다. 로스앤젤레스는 약자로 LA, 순수 우리말로는 천사가 된다.

천사가 혹시 나를 찾아와 영접이라도 하러온 것일까?

호기심이 발동하는 가운데 자리에서 일어났다. 그가 받은 쪽지의 이름을 발표하자 다른 이들도 생소하긴 마찬가지였다.

할리라면 대체 누구야?

남은 여자들도 서로를 마주 쳐다보았다. 그 틈에 발그레한 타원형 얼굴의 우드라는 여자가 동철이 옆에 와 앉았다. 그는 호기심으로 슬쩍 눈길 돌렸다. 친구들 표정이란 것이 참 얄궂다. 최대한 이웃 학과로서의 자존심만은 지키려는 촌놈들의 순수한 폼이라니 피식 웃음이 나왔다.

“이제 짝이 정해졌으니 자유롭게 인연을 만들어 보도록 하시죠.”

과대표의 말이 끝나자, 남자로서 막중한 책임이 주어졌다. 요샛말로 상대편 여자에게 넌, 예술이야 라고 폼 나게 외칠 수도 없었다. 어쨌거나 어떤 성향의 여자인가 대화로 부딪쳐봐야 했다. 둘은 차를 마신 후 가까운 장춘단 공원 산책길을 택했다. 함께 걸으면서 고향이 어디냐고 묻기도 했다. 출신 학교 이름으로도 소통을 시도했다. 취미와 가족 이야기 등등 그러다 말이 끊기면 좀 쑥스러웠다. 길을 걷다 슬쩍 어깨도 스쳤지만 그리 싫지는 않았다. 그렇게 조금씩 호기심에 이끌려 서로를 알아가노라면 가까워지기도 하고 멀어지기도 하는 묘한 분위기에 휩싸였다.

어느새 수정의 자취방 근처까지 오고 말았다. 더는 할 말도 없고 해서 뜬금없이 손을 흔들며 헤어졌다. 다음날을 기약하는 말을 약간 흘렸던 것 같기도 하고 아닌 것 같기도 하다. 기억이란 놈은 사실 자기 좋을 대로 저장창고에다 보관하는 멍청한 놈이기도 하니까. 지금으로서는 확실히 알 수는 없지만 남자라면 의례적으로 하는 인사치레를 했을 것 같다.

그렇게 헤어지고 돌아와 하숙집에서 잠시 수정을 생각하다 잠들었다. 첫눈에 반했다는 이야기는 아직 이른 것 같다. 다음날 과제니 학회모임이니 하면서 바쁘게 내달리고 있었다. 그러면서도 조용한 시간에는 그녀가 문득 떠올랐다. 그날은 늦은 시간이라 어두워서 제대로 보지 못한 그녀의 얼굴이 새삼 궁금해지기 시작했다. 그러면서 그녀의 고향이 무슨 섬이라고 했던 기억이 되살아났다.

"저는 한반도에서 두 번째로 큰 섬에서 서울로 상경했어요."

그는 수정의 투박한 경상도 억양과 고향 이야기를 나누던 그 순간부터 온통 두 번째로 큰 섬이라는 수수께끼에 매달려 있었다. 제주도, 강화도, 거제도, 홍도…. 정답은 그 속에 분명 있겠지만 그는 모를 일이었다. 그날 하필 환상의 섬, 카브리해의 연가를 떠올렸는지 알 수가 없다. 지금 생각해보아도 어이없다. 크리스토퍼 콜럼버스가 인도를 찾아가다가 서인도제도 신대륙을 발견한 것처럼 그곳을 하필 생각해냈을까 싶다. 원래 사람과 사람 사이에서 온전히 이해한다는 것은 불가능하다. 그래서 대화를 나눌 때도 서로를 완전히 이해할 수 없다는 것을 전제로 해야만 한다.

게다가 그는 살아오면서 섬사람을 친구로 둔 적은 한 번도 없었다. 그 많은 사람 중에 하필이면 그와 짝이 된 여자가 섬사람이라니….

대도시에는 수많은 작은 구와 동과 번지가 있는데 그도 아니고 섬이었다. 그러고 보니 둘 사이에 이미 운명의 섬이 존재하고 있었는지도 모를 일이다. 동철은 갑자기 바다 한가운데 외로이 떠 있는 섬을 의식하면서부터 수많은 슬픔과 외로움의 덩어리가 내면에 떠다녔다.

그래서일까? 일찍이 우리나라에서 두 번째로 큰 섬이, 카리브 아름다운 환상의 섬으로 둔갑시킨 것은 철저히 동철의 잘못이었다.

"섬에서 주워온 것이랍니다."

수정과 두 번째 만났을 때 동철에게 전해준 것이다. 네모 각통에 하얀 솜을 깔고 조개껍데기를 넣은 것들이었다. 그녀의 섬세함이 보이는 듯했다. 신기하게도 섬마을 바닷가 파도 소리가 들려왔다. 그날 옹기종기 모여앉아 해맑게 웃고 있는 조가비 모양의 섬들이 소통의 다른 개념으로 다가왔다.

그것이 인연이 되어 대학시절 학교 주변은 그들의 데이트 장소였다. 인기 있는 외국 영화가 나오면 같이 보러 다녔다. 가까운 다방에서 만나 차를 마시기도 하고 도서관도 함께 출입하면서 시험공부도 같이 했다. 음악 감상실도 자주 찾았다. 특히 클래식 음악을 좋아하는 취미가 같았다. 그러나 1년 6개월 후 그가 군에 입대하는 바람에 모든 것은 끝나보였다. 어쩌다가 교정에서 밤늦게 나눈 첫 키스의 경험뿐 다시 원점으로 돌아가는 듯했다.

그러나 운명의 장난인 것일까.

군대 첫 휴가로 기억된다. 불현듯 그녀가 보고 싶어 무작정 기차를 타고 상경했다. 그녀의 옛 자취방은 이미 다른 곳으로 옮겨져 있었다. 그놈의 미련 때문인지 포기할 수 없었다. 물어물어 그녀의 자취방을 찾아 헤매다가 불이 켜진 그녀의 방을 발견하자 무척이나 반가웠다.

— 때로는 생각이야 나겠지~만은 자꾸만 떠오르는 잊어야 할 사람. 잊게 해주오, 잊게 해주오. 과거를 모르게 잊게 해주오.~

이게 무슨? 괜히 심각해졌다.

당시 유행하던 장계원의 노래 가사가 그녀의 방에서 우연히 흘러나왔다. 온전한 마음을 다 주고도 황급히 빠져나가는 이해 안 되는 구석이 그녀에게는 분명 있었기에 귀에 거슬렸다. 그러나 애써 무시해버렸다.

"수정 씨! 안에 계시나요?"

떨리는 목소리로 말했다.

"누구, 누구세요?"

방문이 열렸다.

"아니 동철 씨가?"

눈이 당혹함과 함께 동그랗게 빛나보였다.

"군에서 첫 휴가 나온 김에 잠시 들렀습니다."

"잘 오셨어요, 동철 씨! 고생 많으셨죠? 연락도 못 드리고 죄송해요."

스스럼없이 그녀가 안으로 들어오라며 반겼다.

"어머! 음악 소리가 너무 큰가요? 제가 좋아하는 노래라?"

그러면서 LP 판을 내려놓았다. 그는 멋쩍게 웃었다.

"시장하시죠? 마침 저녁을 차리고 있는 중이에요. 식사하고 가요."

숙정은 원래 정이 많은 편이었다. 마침 자취방이 주인집과 뚝 떨어져 있어 자연스레 저녁을 함께 먹었다. 그동안의 이야기를 나누다보니 집으로 돌아가는 버스를 놓치고 말았다. 솔직히 헤어지기가 몹시 싫었다. 옛 정분이 되살아났다. 그녀가 건네는 추리닝을 영겁 결에 받아 입었다. 그때는 숙정을 보호해줄 수 있다는 자신감이 있어서였다. 아직 아무것도 준비되지 않은 상태에서 할 수 있는 것은 사랑하는 마음뿐이었다. 그날 밤 시간은 더디 흘러갔다. 그녀가 옆에 있는 것만으로도 행복했다. 그렇게 하얀 밤을 지새우며 떨리는 순간순간들을 잘 참았다. 덕분에 밝은 웃음으로 아침을 맞을 수 있었다. 그녀가 섬에서 가져온 마른 생선으로 요리를 도와가며 맛나게 아침을 먹었다. 전기밥솥에 누룽지까지 만들어 구수한 숭늉을 나누어먹고 헤어졌다. 진심이 통했다고 무척이나 좋아하면서 휴가를 마치고 귀대했다.

그날 이후 그의 가슴 언저리로 파고들었다. 팔베개를 해주면서 그녀를 안고 잠이 드는 상상을 하며 연정을 쌓아갔다. 그러나 군사우편이 몇 번 오고가고는 또 소식이 끊겼다. 다만 제대를 기다리며 버틸 수밖에 없었다. 군 복무를 마치고 학교로 돌아왔지만 그녀는 이미 학교를 졸업한 후였다. 그리움은 좀처럼 사그라지지 않았다. 가까운 후배로부터 숙정이가 고향의 중학교에 국어교사로 취업이 되었다는 소식을 전해 들었다. 동철의 기쁨은 거기서 끝나지 않았다. 자신도 학교를 졸업하고 그곳 섬에 있는 조선소로 취업을 했다.

섬은 섬으로만 떠 있는 것이 아니라 두 사람을 잇는 가교 역할을 한다고…. 학생 신분이 아닌 사회인으로 만남을 주선할 수 있는 절호의 찬스라며 그녀에게 기대를 걸었다. 농번기에는 그녀의 집을 찾아가 모내기를 도와주었다. 논둑에서 어른들과 막걸리와 못밥을 먹으면서 친분을 쌓아갔다. 저녁에는 논둑길을 걸으며 다정하게 숙정과 이야기도 주고받았다. 그럼에도 더 이상 진전을 끌어내기란 쉽지 않왔다.

집으로 돌아올 때면 더욱 허전해졌다. 밤마다 외로운 섬 바닷가에서는 와르르, 와르르 파도가 그리움을 짓이기며 달려오곤 했다. 속만 숯검정처럼 타들어갔다. 이제 친구도 연인도 아닌 애매한 관계를 지속하기가 어려워졌다. 그래서 그날은 마음을 굳게 가다듬고는 그녀의 집을 찾아나섰다.

그런데 우연히 한 남자와 길거리에서 마주치고 말았다.

"아! 선배 인사드려요. 같은 학교에 근무하는 동료 영어 교사예요."

숙정의 소개로 멀뚱하게 인사를 나누다보니 동철은 당혹감을 감추지 못했다.

왜 진작 말하지 않았을까? 좋은 사람이 생겼다고….

갖가지 억측 속에 자존심이 갈가리 찢어지는 듯했다. 이제 숙정의 속마음 따위는 알고 싶지 않았다. 다음날 어머니의 비보까지 날아들었다. 안 좋은 일들은 연속으로 일어나는 법일까?

"형! 엄마가 방금 병원에서 마지막 숨을…."

청천벽력도 유분수지. 기운이 쑥 빠지면서 하늘이 원망스러웠다. 동철은 온다 간다 말없이 숙정의 섬에서 탈출하기로 작정했다. 어머니가 갑자기 돌아가시는 그 사건 때문에…

오히려 그때까지 숨겨져 있던 동철의 라이프 스타일이 분명히 드러났던 것이다. 인간 관계는 심플한 것이고 심플하게 생각해야만 한다고 자신을 타일렀다.

그 후 슬픈 생각들이 꼬리를 물고 일어났다. 타임머신을 타고 어머니가 살아계신 그날로 되돌아갈 수도 없었다. 자식들을 위해 헌신한 어머니께 사랑한다는 말도 충분히 해드리지 못한 이기적인 아들이었다. 결혼 문제까지도 간섭하지 말라며 고집스레 밀고나갔다. 그는 자신이 미워 죽을 지경이었다.

어머니와 이별의 순간이 수정의 실연과도 겹쳤다. 한동안 버림받은 아이로 육지도 섬도 아닌 끝으로 내몰린 기분이었다.

상대가 줄 수 없는 걸 요구하면 사랑이 아니야.

자포자기의 심정으로 본가에 머물면서 방황했었다. 사건마다 기다림의 미학이 숨어 있다는 것을 그때는 알지 못했다. 내면 깊숙한 동굴에 슬픔 모두를 꼭꼭 묻어두었다. 영원히 들여다보지 않겠다고… 자물통으로 굳게 채워버렸다.

갑작스런 어머니의 죽음을 받아들이기 위해 장례식을 준비했다. 그처럼 마음에서 떠난 수정과도 마지막 끈을 푸는 작업을 여유롭게 시도했어야만 했었다.

그때는 몰랐다.

첫사랑의 상처는 오래 갔다.

돌아오는 비행기 안에서 동철은 그 옛날 순수 청년으로 돌아갔다.

치유의 눈물을 흘렸다. 사랑만큼 자신의 오래된 상처와 직면할 수 있는 좋은 기회도 없어 보였다.

오히려 수정의 마음을 제대로 이끌어내지 못한 애틋한 사랑을 미안해했다.

삶의 해법을 찾는 여정

— 홍숙희 소설집 『나의 산티아고 39페이지』

김나정/ 소설가

강원도, 순례길

어떤 이야기들은 그 동네에 뿌리내린 나무 같다. 그 땅에서 빨아들인 양분으로 제 몸을 부풀린다. 꿋꿋이 비와 햇빛을 맞아들인다. 그렇게 키워낸 그늘 밑으로 사람들이 모여든다. 나무가 들려주는 이야기를 듣는다.

홍숙희의 소설은 강원도 토박이 내음이 가득하다. 강릉과 경포, 평창과 월정사, 해파랑길 39구간, 주문진 바다 등 강원도를 배경 삼아 이 고장이 품은 이야기를 풀어낸다. 독자는 작가를 따라 강원도 구석구석으로 떠나는 순례길을 나서게 된다. 이 지역에 숨은 명소와 사연, 이야기를 전해 듣는다. 갈피갈피마다 강원도의 아름다움이 물씬 묻어난다. 이 지역에 대한 사랑을 감출 줄 모른다. 이 책의 독자는 작가가 강원도에게 보내는 러브레터를 읽어 내려간다.

나는 이런 생활방식을 좋아해. 경포의 일출과 대관령으로 저녁 해 넘어가는 풍경을 감상하면서 하루의 시작과 마감을 경험하고 있어. 그리고 바다 카페가 있는 골목길에서 만나는 예쁜 성당에서의 미사 봉헌들. 아기자기한 가게가 품어내는 불빛들. 그리고 수많은 축제들을 사랑해.

—「좁은 문 앞에서」 중에서

이 소설집을 읽다보면 발바닥이 근질거린다. 가방을 꾸려 강원도로 무작정 떠나고 싶어진다. 이 책을 길잡이 삼으면 산을 굽이굽이 지나 올망졸망한 마을을 지나쳐 바다에 다다른다. 글자는 내비게이션이 되어 우리를 강원도로 이끈다. 눈앞에 풍경이 잡힐 듯 그려진다. 떠나는 사람의 들뜬 마음, 차가 지나가는 도로의 굴곡과 나무가 뿜어내는 향기, 저편으로 보이는 해변이 글자를 타고 그려진다.

복잡한 서울 중심지를 벗어나자 몸이 날아갈 듯 가벼워졌다. 잘 정돈된 영동고속도로를 타고 신나게 차로 달렸다. 첩첩 산으로 이루어진 강원의 숲 경계를 지나가고 있었다. 계획에도 없는 오대산 자락에 위치한 월정사 가는 길 도로표지판을 보면서 핸들을 꺾었다. 진부톨게이트를 하이패스로 통과하고 달렸다. 비포장도로가 나왔다. 울퉁불퉁한 시골길을 오랜만에 만났다. 핸들이 많이도 흔들렸다. 최대한 저속으로 연초록이 물든 농가들을 감상하다보니 포장된 도로가 나왔다. (…) 강릉톨게이트를 지나자 키 큰 소나무들이 차렷 자세로 양옆으로 줄지어 서 있다. 강릉을 찾는 사람들에게 거수경례라도 하는 듯 반갑게 맞아주었다. 시내를 경유하면서 송정 바닷가가 있는 해안도로로 들어섰다. 송정 해변 길이는 700미터 정도가 된다. 소나무가 우거져 있다. 피톤치드가 가득하다. 마치 송림터널을 지나는 환상마저 들게 했다. 드디어 커피거리 안목해변에 도착했다.

—「바다가 있는 커피 거리」 중에서

또한 홍숙희의 소설은 공간에 사람 이야기를 더한다. 지리학자 이-푸 투안은 공간space과 장소place를 구분짓는다. 공간은 별 특성이 없는 추상적인 개념이지만, 우리가 그곳을 더 잘 알게 되고 거기에 가치를 부여하면 장소가 된다. 홍숙희 소설이 펼쳐내는 공간 스토리텔링은 그 지역에 밀착하여 거기 숨은 이야기를 발굴하고 복원한다. 횡성전투와 네덜란드 병사 이야기, 사천 커피하우스가 숨긴 사연, 평창 겨울올림픽과 엘리지 꽃 이야기는 자연공간의 인간의 숨결을 불어넣는다.

「유리병 속 편지」는 한국전쟁 횡성전투 네덜란드 기념비를 소재로 삼는다. 네덜란드를 상징하는 풍차 모양을 한 이 기념비는 횡성전투에서 수많은 희생을 치른 네덜란드 병사들을 기리기 위해 세워졌다. 비문에는 역사적 사실이 빼곡히 새겨져 있다. 하지만 전투의 격렬함, 희생된 병사들의 피와 땀은 느껴지질 않는다. 기념비는 그런 일이 있었다는 사실을 알려줄 뿐이다. 하지만 네덜란드 병사와 주문진 바다에서 익사 직전에 그녀의 목숨을 구해준 남교사의 이야기와 엮이면이 기념비는 각별한 의미를 지닌 장소로 되살아난다. 애틋한 사연은 돌로 만든 기념비에 숨결을 불어넣고 살을 붙이며 피를 돌게 한다. 그 시간, 그 공간에 있던 인간들로 웅성인다. 기념비의 딱딱한 공간이 사연을 지닌 장소로 변하는 것이다.

작가는 아이처럼 뽐내고, 청춘처럼 설레며, 이 동네에 오래 살아온 사람의 뿌듯함으로 강원도의 풍경화를 그려낸다. 소설집을 펼치면 우리는 그 풍경화 속으로 들어간다. 산이 맞아준다, 바닷바람이 불어온다.

산과 바다, 장소와 인간

특정 지역에 검질긴 사랑은 그 소설의 로컬리티, 즉 고유성을 만들어낸다. 강원도는 첩첩 이어진 산과 너른 바다를 누린다. 산이 지닌 깊은 아득함과 바다의 광활한 너그러움이 만나는 자리이다. 대도시를 배경으로 한 소설이 편의점과 마트를 배음背音으로 삼는다면, 홍숙희의 소설은 산과 바다를 배경으로 거느린다. 생태계가 비교적 잘 보존된 강원도란 지역의 특성이 자연스럽게 반영된 결과이다.

눈앞에 있는 산, 멀리 내다보이는 바다를 받아쓰기 한 셈이다. 하지만 산과 바다는 비단 물리적 환경에 국한되지 않는다. 산은 소설 속 등장인물과 닮은꼴이며 작가가 전하고자 하는 메시지를 구현하는 상징적 의미를 띠고 있다. 산과 자주 마주한 사람은 산의 속성에 해박하다. 홍숙희의 소설은 산에서 인간을 읽어낸다. 산을 바라보면 인간의 얼굴이 떠오른다.

“몬세라트는 카탈루냐어로 ‘톱으로 자른 산’이라는 뜻이다. 여러 암석이 서로 뭉쳐 하나의 단단하게 굳은 역암질의 바위들이 수직으로 무수히 꽂혀 있다. 웅장하고 경이로운 자태는 보는 시각에 따라 근육질의 팔뚝처럼 보이기도 한다. 사람 얼굴이 연상되기도 하고 서로 어깨를 맞대고 있는 그 거석들은 독특하고도 웅장하였다.”

삶은 산을 닮았다. 오르내리기를 거듭한다. 기쁜 날은 지속되지 않고 고통은 영원하지 않다. 인생은 산과 계곡으로 굽이친다. 영영 즐겁기만 하거나 내내 슬프기만 한 삶은 없다. 기쁠 땐 노래한다. 산의 정상에는 고함을 친다. 하지만 산은 때론, 갈 길을 가로막는 막막한 높이로 다가온다. 산으로 들어가면 빽빽한 나무들이 길을 막아선다. 나아갈 길이 보이지 않을 땐 우리는 지도를 펴든다. 가만가만 지나온 길을 되짚고 가야 할 길을 헤아린다. 이 소설집에 등장하는 많은 인물들은 인생의 고비를 맞았다. 사랑하는 사람의 배신, 자궁을 들어낸 여자의 막막함, 삶의 속절없음과 무의미함에 시달린다. 산 하나를 겨우 넘어서자 다시 산이 앞을 막아선다. 까마득하다. 산은 땅이 몸부림친 흔적이며 고통이 솟아오른 자리다.

사람은 어떻게 산 너머로 갈까. 터널을 뚫거나 산자락에 난 길을 굽이굽이 타넘을 수밖에 없다. 터널은 산의 속내를 파헤친다. 왜 그랬을까, 왜 그럴 수밖에 없었을까. 다른 사람의 속마음에 길을 낸다. 사람은 제 진심에도 캄캄하다. 자기 속에 든 블랙박스를 해독한다. 터널은 출구와 입구가 다른 동굴이다. 인물들은 그 동굴로 들어가 출구를 찾기 위해 제 속을 헤집는다.

「절대 고독의 마테오라」의 빈궁마마는 갱년기를 지나 빈궁마마가 되어 고독에 시달리던 여자는 '최초 민주주의가 시작된 나라 그리스의 마테오라'가 되어 철저히 고립되기로 마음먹는다. 고독과 단둘이 지내던 끝에 여자는 "난 아직 빈궁마마로 길들여지고 싶지 않아. 야생마로 더 넓은 초원을 마음껏 달리는 시늉쯤은 하다가 막을 내려야지"라고 마음을 다잡는다. "착한 여자 콤플렉스는 이제 사양할 거야"라고 선언한다. 자신의 속을 파고들어가 터널을 내고 출구를 발견한다.

산을 굽이굽이 타 넘어갈 수도 있다. 지나간 시간을 하나하나 되짚는다. 「당신의 놀라운 아이」에서 허 씨는 삶의 끝자락에서 허기에 시달리며 딸과 갈등한다. 그는 주변 사람과 불화하며 자기 자신과도 화해하지 못하는 관계의 문제에 부대낀다. 허 씨는 손자와의 만남에서 해법을 찾는다. '옹동翁童'이란 말이 이르듯 아이와 노인은 닮은꼴이다. 외손자와 함께 본 애니메이션 '곰돌이 푸'가 실마리가 되어준다. 말마따나 책 속에 길이 있었다. 책 속의 빛나는 구절들이 가야 할 길을 알리는 표지판이 되어준다.

곰돌이 푸에게는 다양한 친구들이 있다. 그들은 그저 서로를 있는 그대로 받아들이고 각자의 부족함을 채워준다. 애니메이션을 통해 관계해법의 첫 발을 내딛은 허 씨는 상담을 통해 자기 안의 '놀라운 아이'를 찾으라는 이야기를 듣는다. 사람과의 관계에서 알아차림은 소중하며, 이는 제 속의 놀라운 아이를 찾는 일과 이어진다. 허 씨가 자기 속의 아이를 찾는 일은, 과거의 자신과 만나는 계기를 마련한다. 그 기억의 끝자락에서 허 씨는 어린 시절의 논밭을 서성인다. 파란 하늘과 드넓은 공간이 펼쳐지며, 구름층에서 한 줄기 바람이 얼굴을 내민다.

기억의 여름날, 초록빛 얼갈이배추가 무성한 강릉 왕산이다. 구름도 쉬어간다는 안반데기다. 그 비탈진 논밭을 거센 바람이 서성이고 있다. 그곳에는 높디높은 광활한 파란 하늘이 놓여 있다. 드높고 넓은 공간으로 하늘이 가득 차올랐다. 그곳은 그가 태어나 자란 고향 산천이다. 주변을 한동안 둘러보았다. 희뿌연 구름층 위에 놀란 아이가 겁먹은 얼굴로 몸을 숨기고 있었다.

―「당신의 놀라운 아이」 중에서

산이 인생의 고비를 넘어가는 해법을 전해준다면, 홍숙희의 소설에서 바다는 넉넉함과 더불어 다채로운 면모를 선보인다. 「좁은 문 앞에서」에서 바다는 사랑을 잉태시키는 공간이며, 사랑을 잃은 여자가 슬픔을 예술로 승화시키기 위해 자리잡은 둥지가 된다. 푸른 바다는 노을을 비쳐들면 붉게 타들어간다. 바다는 평화스러우며 동시에 난폭하다. 햇빛을 받아 잔잔히 빛나던 바다는 바람에 일렁이고 태풍이 밀려들면 거칠게 날뛴다. "거역할 수 없는 사나운 파도 소리가 먼 바다에서 그녀에게로 와르르 밀려왔다. 휘날리는 물보라가 해안선을 따라 끝없이 펼쳐져 있다. 확 트인 바다가 거칠게 없어 보였다. 강릉항구에서는 먼 뱃고동 소리까지 왠지 슬픔이 배어 있었다. 한때 청춘의 그녀는 항상 무언가 쫓기는 기분이었다. 고향 바다를 보면서 크게 심호흡하였다." 바다의 양면성은 인생이 주는 고통과 승화, 격정과 평화를 함께 아우른다.

「바다가 있는 커피거리」에서 바다는 어머니처럼 사람을 품는 열린 공간으로 제시된다. "멀리 강릉바다가 내려다보였다. 바다는 누구에게나 열린 공간이다. 하늘과 맞닿은 수평선이 어렴풋이 푸른 빛으로 물들어 있다. 아득하니 먼 바다가 푸근하게 안겨온다. 이 고개만 넘으면 동해에 도착하게 된다." 바다는 태초부터 인간에게 위로의 공간을 베풀었다. 지구가 생겨날 때부터 바다는 모든 생명체의 자궁이자 무덤이었다. 바다의 광활함은 막막함을 자아내지만, 무엇이든 받아주는 넉넉함을 선사한다. 바다는 어떤 인간의 눈물도 달게 받아 마신다. 바닷물이 짭조름하듯 눈물도 짠내를 풍긴다. 세상의 시작부터 인간의 시간을 묵묵하게 받아 안은, 바다는 먹먹하지만 빛나는 순간들을 선사한다. 밤바다가 검지만 달빛과 별빛으로 찬란하듯. 엄마는 나이 사십에 처음으로 까만 밤바다에서 빛을 발견했다고 했다.

"그게 말이야. 너의 아버지를 바다에 흩뿌리고 돌아왔는데. 연어의 강한 지느러미를 갖고 싶더라. 자기의 죽을 때를 아는 연어 말이야. 나름 비상하고 싶었는지도 모르지. 산란을 위해 거센 물줄기를 강타하면서 산기슭으로 올라가는 죽음과도 맞바꾸는 그 정신력 말이야. 너희들과 함께 살아내야 할 세상을 우선 걱정한 게지."

하여「나의 산티아고 39페이지」의 여자는 바다로 창을 낸다. "바다가 날 이해하고 내 남편을 용서하고 받아주었으면 좋겠다. 광활한 바다가 있는 이 서재에서 많은 시간을 보냈다. 지난 날을 추억했다. 나다운 것이 무엇일까를 골똘히 생각"한다. 바다는 잘 닦은 거울처럼 자신의 본모습과 마주하는 자리를 마련해준다. 「카리브해 연가」에서 주인공 동철은 바다를 보며 자신이 거쳐온 시간을 되짚으며 실연의 상처를 안겨줬던 여인이 자신에게 얼마나 각별했던 존재였음을 깨닫는다.

여행, 자신과의 재회

나무는 한자리에 서 있지만, 멀리 가는 꿈을 꾼다. 홍숙희의 소설에는 강원도를 터전으로 삼지만, 거기에 머물지만은 않는다. 산티아고, 엑상프로방스, 노트르담과 몬세라트 수도원, 카리브해 등 다양한 이국의 지명들이 등장한다. 여행은 낯선 곳에서 자신을 만나기 위한 떠남이며, 다시 살아갈 힘을 얻는 계기로 작용한다.

「검은 성모마리아상 앞에서」는 여자는 스페인 몬세라트 수도원의 검은 성모마리아상 앞에서 젊은 날의 남편을 회상한다. 「카리브해 연가」에서 주인공 노인은 첫사랑과 재회한다. 다른 공간으로 떠나는 여행은 과거로 거슬러 올라가는 시간 여행을 가능케 한다. 일상을 흘려보내는 생활공간에서 벗어나 오롯이 혼자일 때, 사람은 자기 속에 흐르는 수많은 시간 줄기와 마주하게 된다.

여행지에서 우리는 다양한 사람과 만난다. 이 소설집에서 특이한 지점은, 여행지에서 만나는 사람들이 실제로 그 시공간에서 살고 있지 않다는 점이다. 이미 세상을 떠난 예술가들이 여행의 동반자로 등장하며, 그들의 작품이 놓인 자리거나 숨결이 묻어나는 장소가 여행지로 종종 등장한다. 이런 예술가 길벗들, 이를테면 엑상프로방스의 고흐, 파리의 까미유 끌로델은 주인공들에겐 영혼의 동반자가 되어준다. 고통을 치러내며 자신들의 예술세계를 이뤄낸 예술가들의 삶에서 인물들은 예술세계를 지속할 영감을 얻는다. 「사쿤탈라, 대리석상의 비밀」에서 예술가의 마을, 센강이 흐르는 아틀리에에 사는 한국인 여성 예술가는, 고난에 시달리면서도 자신의 고통을 조각으로 승화시킨 까미유 끌로델과 자신을 겹쳐놓는다. 까미유의 조각 '사쿤달라'는 힌두교 전설의 등장인물로, 사랑하는 남편과 헤어지고 저주까지 받아 눈이 멀고 벙어리가 되지만 오랜 우여곡절 끝에 남편과 재회한다. 까미유는 모진 고난을 겪었기에 자신과 닮은꼴인 사쿤달라를 돌에서 파내며 자신의 슬픔을 예술로 승화시켰듯, 소설 속 주인공은 자신의 고민을 춤사위에 녹여낸다. 파리에 빛의 열매인 양 한국의 초롱 등이 떠오르고, 그 빛을 받은 주인공은 자신의 몸짓을 펼친다. "마지막에는 사쿤탈라 대리석상 주변을 빙빙 돌아 카미유의 넋을 달래는 살풀이와 엇중모리로"를 선보이며 슬픈 삶을 살다간 예술가와 하나가 된다. 영혼의 친구가 된다는 것은 그 사람이 겪은 슬픔에 동참하다는 것이다. 함께 울어주는 것이다.

예술을 통한 상처의 승화는, 「좁은 문 앞에서」에서 주인공인 여성 화가는 서글픈 삶을 살다가 외롭게 죽어갔지만 사후 그녀의 작품은 가치를 인정받아 초당성당 벽에 전시된다. 고달픈 삶은 그림 속에 녹아들어 빛난다. 파리의 까미유 끌로델과 강릉의 여성 화가는 그렇게 공명한다. 예술을 매개로, 상처를 징검돌로 인물들은 이어진다. 고독은 단절이나 고립이 아니라 튼튼한 관계를 맺을 수 있는 활력소 역할을 한다. 예술가들은 시간과 장소를 넘어 그렇게 이어진다.

여행은 떠나는 것이며, 돌아오기 위한 것이기도 하다. 여행지에서의 만남은 돌아와 자기 세계를 일구는 바탕이 되어준다. 「강릉커피 르완다」에서 사천 커피하우스의 주인은 고베와 빈에서 자신의 커피를 만들기 위한 영감을 얻는다. 커피 열매가 뙤약볕에 영글듯, 삶이 준 고통을 장인정신이 담긴 커피로 담아낸다.

> 세상을 살아가면서 슬픔을 겪지 않는 사람은 없다. 우리는 누구나 인생의 크고 작은 시련 속에서 괴로워한다. 다만 그 끝을 경험한 이들이 있다.
>
> 이 모두를 예술로 승화시키고자 아내는 뼈를 깎는 시간을 피하지 않았다. 명품관은 커피가 생산되는 적도의 뜨거운 열기가 살아 있는 생생한 그림들로 전시되어갔다. 또한 세계 각국을 돌며 내가 수집한 구형 커피 그라인더와 각종 연장도 함께 전시되었다.
>
> 커피하우스 디자인은 인테리어까지 공간의 미학이 어우러져서 비로소 그 가치가 완성되었다. 어떻게 보면 우리 부부가 커피 생산국의 비참한 과거와 현재를 강릉바다라는 큰 화폭에다 옮기기 위해 신세계를 넘나들었다고 할 수 있다.
>
> —「강릉커피 르완다」 중에서

예술은 삶을 자양분으로 삼고, 삶은 예술에서 살아갈 힘을 얻어낸다.

그렇게 예술과 삶은 넘나든다. 삶은 예술이 되고 예술은 삶이 된다.

고해를 건너는 법

여행은 놓여나는 것이다. 살던 곳에서 떠나는 건, 살기 위해서다. 이 소설은 고통의 의미를 집요하게 묻는다. 소설 속 인물들은 삶이란 고해苦海를 표류하고 있다. 외로움과 허무함, 무의미와 서글픔에 시달린다. 이 고통엔 끝이 있을까. 이 시간들을 어떻게 견뎌낼까. 무엇보다 파도처럼 끝없이 밀려드는 이런 슬픔에 의미가 있을까. 바다에 외따로 놓인 섬은 거센 바닷바람에 휘둘리고 밀려오는 파도에 살이 깎인다. 그저 감당해야 한다.

하지만 바다에 점점이 뿌려진 섬은 '바다'로 연결된다. 「범고래」에서 한국인 조련사 '나'는 샌디에이고에서 엄마를 잃은 어린 범고래 위키와 우정을 쌓았다. 조련사가 갑자기 귀국하게 되고 둘은 헤어진다. 시간이 흐른다. 노인이 된 나는 삶의 끝자락에서 많은 것을 놓아야만 했다. 희망은 품지 않고 기대도 내려놓았다. 빛나는 모든 것들은 멀어져버렸다. 그런 '나'의 앞에 위키가 등장한다. 위키는 초음파로 수신을 하며 범고래 가족을 이끌고 경포바다에 나타난 것이다.

젊은 시절에 우정을 맺은 친구의 등장으로 '나'는 열정으로 빛났던 과거와 재회한다. '나'가 태평소로 연주하는 아리랑에 화답하듯 범고래 떼는 파도 속에서 춤사위를 선보인다. 바다엔 국경이 없다. 미국 캘리포니아에서 경포까지의 거리는 9.157㎞. 하지만 거리는 문제가 되지 않는다. 캘리포니아와 경포는 태평양으로 연결되어 있다. 젊은 선으로 이어진다. 산이 이어져 산맥이 되고 나무는 모여 울창한 숲을 이룬다. 섬은 바다를 그저 막막하게 내버려두지 않는다.

「카리브해 연가」에서 동철은 카리브해에 떠 있는 섬들을 바라본다. "산마루에는 올망졸망한 섬들이 앙증스럽게 섬과 섬을 연결하면서 떠 있었다. 서로가 고립된 각각의 섬이 아니었다. 징검다리 역할을 하는 섬들이 존재했다." 그 섬들은 동철이 과거로 가는 징검돌을 놓아준다. 첫사랑의 기억을 건너가며 그는 사랑이 자신에게 남기고 간 것을 되새김질한다. 사랑의 시작과 끝을 치러낸다.

사건마다 기다림의 미학이 숨어 있다는 것을 그때는 알지 못했다. 내면 깊숙한 동굴에 슬픔 모두를 꼭꼭 묻어두었다. 영원히 들여다보지 않겠다고… 자물통으로 굳게 채워버렸다.

갑작스런 어머니의 죽음을 받아들이기 위해 장례식을 준비했다. 그처럼 마음에서 떠난 수정과도 마지막 끈을 푸는 작업을 여유롭게 시도했어야만 했었다.

그때는 몰랐다.

돌아오는 비행기 안에서 동철은 그 옛날 순수 청년으로 돌아갔다.

치유의 눈물을 흘렸다. 사랑만큼 자신의 오래된 상처와 직면할 수 있는 좋은 기회도 없어 보였다.

오히려 수정의 마음을 제대로 이끌어내지 못한 애틋한 사랑을 미안해했다.

—「카리브해 연가」 중에서

그 기억을 하나하나 밟아가며 동철은 자신에게 상처만 남기고 갔던 첫사랑에서 자유로워진다. 첫사랑의 피해자인 자신이 어떤 면에서 상처를 준 존재였음을 인지했기 때문이다. 그 괴로운 깨달음까지 감당하고 나서야 비로소 자신의 젊은 시절을 온전히 만난다. 현재의 나는 과거의 나와 이어진다.

「딸! 딸! 딸!」은 외할머니, 엄마, 외손녀 삼대의 이야기를 담아낸다. 딸은 딸을 낳고, 그 딸은 딸을 낳았다. 떨어져 살기도 하고 마음을 몰라준다고 섭섭할 때도 없지 않았다. 하지만 한데 모여 밤하늘의 별을 함께 보며 셋은 연결된다. "꿈보다 해몽이야. 딸! 딸! 딸! 삼대가 함께 고민하고 바라보는 밤하늘의 별! 특별히 의미가 있겠다 싶다." 누군가의 생명이 다하더라도 그 사람이 남긴 추억은 누군가의 가슴 속에서 빛을 발한다. 밤하늘의 별들은 점점이 흩뿌려져 있지만 선으로 이어 별자리가 된다. 막막한 사막과 바다를 건너는 길잡이가 되어준다.

삶의 해법을 찾는 사람은 자신의 길을 떠난다. 그 발걸음에서 홀로 선 '점'은 선으로 잇대어지고 마음이 자리잡을 넉넉한 면이 된다. 깜깜한 밤하늘은 별들로 빛나는 바다가 된다. 세상 만물이 모여드는 한 자락 삶이 된다.

사천 커피하우스 근처에는 수중식물이 자라는 순포습지대가 있다. 산책로가 조성되면서 사람들이 자주 찾는 공간으로 변했다. 이른 아침이면 희뿌연 안개 속으로 숲속 이야기들이 주저리 열렸다. 겨울이면 철새도래지로 북유럽 백조가 우연히 날아들었다. 갈대숲에서는 간간이 바람이 일고, 새 떼들도 부지런히 들고 날아올랐다.

그런가하면 해변 소나무 숲에는 간이의자가 놓이고 일명 바다 피크닉을 즐기는 가족들이 늘어나고 있다. 오늘도 보랏빛 수련이 수면위로 다투어 피어나는 저수지 주변을 돌며 아침산책을 한다. 평평한 흙길을 밟다보면 숲 내음으로 몸과 마음이 정화된다.

—「강릉 커피 르완다」 중에서

홍숙희 소설집
나의 산티아고 39페이지

지은이_ 홍숙희
펴낸이_ 조현석
펴낸곳_ 북인
디자인_ 푸른영토

1판 1쇄_ 2022년 11월 25일
출판등록번호_ 313 - 2004 - 000111
주소_ 121 - 842 서울 마포구 서교동 460 - 34, 501호
전화_ 02 - 323 - 7767
팩스_ 02 - 323 - 7845

ISBN 979 - 11 - 6512 - 068 - 9 03810

이 책은 재단법인 강릉문화재단 GANGNEUNG CULTURE & ARTS FOUNDATION 후원으로 발간되었습니다.